KB073441

한국추리문학선 ②

표정없는 남자

표정없는 남자

초판 1쇄 인쇄일 2018년 8월 9일
초판 1쇄 발행일 2018년 8월 16일

지은이 김재희
기 획 한국추리작가협회 출판부
펴낸이 양옥매
교 정 임수연, 허우주

펴낸곳 도서출판 책과나무
출판등록 제2012-000376
주소 서울특별시 마포구 방울내로 79 이노빌딩 302호
대표전화 02.372.1537 **팩스** 02.372.1538
이메일 booknamu2007@naver.com
홈페이지 www.booknamu.com
ISBN 979-11-5776-600-0(03810)

이 도서의 국립중앙도서관 출판시도서목록(CIP)은 서지정보유통지원 시스템 홈페이지(http://seoji.nl.go.kr)와 국가자료공동목록시스템 (http://www.nl.go.kr/kolisnet)에서 이용하실 수 있습니다.
(CIP제어번호: CIP2018024822)

한국추리문학선 2

표정없는 남자

김재희 소설

책과나무

목차

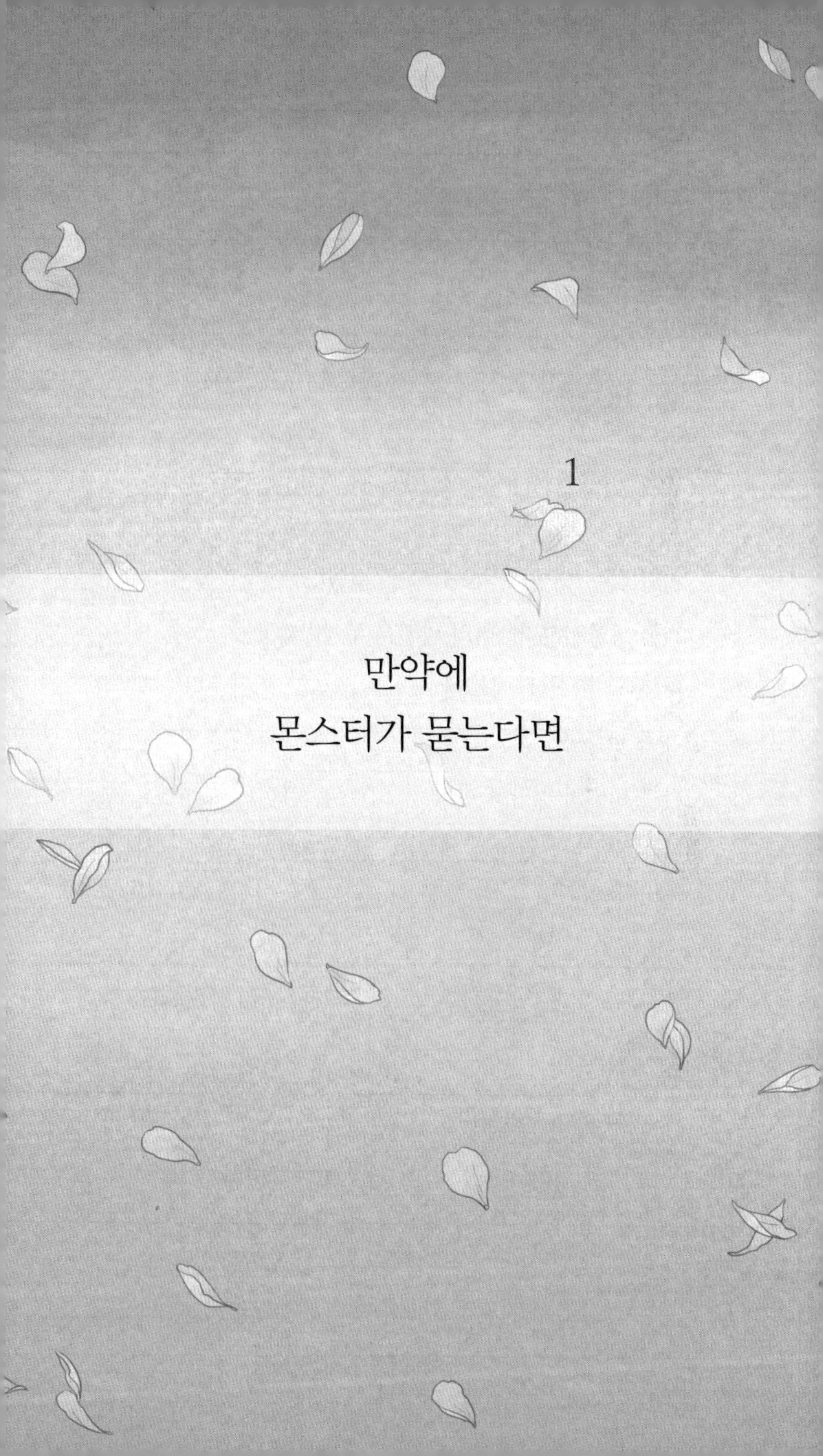

1

만약에 몬스터가 묻는다면

—

영화 〈몬스터 콜〉을 보고 꿈을 꾸었다.

괴물이 물어본다. 너의 비밀은 무엇이냐고.

나는 열네 살에 이불에 소변을 쌌다고 말해준다. 괴물은 고개를 젓는다.

다른 비밀이 있다고 한다.

나는 말한다. 열네 살에 집 근처 공터에서 불을 질러본 적이 있다고.

괴물은 다른 게 있다고 한다. 나는, 고민을 한다.

그런데 그 비밀을 숨기고 싶었다. 다른 비밀을 말하겠다고 맘을 먹었다.

나는 선물을 좋아한다. 어릴 적에 선물을 받아본 기억이 거의 없어서 선물을 좋아한다. 누구나 그렇지 않을까.

강아지, 베이비, 아이돌. 그들의 공통점은 존재만으로도 선물을 받는다는 것. 대가를 치르지 않고도 호감을 얻는다는 것. 보고만 있어도 웃음이 나오게 한다는 것.

난 거기에 하나 더 적어 넣는다. 윤준기. 나 자신도 대가 없이 선물을 받는다. 밝고 긍정적이고 늘 다른 사람들에게 에너지를 주니까.

준기는 오늘도 처음 보는 여성의 손을 잡는다.

"손에 테스트 해보세요. 프레쉬 마스크 팩은 민트, 아보카도, 사해 소금, 스크럽 알갱이가 들어 있는데 청량감이 들고 시원해요. 어떠세요?"

준기는 40대 여성의 손에 마스크 팩을 살살 발라서 문질러 준 후 매장 내에 있는 세면대로 가서 손을 씻어주었다.

"이제 비교해보세요, 두 손을요. 씻은 왼손이 오른손보다 더 하얗게 보이죠?"

"그러네요."

통통한 체격의 여성은 준기에게 활짝 웃었다. 준기는 미소를 지었다.

"하나 사시면 3만 9천원인데 오늘 행사해서 두 개 사시면 6만 원에 드려요. 잠깐만요. 건조하니까 로션 발라드릴게요. 이 로션은 향이 모링가 향인데 참 상쾌해요. 어떠세요?"

"향기 괜찮네요. 근데 모링가가 뭐죠?"

"음, 아프리카에서 많이 재배되는 나무인데 잎과 뿌리에 영양분이 많아서 기적의 나무라고 해요."

여성은 다른 매장을 둘러보겠다고 하면서 나갔다. 준기는 마스크 팩의 뚜껑을 찾았다.

매장 선배 직원 형석이 세면대 옆에 있던 뚜껑을 가져와 건넸다.

"야, 넌 비위도 좋다. 엄마뻘 아줌마 손 붙잡고 헤헤거리고. 아줌마 얼굴에 코 화장 다 떠서 뭉친 거 봤어? 모공 겁나게 크던데?"

준기는 형석에게 웃어 보였다.

"손님 모공이 나랑 무슨 상관이야. 난 물건만 소개하면 되는데."

형석은 어이없다는 듯 대꾸했다.

"물건만? 너, 웃고 아양 떨고 비위 맞추고 그게 보통 일이냐?"

"웃기만 하면 그냥 사 주는데 왜? 팔려는 목적이 눈에 보이면 더 반감 사는 거야. 형은 그 의도가 보여 그래. 억지웃음은 누구나 눈치 채. 진심으로 고객을 위해 웃어 봐."

"어라."

이때 아까 그냥 나갔던 40대 여성이 다시 매장으로 들어오는 게 준기의 눈에 보였다.

"들어오시잖아. 아마 사 갈 거야. 형, 비켜 봐."

여성은 다가오는 여직원을 지나쳐서 준기에게 바로 왔다.

"둘러봐도 여기만 한 게 없네. 아까 그 마스크 팩 두 개 할인하는 세트 줘요."

"네. 여기 있어요, 제품. 고객 리스트에 성함 올리셨나요? 오늘 회원 가입하시면 5프로 적립해 드려요."

준기는 만면에 환한 미소를 지으며 고객의 카드를 받았다.

준기는 직장에서 약간 헐렁한 면바지에 주황색 직원용 티셔츠를 입고 일한다. 그가 근무하는 곳은 천호역에 있는 백화점 지하의 영국제 수제비누 도슈 매장이다. 키는 175센티미터 정도, 깡마른 몸에 갸름한 얼굴형 그리고 둥글고 큰 눈의 준기는 늘 옆 매장 직원 누나들에게 간식을 선물로 많이 받는다. 그래서 곤약젤리, 캐러멜, 초콜릿, 과자 들이 사물함에 가득하다. 간식이 오래되면 알아서 누군가에게 주거나 했다.

"아, 배고프다. 나 곤약젤리 좀. 그거 살 안찌는 거 맞지?"

"먹어서 살 빠지는 건 없어요. 안 먹어야지. 여기요."

"야, 인스타 셀피 올리게. 아이폰 좀 빌려줘."

"근무 중에는 안 되는데."

준기는 쯧쯧 하며 휴대폰을 형석에게 건넸다.

동그란 안경을 끼고 앞머리를 매직 고데기로 펴 내린 여중생 두 명이 들어왔다.

"오늘 JYP에서 캐스팅 매니저가 우리 학교 정문에 캐스팅 하러 왔었대."

"뭐어? 헐, 나 왜 지금 알게 된 거지?"

"근데 아무도 캐스팅 안 됐대. 페북에 후기 떴음."

"진짜?"

"오늘 과학 시간에 소 눈 해부했는데. 니네 반도 다음 주에 할 걸?"

"우와, 개쩐다. 어떻게 했는데?"

"가위로 눈을 잘라서 수정체, 유리체, 망막을 떼어 내서 살펴보는 거야. 쩔지? 글씨 위에 올려놓으면 글씨 크기 달라진다."

준기는 여중생들에게 다가갔다.

"안녕, 뭐 도와줄까요?"

"어, 아저씨."

이미 몇 번 와서 핸드크림 종류를 사 간 학생들이었다. 이름은 몰랐지만 낯은 익었다. 교복에 비슷한 안경, 가지런한 앞머리에 C컬 단발 생머리. 거의 구분이 안 가는 외모였지만 자세히 보면 달라 보였다. 한 아이는 좀 통통하고 한 아이는 마른 체구라는 것 정도가.

"나, 아저씨는 아닌데."

"저기요, 그렇다고 오빠라고 하기도 그래서요. 왜, 코코넛

향 나는 비누 있잖아요? 지난번에 보여준 쉐어 버터 섞인 거요. 그거 사러 왔어요. 돈 모아서 선생님 생일 선물해 드리려구요."

"그래? 이것 말이지?"

준기는 매장 가운데 놓여 있는 비누 제품을 들어 보였다.

"네, 맞아요. 그거. 2만 5천 원짜리요."

준기는 포장지로 깔끔하게 포장을 하고 금색 리본을 묶었다.

"우와, 예쁘다."

준기는 돈을 받고 영수증을 건넸다.

"또 와요."

여중생들이 매장을 나가자 형석이 다가왔다.

"쟤네 교복 일송여중 맞지?"

"네, 그럴걸요."

"하이고, 예쁜 애들 하나 없네. 그러니 캐스팅이 안 되지? 푸후후."

"안 바쁘세요?"

"하여간에 여자들은 주로 너한테 뭐 물어보고 사러 오더라. 결국 얼굴의 차이인가?"

"왜 또 그런 말씀 하세요. 장난도 참."

"얌마. 여자들 너만 좋아하잖아. 그건 사실이잖아."

준기는 콧노래를 부르면서 물건 정리를 했다. 기분 나쁘지 않은 하루 시작이었다.

김유진은 회사에 출근해 원고를 교정할 교정자를 물색하고 있었다. 일하던 분이 최근에 유학을 가서 다른 외주교정자를 알아보는 중이었다. 평범한 사람들이 올린 글과 사진을 에세이 책으로 내는 부서에 근무한 지 3년이 지났다. 대학을 졸업하고 잡지사에 다니다가 지성과 향연 출판사로 이직해 편집자로 일하고 있었다.

“김유진 대리. 이거 좀 봐. 표지 색상이 시안하고 다르게 나온 거 같은데?”

유진은 깜짝 놀라 자리에서 일어났다. 새로 온 상사 조 부장은 동그란 안경을 손으로 들어 올리면서 왼손으로 유진에게 책을 건넸다.

조 부장은 유명한 저자들을 끼고 베스트셀러를 많이 만들어내서 타사에서 스카우트된 출판계 인사였다. 매사에 활기차고 의욕이 넘치는 그는 여직원이 많은 출판사에서 드문 남자 상사이기도 했다. 조 부장은 옷차림도 명품 정장에 노타이로 깔끔하게 입고 이천만 원짜리 시계를 차는 등 허세도 있었다. 그의 주장은 깔끔한 이미지가 저자나 독자에게 신뢰감을 준다는 거였다. 작은 키에 날렵한 인상으로 항상 웃는 얼굴이지만 친밀감보다는 상대방에게 내가 뭔가 잘못했나

되짚어 보게 만드는 긴장감이 들게 했다. 그에게서 유일하게 사람 냄새가 나는 건 왼손에 찬 은색 게르마늄 팔찌였다. 냉철한 그도 건강은 신경이 쓰이는가 싶었다.

조 부장은 차분한 음성으로 말했다.

"내가 오기 전에 진행된 일이지만 뭔가 표지를 뽑아놓고 보니 아쉬운 점도 있고 그러네. 인쇄회사에 알아봐."

"네, 죄송합니다."

"죄송할 건 없고. 알아는 봐야지. 어느 쪽에서 실수를 했는지. 김 대리, 엔도 슈사쿠라는 일본 작가 알아?"

"아, 네."

"그 작가가 자기 관 속에는 《침묵》, 《깊은 강》 두 권만 넣어 달라고 했대. 유진 대리는 그런 책이 있어요?"

유진은 대답을 할 수 없었다. 진심으로 없었다. 조 부장은 휴대폰이 울리고 나서 자리를 떴다.

유진은 인쇄회사에 전화를 걸어 인쇄된 표지가 원래 디자인과 달라지지 않았는지 물어봤다. 유진이 보기에도 제주도 여행 에세이 책의 표지는 파란 바탕에 초록색 풍경 부분이 흐릿하게 인쇄되었고 글씨도 밝은 노란색이 아니라 주홍색에 가까웠다. 회사에서는 디자인대로 인쇄했다고 주장했다. 일단 디자인 원판을 들고 방문하겠다고 하고 약속을 잡았다. 오전 내내 이 문제로 피곤했다.

유진은 요즘 들어 회사를 계속 다니는 문제를 고민했다. 출판사에서 일한 지 7년이 넘어 대리로 승진했지만 내는 책이 잘 팔리지 않아 스트레스를 받았다. 실적뿐 아니라 인간관계에서도 피로함을 느꼈다. 조 부장이 성과를 중시하고 되는대로 밀어붙이는 것도 유진의 성향과 안 맞았다. 부장은 영화계에 판권을 파는 일에 능했고, 유명한 웹툰 작가나 사회학 교수, 연예인과도 친한 사이였다. SNS도 활발해서 자신이 내는 책을 전부 나오기도 전에 독자들에게 알리고 댓글에 일일이 답을 달았다. 유진에게도 SNS를 통한 홍보를 권해서 스트레스를 받았다. 한마디로 화려한 조 부장과 조용한 유진은 잘 맞지 않았다.

아빠는 어떻게 회사에서 수십 년을 견뎠을까. 아빠는 스물넷에 자동차 기업 협력업체 공장에 들어가셔서 30년 넘게 자동차 상판을 재단하고 도색, 조립하는 일을 하셨다.

공장에도 안 맞는 상사가 있었을 텐데, 아빠는 어떻게 이겨냈을까.

유진은 아빠의 투박한 손을 기억했다. 굳은살이 가득한 두툼하고 억센 손.

그리고 풍겨 나오는 멘소래담 로션 냄새. 아빠에게서 그것만이 기억났다.

유진은 동료와 점심을 먹고 사무실로 일찍 들어와 업무를 봤다. 시간이 금방 흘렀다. 커피를 마시러 탕비실로 갔다. 커피메이커에서 커피를 따라 마시는데, 차 대리가 다가왔다.

“자기, 블라인드 알지. 직장인들이 험담하는 데 말야. 뒷담화 주로 하는 데. 거기에 오늘 에세이 팀 인쇄 사고 났다고 떴는데 알고 있어? 누구야?”

유진은 깜짝 놀랐다. 블라인드 앱은 각 회사별로 사원들이 익명으로 고민을 토로하고 상사 흉을 보기도 하는 소셜 앱이었다. 유진도 가끔 들어가 회사 내에 무슨 소문이 도는지 확인을 해보곤 했다.

유진은 얼른 자리로 돌아가서 휴대폰으로 앱에 접속했다.

표지 인쇄 사고 난 거 조 허세가 잡았대.

조 허세는 조 부장의 별명이었다. 댓글들이 달려 있었다.

누가 또 걸려들었냐. 나만 아니면 됨.

에세이 팀 K대리라는데.

표지 사고는 인쇄회사 잘못도 있어.

검수 잘못한 것일 수도 있음. 무능력한 누구누구.

조 부장은 누군가 똘끼 있는 사람이 들이받아야 저 허세가 끝남.

유진은 눈을 질끈 감았다. 연예인들이 악성 댓글을 보고 자살한다니 그럴 수도 있을까 싶지만 충분히 그럴 수 있다. 당해 보지 않고는 모른다.

포털 사이트에서 자신이 만든 책에 달리는 댓글을 보고 처음에는 저자들이 마음고생하지 않을까 싶었다. 그러나 점점 그 악성 댓글이 책을 더 좋게 만들지 못한 자신에게 쏟아지는 비난처럼 여겨졌다.

유진은 블라인드 앱을 닫았다. 스트레스가 밀려왔다. 3시였다. 조기 퇴근하고 싶었다. 이렇다 할 취미도 없었고 요가와 헬스를 그만둔 지 3개월이 지났다. 요즘은 운동도 전혀 하지 않았다. 지하철로 회사를 오가며 걷는 것 말고는 움직임이 없었다. 일하고 나면 어깨가 결렸고 다리는 종종 쥐가 났다.

집 근처 저렴하고 깨끗한 헬스클럽에 1년 넘게 다녔지만 바이크 운동을 하던 중 한 남성이 말을 걸어온 날 이후로 안 나갔다.

그날 유진은 바이크에 보디빌더인 듯한 20대 여성 옆으로 한 칸을 띄워 앉아 운동을 했다. 10분 후 둘 사이에 우락부락한 근육에 몸집이 산처럼 큰 젊은 보디빌더가 앉았다. 모자를 푹 눌러썼고 티셔츠가 꽉 꼈다. 굳이 신경 쓰지 않으려 했는데 5분도 지나지 않아 남성이 유진에게 말을 걸었다.

“운동 혼자 하시나 봐요?”

유진은 짧게 답했다.

“네.”

“그렇게 타시면 운동이 하나도 안 돼요. 클라이밍 버튼을 눌러서, 15도라도 약간 높게 고정해서 산악자전거 타듯이 해야 허벅지에 근육이 붙어요.”

좀 불편했다. 누구와도 안면을 트거나 하는 일 없이 근 1년간 조용히 운동만 했는데 갑자기 누가 말을 건 것이다.

“네.”

유진은 말을 섞기 꺼렸지만 차마 무시하지 못하고 그냥 시선을 앞에 두었다. 보디빌더 남성은 유진이 클라이밍 버튼을 누르지 않자 직접 눌렀다.

“한번 해 보세요. 15도 경사로 올라타 보세요.”

말없이 10여 분간 바이크 운동을 하는데 남성이 또 말을 걸었다.

“페달을 좀더 속도감 붙게 빠르게 달리듯이 밟아 보세요. 실내 바이크도 실외에서 하는 것처럼 긴박감 있게 해야 해요. 이 상태로 20분 달려요.”

유진은 남성이 하라는 대로 했다. 유진에게 숙이듯이 가까이 다가온 남성은 비염인지 코를 훌쩍였다. 상체에서 멘소래담 냄새가 희미하게 났다. 그는 계속 훌쩍거렸다. 불편했다.

유진은 갑자기 바이크 운동을 멈추고 일어났다.

"좀 더 하시죠."

"저, 약속이 있어서요."

유진은 그날 이후 헬스클럽을 가지 않았다. 덕분에 헬스클럽 안의 요가실에서 꾸준히 받던 요가 수업도 못 나갔다.

3주 정도 지나자 헬스클럽의 실장이 전화를 했다. 30대 기혼 여성으로 누구에게나 친절하게 대하고 회원들을 잘 관리했다.

"김유진 회원님, 요즘 안 나오셔서 관리 차원에서 전화 드렸어요. 운동 꾸준히 하셔야죠. 혹시 불편한 점 있으세요?"

"아, 아뇨. 회사 일이 바빠서요."

"회원님, 저희 트레이너가 운동 가르쳐 드린 거 불편하셨나요?"

"네?"

"그게 저희가 클럽 트레이너 일도 늘릴 겸 해서 회원님들에게 운동을 가르쳐 주면서 퍼스널 트레이닝을 유도하라고 시켰어요. 근데 그 트레이너가 이런 일이 처음이라 회원님들 운동하시는데 다짜고짜 말도 걸고 끼어들어서 여성 회원들이 항의하셨어요. 제가 주의 줬고 앞으로 그런 일 없을 거예요. 회원님 기간이 두 달 남았던데, 이번에 1년 더 연장하시면 좋은 조건으로 해드리고 락커비 빼 드릴게요. 다시 나오세요."

유진은 정중하게 그런 이유가 아니고, 회사 일이 바빠서 그러니 정리되면 꼭 나가겠다고 말했다.

며칠 간격으로 두 번 더 실장의 안부 문자가 왔지만 유진은 더 이상 클럽에 나가지 않았다.

불편한 일에 항의도 못하고 회피하는 자신이 답답했다. 남들은 어떻게든 의사 표명을 하는데, 그리고 또 그 장소에 나가 그 사람들을 보는데 자신은 무조건 피한다. 회사 일은 상사의 일방적 명령이라 어쩔 수 없다 해도 내가 고객이면 그러지 않아도 되는데…….

자신이 실망스럽고, 운동을 당분간 쉬고 싶었다. 유일한 취미이자 스트레스 해소법이던 요가와 헬스였는데 아쉬웠다.

유진은 삶을 뒤돌아봤다. 서른두 살이지만 마음은 쓸쓸했다. 즐거울 일이 거의 없었다. 회사 일에서 오는 피로감과 더불어 의지할 사람이 없다는 게 컸다. 마음 둘 데가 없었다. 마음을 터놓을 사람도 거의 없었다. 단짝 친구 재인도 요즘 들어 전화가 뜸했다. 유진 쪽에서 먼저 전화 걸고 메시지를 보내는 일도 줄었다. 며칠 후에 만날 약속을 잡았지만 그뿐이었다. 인터넷 동호회라도 나가려 했지만 마땅한 취미도 없었다.

무엇보다 지금은 인생에 회사나 일이 주는 의미를 찾기 힘들었다. 작가가 되고 싶었지만, 출판사에 입사해 남의 이야기를 편집하고, 출간하는 일을 했다. 어쩌면 지금은 단순히 월급이 필요해서 직장에 다니는 것은 아닐까 싶었다. 인생을 바쳐 일하며 힘든 삶을 살게 하는 회사는 삶에 어떤 의미가 있는지 궁금했다.

이런 고민을 털어놓을 마땅한 사람들이 없다. 그것이 마음을 더 힘들게 했다. 아픔이나 힘듦을 공유할 사람이 없는 고립된 삶. 나는 잘 살고 있는 걸까? 내 인생에 의미 있는 사람은 언제 나타나는 걸까?

전화가 울렸다. 엄마였다. 유진은 망설였다. 회사일이 바빴다고 나중에 말하면 된다. 전화를 안 받아도 되는 면죄부다. 하지만 오랜만의 전화였다.

"유진아."

"어, 엄마."

"잘 지내지? 어디 아픈 데는 없고?"

"괜찮아. 회사야."

"알아. 지난번에 말한 그 아저씨가 너 한 번 보고 싶다는데. 왜, 자재 회사 하시고 인품도 괜찮은 분이야. 엄마랑 만난 지 반년 넘었고."

짜증이 치밀었다.

지난번에는 거부했다. 소개한다는 걸. 그런데 또 만나서 식사를 하자고 한다.

“아저씨네 아들딸도 나온다는데 너도 꼭 나왔음 해서.”

“엄마, 나 바빠. 그리고 좀 그래. 그냥 그렇게 식사하면 안 돼?”

수화기 건너에서 후 하는 한숨과 울먹이는 소리가 났다.

“그게 그렇게 힘들어? 상견례 자리 같은 거 아냐. 부담 없이 샤브샤브 먹자니까. 뷔페 좋으면 뷔페 해도 되고. 어느 호텔로 할까?”

“엄마, 제발. 나 일하는 중이야. 그리고 안 나가요. 부담되는 것보다 그냥 그래.”

“유진아. 아빠 일은 이제 잊어…….”

“엄마, 끊어. 손님 오셨어.”

유진은 전화를 끊고 잠시 숨을 골랐다. 엄마와 말을 하다 보면 이상하게 숨이 턱턱 막혔다. 그래서 잘 찾아가지도 않았고 먼저 전화하지도 않았다. 답답하고 뭔가 터져나갈 것 같은 압박을 느꼈다.

잊어, 잊으라고. 편하게 그렇게 말하면 되는 거야?

잠시 숨을 고르고 가까스로 정신을 다잡고 일에 열중했다. 댓글에 충격 받은 걸로 모자라 엄마까지 힘들게 했다.

유진은 자리에서 일어나 커피를 마시러 나갔다. 회사 앞 커피숍에 가서 아메리카노를 한잔 사서 테이블에 조용히 앉아 마셨다. 뜨거운 커피가 목구멍을 타고 내려가며 고통을 줬지만 개의치 않았다.

내면의 아픔에 비하면 이깟 것은 아무것도 아닌 것 같았다. 쓴 커피를 마시면서 마음을 다잡았다.

버텨야 한다. 버텨보자. 살아남아야 한다. 당분간 가족은 만나지 말고 어떻게든 버텨보자.

뜨거운 커피를 다시 마셨다. 끊지 않고 5초 넘게 삼켰다. 목구멍에 뜨거운 것이 지나가면서 속이 불구덩이를 삼키는 것처럼 뜨거웠다. 그런데 마시고 나니 후련했다. 속이 잠깐 쓰렸지만 오히려 쾌감을 느꼈다.

힘들다. 힘드니까 아픈 것도 당연하다. 그리고 아파야만 한다. 왜냐하면 난, 난 10년 전의 아빠 일을 잊을 수 없으니까. 영원히.

2

비누향이 주는 의미

—

준기는 어릴 적에 서울 인근 대도시의 아파트 1층에 살았다. 지은 지 20여 년은 훌쩍 넘은 오래된 건물로, 20평이 채 안 되는 자그마한 집이었다. 거실 창을 열어놓으면 아파트 화단에서 비린내 비슷한 썩은 냄새가 집으로 들어왔다.

"이게 대체 무슨 냄새니?"

어머니가 창문으로 다가가 코를 킁킁거리는 것을 봤다.

"모르겠어요."

"관리사무소 가서 물어봐야겠다."

다음날, 관리사무소장은 화단에 와서 아파트와 화단이 맞닿은 곳을 나무 작대기로 여러 번 쑤셨다. 그러고 나서 집으로 찾아와 말했다.

"사모님, 아무리 찾아봐도 발견되는 게 없어요. 제가 맡아도 냄새가 나는데 아무래도 고양이 두어 마리가 아파트 밑

구석으로 들어가서 죽은 걸 거예요. 제가 지난번 있던 아파트도 그런 적이 있었거든요. 걱정 마세요. 일이주 지나면 없어져요."

사무소장의 말에도 불구하고 몇 주가 지나도 냄새는 계속 났다. 어머니는 나중에는 개의치 않고 창문을 닫고 반대쪽 다용도실에 있는 쪽창을 열었다. 어차피 이사 갈 거니 상관없다고 했다.

거기서 기억이 잠깐 끊겼다.

"아야."

준기는 어릴 적 일을 떠올리다 손가락을 베었다. 비누를 자르는 칼에 벤 것이다. 피를 입으로 빨아들이고 밴드를 붙였다. 비누를 자르는 칼은 고기를 써는 나이프처럼 뭉툭하고 투박해 보였지만 방심하다가는 잘 갈린 칼날에 베였다.

준기의 눈이 허공을 봤다. 잠시 하던 일을 멈추었다. 요즘 들어 종종, 무연하게 시선을 위로 두고 생각의 심연에 빠져들 때가 있었다.

준기는 비누덩어리를 온스를 달아서 나누어 파는 일이 기분 나쁘지 않았다. 칼날을 만져 보면 늘 오금이 저리면서 짜릿했다. 선단 공포증이 있는 사람은 칼이나 가위 날만 보아도 진저리 친다지만 다칠 것 같다는 느낌보다는 선득한 그리고 아찔한 기분이 들었다.

칼날이라는 단어와 비슷한 느낌을 주는 게 무얼까? 어떤 단어일까. 곰곰이 생각했다.

살인. 칼날처럼 선득한 느낌을 주는 차가운 느낌의 단어. 그 말이 마음을 헤집는다.

'왜 잘 벼려진 칼날만 보면 오금이 저리고 선득한 걸까. 그리고 왜 살인이라는 단어가 마음속에 콕 박히는 걸까.'

마음을 깊게 들여다봤다. 그 답을 알 것 같기도 모를 것 같기도 했다. 곧 누구나 그럴 거야 하는 식으로 생각했다.

칼날은 누구나에게 위험하니까 살인사건 같은 게 떠오르고, 그래서 서늘하고 다리가 떨리는 걸 거야.

준기는 애써 그렇게 생각했다.

3

마음을 해부해 보여줄 수 있을까

임설아는 오늘도 멍하게 창문만 바라봤다. 푸른 하늘이 높다랗게 올라가 있었다. 가을날 쾌청한 날씨가 연속됐으나 설아에게는 그날이 그날이었다. 혼자서 조용히 자리에 앉아 있는 나날들.

쉬는 시간에 반 친구들은 자기들끼리 깔깔댄다.

"야, 나 거울 보고 화장할 때, '이 아이라인은 어디 제품입니다. 이렇게 위로 시선 두고 바르시면 컬업 됩니다……', 이런다? 완전 유튜브 중독이라니까."

"푸하하하하."

들리는 얘기가 재밌어도 관심을 가질 수도, 얼굴을 들어 그들을 쳐다볼 수도 없다. 서로 친하지 않은데 그렇게 하면 어색하기만 할 뿐이다.

쉬는 시간이 끝나고 과학 선생님이 들어왔다. 오늘 과학 시간에는 소의 눈을 해부하는 탐구 과제를 했다.

"자, 모둠별로 소 눈을 하나씩 지급할 테니까 비닐장갑을 끼고 핀셋과 가위로 서로 도와서 해부하는 거야. 알았지?"

30대 여성인 과학 선생님은 늘 필요한 말 이외에는 하지 않았다. 약간 미소를 머금은 차분한 얼굴이었고 표정 변화가 거의 없었다. 선생님이 건네는 기구를 설아가 덜컥 받았다. 아이들은 설아를 보고 피식 웃었다. 그들의 웃음에는 이런 의미가 담긴 것처럼 보였다.

'어디 한번 잘하나 보자.'

설아는 친구가 없었다. 늘 학교에서 혼자서 밥을 먹었고 쉬는 시간에도 조용히 책을 봤다. 그렇다고 책을 읽는 것도 아니었다. 아이들끼리 노는 데 낄 수 없고 휴대폰은 교내 사용이 금지되어 있어 책에 시선을 두었다.

"먼저, 소 눈의 지방을 가위로 세밀하게 잘라서 들어내."

설아는 비닐장갑을 끼고 가위로 소의 눈 겉 부분을 조심스레 잘라 들어냈다. 그러고 나서 선생님이 지시하는 대로 해부용 칼로 각막과 공막의 경계선 부위에 칼집을 내서 가위로 경계선을 따라 잘랐다. 각막이 잘 분리되었다. 주변을 둘러싼 아이들이 긴장하고 두려워했다.

난, 그들이 못하는 것을 해낸다.

설아는 자신감이 붙었다. 숨을 꼭 참고 이번에는 가위로 눈의 앞쪽 전반을 잘라내고 수정체와 유리체를 분리했다. 수정체를 핀셋으로 들어서 종이에 써진 글씨 위에 올렸다. 글씨가 조금 커 보였다. 꼭 렌즈 같았다.

"자 이제 마지막으로, 분리한 눈 각 부위를 해부판 위에 올려놓고 관찰하자."

설아는 유리체, 수정체, 각막 등을 유리판 위에 하나하나 옮겼다. 끝났다. 설아는 해냈다는 자부심에 얼굴을 들어 웃었다. 친구들이 보였다. 그들이 대단하게 여겨 주기를 바랐다. 작은 소리가 들렸다.

"머리 떡진 거 봐."

설아는 고개를 푹 숙이고 얼른 해부도구를 선생님에게 반납했다. 자리로 돌아가 그대로 수그러들었다. 긴 머리카락을 들어 냄새를 맡았다. 교복은 세탁소에 맡겨 주는 이도 없고 집에서 물빨래를 언제 해야 되는지 몰라 그냥 매일 입고 학교에 왔다. 챙겨줄 이가 없는 상태에서 이 정도도 감지덕지였다.

학교에 빠지지 않고 오기, 그리고 밤에는 유튜브 콘텐츠를 만드는 유튜버.

두 가지만 하자. 빠지지 말고 하자. 이게 설아의 인생 목표였다.

4

나이
들고 싶지 않다

—

감건호는 최근에 코 성형수술을 받았다. 아무리 보아도 TV 화면에 나오는 자신의 얼굴이 밋밋해 보였다. 그러던 터에 같이 시사 프로그램에 출연했던 성형외과 의사가 코 수술을 권하자 두말없이 했다. 코끝을 모으고 실리콘을 넣어서 코를 높이니 확연하게 인상이 뚜렷했다.

감건호는 자신감 있는 표정으로 카메라 렌즈를 정면으로 봤다. 감건호의 얼굴이 클로즈업되어 크게 보였다.

감건호는 아나운서에게 말했다.

"살인은 목적이 아닙니다. 어쩌다 보니 살인이 되는 것이죠. 강도, 강간, 사기 모두 목적이 있는 범죄들입니다. 하지만 살인은 어쩌다 보니 피해자가 반항을 하여 밀쳐 보니 죽었더라 이런 게 살인이란 말입니다. 우리 누구나 살인범이 될 수 있습니다. 다만 법을 지키려는 이성의 힘으로 억누르기 때문에 거기까지는 안 가는 겁니다."

"그럼 감건호 프로파일러님은 어릴 적 환경이 중요하다고 누누이 말씀하시지 않습니까? 소외되거나 방치되는 학대받은 아이들이 범죄를 저지를 가능성이 높다고 하셨잖아요. 그런데 같은 집에서 태어나도 한 명은 범죄자가 되고 그렇지 않은 아이들은 어떻게 된 거죠?"

"음, 학대받은 어린이들이 모두 범죄자가 되지는 않습니다. 같은 문을 통해 나오더라도 목적지가 다른 것이죠. 자신이 가진 내재적 힘으로 강제적인 훈육과 폭력적인 말을 이겨내는 사람은 분명히 있습니다. 그 과정이 힘들겠지만, 무너지는 사람보다 많을 거라고 확신합니다."

"네, 그럼 잠깐 쉬었다 다른 주제에 대해 토론을 하겠습니다."

피디가 광고를 내보내고 '1분 후 시작' 자막을 내보냈다. 감건호는 아나운서에게 물어봤다.

"코 어때요? 수술한 지 두 달 지났는데 어색하지 않아요?"

"괜찮은데요? 어디서 하셨어요?"

"강남 민병구 박사 병원에서요."

"저도 가 봐야겠네요. 재수술할 때가 돼서요, 호호."

"제 이름 대고 가면 저렴하게 하실 거예요."

"호호호."

다시 카메라에 불이 들어왔고 피디가 집중하라는 사인을

보냈다.

"아까 끊어진 데서 다시 갑시다."

"네, 알았어요."

아나운서가 말했다.

"오늘은 범죄가 과연 환경에 의해 만들어지는가에 대해 심층 토론 중인데요. 감건호 프로파일러님 말씀 좀 더 들어보도록 하겠습니다."

감건호는 잠시 호흡을 가다듬고 아나운서를 보고 제스처를 하며 말했다.

"그 과정은 힘들겠지만 이겨내는 사람들이 무너지는 사람들보다는 많을 거라고 확신합니다. 셀리그만의 학습된 무기력이란 심리학 용어가 있습니다. 개들을 세 집단으로 나눠서 전기충격을 주는데, 1집단에는 전기충격제어장치를 둬서 이를 피하게 하고, 2집단은 선택의 여지 없이 전기충격을 줬죠. 3집단은 아무런 충격을 주지 않고요. 이 세 종류 집단의 개를 한 곳에 두고 전기충격을 주면 1과 3집단은 도피하기 위해 껑충껑충 뛰지만 2집단은 아무런 행동도 하지 않죠. 학습된 무기력으로 가만히 있는 겁니다. 이처럼 어린 시절에 학대가 반복되고 제대로 된 구조를 받지 못하면 환경에 순응하죠. 하지만 억압이 반드시 범죄로 발전한다는 근거는 없습니다. 1집단의 개들처럼 어떤 방법을 통해 충격을 이기는 경험을 하면 무기력하지는 않습니다. 환경을 개척해 나가죠. 그 충격제어장치는 사회적 장치입니다. 사회에서 시스템이 돕는 걸 의미하죠."

"네, 알겠습니다."

아나운서는 이번에는 패널로 나온 박경식을 봤다. 모니터 화면 속 박경식의 모습이 크게 확대되었다.

"이번에는 서울지방경찰청 형사과 강력계에 계시는 박경식 계장님께 여쭤 보겠습니다. 감건호 프로파일러님의 말씀 어떻게 생각하십니까?"

"하하하, 저는 반대로 생각합니다. 살인은 인간의 본성하고 밀접한 관계가 있습니다. 성적인 욕구와도 관계가 있죠. 정 아나운서 듣기에 불편하시겠지만 사실입니다. 그러니까 살인 욕구는 그 자체로 목적도 되고, 제가 여지까정 수많은 범죄자들을 잡아보니까 환경보다도 그냥 그런 종자들이 있단 말씀입니다. 저는 감건호 씨가 잘못 생각한다, 이 말입죠. 심리학은 잘 몰라요. 하지만 수십 년간 범죄자들을 접하면서 겪은 경험에서 우러나온 겁니다."

감건호는 코끝에 손을 대고 잠깐 눈을 감는 제스처를 취했다.

"프로파일러님, 어떻게 생각하세요."

"그런데 정 아나운서, 혹시 마약 해보셨습니까?"

"네? 무슨 말씀을 하시는 건지……."

아나운서가 피디의 눈치를 슬쩍 살폈다. 피디가 괜찮다는 듯 고개를 끄덕였다.

"호호호, 여기 형사님도 계신데, 농담도 지나치세요."

"이렇게 말을 하면 황당한 생각이 들지 않습니까?"

"네, 그렇죠."

"그런데 말입니다. 정 아나운서도 힘들고 격무에 시달리고, 인터넷 악플에 힘듭니다. 잠은 안 오죠. 불안하고 일은 해야 되고, 사람들 앞에서 카메라 앞에서 억지로 웃어야 되고 가면을 씁니다. 나 자신의 불편한 속내는 감춰두고요. 심적으로 힘들고 정신이 피폐하면 여기저기 아프고 일도 안 되고 손도 떨리면서 대인기피증도 생기죠. 그럴 때 마약이 간절해집니다."

"그래도, 마약이라뇨?"

"향정신성 의약품도 거의 마약 범주에 들어갑니다. 수면제부터 시작하죠. 그러다 좀더 센 약으로 갈아탑니다. 결국에는 손대선 안 되는 약도 찾는단 말입니다. 그런데 마약과 전혀 무관한 삶을 산다 할 수 있습니까? 추동이라는 말이 있어요. 욕구가 결핍됐을 때 나타나는 긴장상태를 말하는데 이 본능이 이성의 힘에 의해 억눌리지만 누구나 그 빗장의 경계가 무너지는 순간에는 범죄자가 될 수 있어요. 사실 편하죠. 구분지어서 나와 범죄자는 다를 거다 생각해버리면요. 근데 그렇지 않아요. 계장님도 아실 겁니다. 술 먹고 주먹 한 방 날렸는데 살인자가 된 사람이 얼마나 많은지, 그런 겁니다."

아나운서는 미소로 화답하며 고개를 저었다.

"정말 감건호 프로파일러님 말씀에는 당해낼 수가 없네요."

피디가 클로징 멘트 사인을 보내고 배경음악이 흘러나왔다.

"오늘은 여기에서 토론을 마치도록 하겠습니다. 나와 주신 감건호 프로파일러님, 박경식 계장님께 감사드립니다. 다음 시간에 두 분과 또 뵙겠습니다."

아나운서가 감건호와 박경식을 번갈아 보며 가볍게 인사를 하고 프로그램을 마무리했다.

프로그램이 끝나고 피디가 감건호에게 다가왔다.

"선생님, 순간 시청률이 팍 뛰었어요. 마약 얘기, 자극적이었지만 수위 지키시면서 좋았습니다. 근데 국장님한테 또 혼날지도 모르겠네요."

"뭐, 나는 사실만 말한 거죠. 별 거 없습니다. 과학적 팩트와 연구 결과, 통계 수치를 논할 뿐입니다."

감건호는 피디와 말을 마치고 책상 아래에 놓인 아이스커피를 들어서 한 모금 마셨다.

이때 박경식이 다가왔다. 큰 키에 수더분한 얼굴, 다부진 어깨와 굵은 목, 그리고 굵직한 허벅지와 허리는 범죄자들을 주눅 들게 하기에 충분했다.

그는 감건호의 손을 붙잡고 악수했다. 박경식의 악력에 감건호가 얼굴을 찌푸렸다.

“어이, 감건호 많이 컸네. 경찰 관둘 때는 뭐 먹고 사나 걱정도 많이 했는데, 역시 말발로 먹고 사는 건 똑같네.”

“저야 늘 그렇죠. 계장님은 잘 살아 계셨습니까?”

“커피 한입 맛봐도 돼?”

“이거 광화문 스타벅스 거라 더 맛있는 건데. 오전에 언론사 다녀와서요.”

“역시 감건호야, 인터뷰 다녀왔어? 그나저나 좀 살살해. 나 계장으로 승진하고 TV 프로 첫 입봉하는데 입 뗄 기회도 안 주면 어쩌? 아직도 살풀이 치는 무당하고 같네. 그냥 되도 안 되도 지어 얘기하는 게 그렇다는 말이제. 서울청에 언제 놀러 와. 세종마을 근처에 맛집 많이 생겼어. 알았지? 점심이나 할래?”

“저 바쁜데요.”

“후후. 야, 감건호. 아직도 감만 믿고 수사하는 식이면 곤란해. 방송도 감만 믿으면 안 된다구. 증거, 팩트가 중요하다구, 이 사람아! 오늘 네가 나 접대한 게 소홀한 거는 다음번에 또 만나자는 걸로 받아들인다.”

“아, 네네. 그렇죠, 계장님. 어차피 출연 회차 남았잖아요.”

“참 너 소띠던가? 올해 소띠 안 좋던데. 우리 작은아버님도 소띠신데 고생 많이 하시다 돌아가셨어."

"연세가 어떻게 되시는데요?"

"여든둘."

"어구 참, 그리고 저 소띠 아니예요."

"아님, 말구."

박경식이 돌아서서 스튜디오를 나가자 감건호는 입 밖으로 '개쉐키'라고 작게 욕을 했다.

"치, 경찰에 있을 때 나 제일 무시하던 놈이 어딜 기어올라. 방송에 발 못 붙이게 할 테니 백날천날 연락 기다려봐라. 작가들이 연락하나. 넌 이 프로그램으로 종방연 연 거야."

감건호는 피디와 작가들, 아나운서와 스태프에게 일일이 웃으면서 정중하게 인사를 하고 화장을 지우러 대기실로 들어갔다. 거울 앞에 앉아 클렌징 티슈를 얼굴에 대는데 주름이 눈에 띄었다. 감건호는 팔자주름에 필러를 맞을까 고민을 했다. 아무래도 요즘 얼굴이 많이 처졌다. 가을쯤 되면 꼭 한 살 더 먹는 티를 냈다.

단독으로 진행하던 프로그램 〈감건호의 현장 추적〉이 최근에 전격 폐지되고 감건호는 시사 토론 프로그램의 몇 곳에 패널로만 출연했다. 조만간 파일럿 프로그램을 만들어 고정 시사프로를 하나 꿰차고 싶은데 뜻대로 되지 않았다.

나이가 많아서일까? 혹시 진행방식이 한물갔나? 그것도

아니면 감건호 자체가 식상한 것인가? 감건호라는 퍼스널 브랜드의 문제? 회사의 홍보 부족? 시청자들과 공감과 소통의 부족인가?

감건호는 깊은 고민에 빠졌다. 돌파구가 필요했다. 경찰과 연계된 프로파일링이나 전문 지식 같은 거. 혹은 유려한 진행방식, 아니면 외모라도 업그레이드해야 했다.

그리고 살인이면 살인, 미제면 미제, 실종이면 실종, 더 들어가서 남녀 혐오범죄, 사이버 범죄 같은 깊게 파고드는 전문 아이템이 필요했다.

뭘로 파일럿 프로그램의 아이템을 잡아 볼까. 프로그램 가제는 〈미스터리 오브 미스터리〉로 잡았다. 밝혀지지 않은 미제사건을 위주로 다룰 예정이었다.

감건호는 머릿속을 굴려봤다. 실종이 좋겠다. 실종은 미스터리의 극대치이면서 한편으로 모든 사건의 시발점이다. 그리고 끝은 살인으로 종결된 경우가 꽤 많다. 게다가 미제다. 사람이 나타나기 전에는 해결이 안 나니까. 프로그램을 같이 준비하는 방송작가들과 오늘 상의해보리라.

감건호는 그동안 겪었던 실종사건을 생각했다. 과거 경찰직에 있으면서 맡았던 사건을 떠올렸다. 대략 떠오른 사건들은 이랬다. 보험사기가 의심되는 아내의 실종사건, 차량 대금을 지불하지 않기 위해 채권자를 실종시킨 중장비 임대업자 사건, 내연녀가 이혼을 요구하자 같이 여행을 갔다가 남자 혼자 돌아와 실종신고한 사건 등등.

그때 감건호의 머릿속에 떠오르는 강력한 사건이 있었다. 10년 전 알코올 의존증 남자의 실종사건. 관련된 이로 그의 아내와 아들이 있었다.

'그 소년은 지금 어디서 무엇을 할까?'

무척 잘생긴 녀석이었는데. 게다가 사건 담당 형사 한 명은 그 아들이 의심스러워 감건호에게 프로파일링을 부탁했다. 박경식도 당시 그 사건을 수사했었다. 지역이 인천이었다.

감건호는 사건 관련 자료를 서재 어디쯤에 두었던가 떠올려 봤다. 집에 돌아가서 찾아보자. 그나저나 그 아이가 지금은 스물이 넘어서 성년이 되었을 텐데 협조나 해주려나.

준기는 매장에서 오전 근무만 하고 퇴근할 참이었다. 오후에는 다른 직원이 근무한다. 교복을 입은 여중생이 매장 근처 엘리베이터 옆 나무 의자에 한참 앉아 있었다. 휴대폰만 만지작거리며 한 시간 넘게 망연히 있는 학생은 어깨 아래까지 오는 머리카락이 헝클어졌고 교복도 단정해 보이지 않았다. 운동화는 언제 빨았는지 검게 때가 타 있었다. 준기는 이 시간에 학생이 왜 거기 앉아 있는지 궁금했다.

준기는 망설이다 다가갔다.

"안녕, 뭐해? 아저씨는 저기 도슈 매장 직원. 할 일 없으면 들어와서 구경해."

설아는 준기를 올려다봤다. 잘생긴, 친절해 보이는 외모의 오빠였다. 꽤 유명한 아이돌 그룹의 보컬과 닮아 보였다.

"아저씨 아닌 것 같은데? 오빠 같아요. 정말 구경해도 돼요?"

"어, 근데 학교는?"

설아는 고개를 저었다.

"오늘 아파서 쨌어요, 내일 가면 되죠. 어차피 집에서 신경 쓰는 사람 없어요."

"난 윤준기. 도슈 매장 오빠라고 편하게 불러. 들어와."

"네, 고맙습니다."

준기는 설아를 상품 진열대로 안내했다.

"이거는 우유, 망고 같은 천연재료로 만든 우유 비누. 향 맡아봐."

"우와, 향 좋다. 비쌀 거 같은데."

"이리 와봐. 괜찮아, 손만 씻어주는 거야."

설아가 살짝 웃었다.

"한번 씻어보면 손이 얼마나 부드러워지고 제품 보습력이 좋은지 확인할 수 있지."

준기는 세면대로 설아를 데리고 가서 소매를 직접 걷고 비누로 손을 깨끗하게 씻었다. 설아는 따뜻한 물이 손에 닿고 부드러운 비누거품이 느껴지자 마음이 푸근했다. 준기의 따뜻한 손길도 나쁘지 않았다.

“이거는 크림 캔디라는 비누인데 달콤한 바닐라 냄새랑 코코아 버터가 아주 향이 끝내줘, 맡아봐.”

설아는 향을 맡고 고개를 끄덕이며 웃어 보였다. 준기는 비누거품을 설아의 코에 묻히는 장난을 쳤다. 설아는 까르르 웃었다. 얼마 만에 이렇게 웃는지 몰랐다.

“저 가끔 와도 돼요? 비누가 비싸서 사기는 쉽지 않은데, 아빠한테 용돈 받으면 올게요.”

“우리 매장은 비누를 파는 게 아니라 환경 사랑하는 마음을 파니까 자주 와. 마음 치유도 하는 매장이야. 엄마는 용돈 안 주셔?”

설아가 잠시 심각한 표정을 지었다 풀었다.

“기분 나빠? 오빠 말?”

“그냥, 엄마는 아주 가끔 1년에 한두 번 만나면 그때 용돈을 주시기는 하는데 친하지 않아요. 아빠는 집에 일주일에 네다섯 번 들어오면 많이 들어오는 거구. 아무도 나한테 관심 없어요.”

“오빠가 관심 가져 준다. 가끔 와서 비누 만드는 거 체험해. 한 달에 한 번 행사 있어.”

설아는 반달눈이 되어 웃었다.

"진짜 웃긴다. 저, 정말 심심하고 힘들 때 오빠한테 연락해도 돼요?"

"어, 여기 명함. 자주는 말고 가끔. 그리고 매장으로 와. 비누, 직원 할인가로 싸게 줄게."

"알겠어요. 고마워요, 오늘 놀아줘서."

"놀아주다니. 미래의 고객을 만드는 건데. 바이바이, 우리 비누는 친환경 제품이라 지구의 미래를 생각하는 기업이라고 인스타에 꼭 올려."

"네, 그렇게 할게요. 안녕히 계세요."

"응, 잘 가. 내일은 학교 꼭 가라. 약속이다."

"네, 오빠."

설아는 준기가 정리하는 모습을 잠시 지켜보다 매장을 나섰다. 내일은 학교를 꼭 가겠다는 결심이 섰다. 손에서 보드랍고 달콤한 향기가 났다.

5

그녀,
만나다

—

홍대역과 합정역 중간에 위치한 클럽 안, 박재범의 〈몸매〉가 흘러나온다. 20대 여성과 남성들이 열광적으로 춤에 탐닉한다. 힙한 클럽답게 화려한 차림새의 남녀가 어울려 춤을 추고 술을 마신다.

준기는 블랙 라이더 재킷에 구찌 로고가 크게 박힌 힙색을 뒤로 메고 발렌시아가 운동화를 신었다. 준기는 춤추는 무리에는 관심이 없었다. 뒤쪽으로 들어가 바텐더가 있는 바에 앉았다.

"석구 형, 잘 있었어?"

준기는 보일 듯 말 듯 아이라인을 그린 눈으로 석구에게 웃어 보였다.

"준기야, 거기 자리 있어."

바텐더의 말에 준기는 옆 자리로 옮겼다.

"뭐 줄까?"

"아무거나. 에일 맥주로."

"얌마, 너는 옷은 그렇게 입으면서 먹는 건 왜 취향이 없냐? 칵테일로 함 줘 볼게. 마셔 봐."

"그래요, 근데 알아서 잘 주잖아."

"옆 자리 언니가 먹는 걸로 줄까?"

준기는 화장실 다녀온 듯한 긴 머리의 날씬한 여성이 옆에 앉는 걸 슬쩍 봤다. 여자는 가슴골이 보이는 하얀색 브이넥 블라우스와 무릎까지 오는 타이트스커트를 입었다.

"인사해요. 여기는 준기, 혼자 오셔서 심심하시죠?"

제법 공들여 화장한 얼굴이었다. 약간 성형을 한 듯 이마와 볼, 입술이 도톰했다. 남자들이 한번은 뒤돌아 볼 만한 예쁜 얼굴이지만 준기는 석구가 내미는 칵테일로 시선을 돌렸다.

"올드 패션 칵테일 좋아해요?"

준기는 여성의 물음에 시큰둥하게 답했다.

"석구 형이 만들어 주는 거 대충 먹어요."

여자는 팔꿈치를 바 테이블에서 떨어뜨리며 약간 몸을 틀어 준기 쪽으로 숙였다. 준기는 여자가 마음의 빗장을 풀었다 싶으면서도 귀찮았다.

"여자들이 좋아하게 생겼다."

여자가 이 말을 하고 픽 웃었다.

"그게 뭔데요? 좋아하게 생겼다는 게?"

준기가 여자 쪽을 돌아보지 않고 태연하게 물었다.

"국민 남친 알죠? 연기하는 애, 걔 닮았다구요. 친절하고 착할 것 같은 이미지. 무슨 일 해요?"

준기는 올드 패션을 한 모금 마시고 고개를 돌려 여자와 시선을 맞췄다.

"연예인 지망생 같은 거 아닙니다. 됐어요?"

"그럼? 아프리카 방송 BJ?"

"준기 애, 백화점에서 일해요."

석구가 귀찮아하는 준기 대신 말했다.

"백화점 어디? 구찌?"

준기가 고개를 까닥하면서 정중하게 말했다.

"미안한데 모르는 사람하고 말 잘 안 섞습니다."

여자가 대꾸했다.

"누구는 날 때부터 친구예요? 왜 이래요? 클럽이 처음 본 사람하고 놀러들 오는 데 아니예요?"

"석구 형, 나 찬물 한 컵만. 술 별로 마시지도 않았는데 확 깬다. 후우."

여자는 화가 난 얼굴로 뾰로통해져서 무대로 나갔다.

석구는 찬물을 주면서 웃었다.

"야, 넌 대체 성향이 뭐냐? 저번에 게이들이 너 연락처 좀 달랬는데 안 주기는 했다만, 도저히 모르겠다. 여자도 남자도 별 관심 없고."

준기는 입꼬리를 들어 픽 웃었다.

"나 피곤한 거 질색이고. 백화점에서도 충분히 피곤해. 그리고 난 취향이 없잖아. 술 깨는데 아무거나 더 만들어 줘 봐."

"취향이 없단 놈, 아무거나 달라는 놈, 바텐더가 젤 힘들어해. 야, 술은 더 먹지 마. 세지도 않잖아. 저 언니야는 어때?"

준기는 찬물을 한 모금 들이켜고 석구가 가리키는 방향을 봤다. 구석에 남녀 커플과 함께 온 여성이 있었다. 차분한 긴 생머리에 적당한 키, 단정해 보이는 이미지였다. 청바지에 검은 재킷이 잘 어울렸다.

"커플하고 종종 오는데, 출판사 다닌대. 뭐, 에세이 만드는 일을 한다는데 올봄에 클럽이나 디제이들 책 냈다더라. 여기 사장이랑 친해서 커플하고 종종 오는데 심심해 보여. 야, 그거 제법 센 건데."

칵테일을 한입에 털어넣은 준기가 물었다.

"나이는?"

"왜, 관심 있냐? 너보다 많지. 그렇게 보이지 않아? 차림새나 분위기나."

"나 책 내고 싶어서."

"니 취향은 하여간 종잡을 수 없다니까. 이거 들고 가 봐. 라거 맥주 좋아해."

준기는 석구가 내미는 맥주를 두 병 들고 커플이 춤추러 나간 사이에 혼자 남겨진 여성 앞에 앉아서 맥주를 내밀었다.

"바텐더 석구 형이 쏘는 겁니다. 안녕하세요."

준기가 꾸벅 인사했다. 석구가 손을 들어 보였다.

"누구세요?"

여성의 물음에 준기가 친근하게 웃었다.

"석구 형하고 친해요. 이름은 윤준기, 도슈 비누 알아요? 천호역에 있는 백화점 매장에서 일해요."

여성은 맥주를 본체만체했다.

"이런 라거 맥주만 마시지 말고 도전해 봐요. 에일 맥주 중에 과일같이 향긋한 맛 나는 거 괜찮아요. 라거와 에일 차이점 아세요?"

"동행이 있어요."

"알아요, 저도 잠깐 맥주만 주고 가는 거니까. 책 만드신다면서요? 블로그에 글 올리고 그러거든요. 사진도 찍고. 이거는 제 명함이에요. 백화점에 오시면 잘 안내해 드릴게요."

여성은 마지못해 명함을 받았다.

"이름 물어봐도 돼요?"

그녀는 머뭇거리다 답했다.

“저는 김유진이요.”

유진은 선뜻 명함을 꺼내지 않았다.

“향수 뭐 쓰세요?”

“네?”

“잉글리시 페어 아니에요?”

유진은 얼굴에 약간의 미소를 띠었다.

“어떻게 아세요?”

“거기 매장에 가서 시향 종종 해봐요. 저는 도슈 비누향보다 그 향이 좋더라구요. 직업상 다른 매장 향수 쓰기에는 좀 그렇지만요. 상쾌한 향 좋아하시네요. 하지만 앞으로 이곳에 오실 때는 미모사 앤 카다멈 쓰세요. 그 향이 저녁에는 잘 어울려요. 그윽하고 야릇하니까.”

유진은 준기의 ‘야릇하니까’라는 마지막 말에 손으로 입을 가리고 웃음을 풋 터뜨렸다.

“저 가볼게요. 나중에 정식으로 인사 나눠요.”

준기는 석구에게 손을 흔들고 클럽을 나갔다. 기분이 그다지 좋지 않았다. 스트레스 풀려고 왔는데 감정노동만 하고 가는 것 같았다. 손이 찝찝한데 깨끗하게 닦아도 여전히 뭔가 들척지근하게 들러붙는 느낌. 왜일까?

준기가 클럽 계단으로 올라와 밖으로 나오는데 아까 바에 앉았던 여자가 남자 두 명과 시시덕대며 담배를 피우고 있었다. 여자가 술에 취한 듯 몸을 약간 꼬면서 준기를 노려봤다.

'야, 니가 그렇게 잘났냐? 흥.'

꼭 그렇게 말하는 것 같았다. 여자는 옆에 있던 남자에게 몸을 가누었다. 준기는 왜 기분이 더러웠는지 깨달았다. 저 여자 때문이다. 쓸데없이 관심을 보이고 배우 누구를 닮았다는 둥 뻴소리를 하던 저 여자 때문.

준기는 침을 탁 뱉고 힙색을 거칠게 앞으로 돌려 지하철역으로 향했다.

유진은 집으로 돌아와 샤워를 하고 평상복으로 갈아입고 TV를 켰다. 그리고 아이패드로 재즈 음악을 틀었다. 이메일을 열어서 작가가 보낸 프로필을 봤다.

유진은 작년부터 유명인의 에세이뿐 아니라 일반 사람들의 감성을 담은 가벼운 느낌의 에세이를 시리즈로 내고 있었다. 클럽 디제이나 사장들뿐 아니라, 대기업 직장인들의 글과 사진, 그리고 커피숍 아르바이트생들의 글과 사진을 엮어서 책을 냈다. 일차적 독자층은 그 가게나 비슷한 가게를 드나드는 단골이었고, 이차적으로 그 직업에 관심 있는 사람들이 책을 읽었다. 유진은 늘 블로그 등을 살피면서 특정 직업군을 유심히 들여다봤고 그 중에 여러 명을 접촉해서 책을 만들었다.

유진은 핸드백을 열어 명함을 찾았다. 검색창에 윤준기라는 이름과 백화점, 그리고 도슈 비누를 넣었다.

'도슈 비누를 사랑하는 사람들을 위해'라는 블로그가 나왔다. 도슈 코리아에서 만든 홍보 블로그였다. '이달의 우수사원 천호점의 백만 불짜리 미소훈남 윤준기'라는 포스팅. 클럽에서 봤던 남자가 양손에 비누를 든 사진이 나왔다. 그 밑으로 미소가 예쁘고 손님들에게 친절해 우수사원으로 뽑혔다는 내용이 있었다. 작년 10월 글이었다. 유진은 댓글을 봤다. '비누냄새'라는 아이디의 댓글이 눈에 들어왔다.

비누냄새

부족한 저를 뽑아주셔서 감사합니다. 앞으로 열심히 일하라는 말씀이시죠?^^ 걱정도 되고 고민도 되네요~

유진은 비누냄새를 클릭했다. 비누냄새의 블로그로 이동했다. 박재범의 노래 〈곁에 있어주길〉이 흘러나왔다. 올림픽공원의 낙엽 길과 능선에 자리 잡은 수백 년이 넘은 은행나무와 호수, 그리고 눈 덮인 산길 등의 사진이 있었다. 유진도 올림픽공원 평화의 문 근처에 오래 살아서 종종 가본 곳들이었다.

인물 사진은 거의 없고 오로지 고적한 풍경들이었다. 어딘지 쓸쓸하면서 정감 있는 풍경. 모두 유진에게 익숙했다. 도쿄의 시부야 츠타야 서점이나, 다이칸야마의 아기자기한 소호 가게 사진이 있었다. 대림미술관의 카르텔 가구와 샹들리에 전시회 사진도 보였다. 블로그 주인은 각 사진 속 구석에 옆모습이나 신발로 정체를 드러냈다.

유진은 대림미술관에 인제 가봤던가 기억을 더듬었다. 최근 2년간 전시회를 간 적이 없는 것 같았다. 같이 책을 낸 사진작가의 전시회에 개막식 날 얼굴을 비추고 얼른 회사로 돌아왔었다.

유진은 블로그 글을 더 읽었다.

서평이 있었고, 명품 소품이나 브랜드 역사에 관해 스크랩하거나 공유한 글도 있었다. 도슈 비누의 신상품인 올리브 망고 비누나 장미 유칼립투스 비누 사용감과 손 씻는 사진도 있었다. '봉사'라는 카테고리 안에는 도슈 직원들과 함께 지역아동센터에서 향 비누를 만드는 사진이 있었다. 그 사진들 속에서 남자는 환하게 미소 지었다. 한 소녀의 손을 붙들고 비누에 꽃문양을 세공하는 법을 가르쳐 주었다.

유진은 윤준기의 번호를 휴대폰에 입력했다. 일에 필요할지 모른다는 생각이 들었다. 그의 카카오스토리를 보고 싶었다. 그가 눈치 챌까 싶어 망설이다 용기를 냈다. 카카오스토리 사진을 봤다. 프로필에는 준기의 옆얼굴이 있었고 사진은 몇 장 없었다.

유진은 입가에 미소를 띠었다. 해프닝으로 끝날지 모르지만 괜스레 기분이 좋아졌다.

얼마 만에 웃는 것일까. 가식적인, 비즈니스 미소 말고 진정한 미소 말이다.

10년 전 아빠가 실종되고 가슴 속에 묻은 말이 너무 많다. 아빠는 어느 날 홀연히 사라졌다. 조용하고 말수가 적고 온순한 아빠. 유진은 당시 대학생이었다.

아빠는 백방으로 찾아도 연락이 닿지 않았다.

유진은 대학을 아르바이트를 해 가며 힘겹게 졸업했고, 엄마에게서 독립해 산 지 5년이 넘었다. 유진은 어릴 적 살던 동네인 방이동에 집을 구해 남았지만, 엄마는 이곳을 떠나 다른 곳으로 이사를 갔다.

유진은 종종 아빠를 떠올렸다. 우울증이 있었던 것일까? 하지만 아빠는 우울증 약을 처방받은 적이 없었다. 산업재해를 당해 다리를 다친 후 집에서 종일 방문을 닫고 술담배를 했다.

'누군가를 만나러 갔다가 실종된 것일까? 혹시 나쁜 일에 연관된 것은 아닐까?'

아빠는 속내를 말하는 사람이 아니었다. 아빠가 두고 간 휴대폰을 보니 전화번호 목록도 20여개를 넘기지 못했다.

유진은 가을이 되면 아빠가 생각났다. 가을에는 아빠와 올림픽공원에 놀러 가 낙엽이 쌓인 길을 걸으면서 마른 낙엽을 주웠다. 아빠의 몸에서 나던 멘소래담 냄새도 익숙했다. 공장에서 노동을 하며 근육통을 달고 살았던 아빠는 두 가지 냄새가 났다. 근육진통제 연고와 술 냄새.

아빠가 다리를 다치기 전의 기억들이다. 다치고 난 후에는 술과 담배 냄새가 독했다.

유진은 기억에서 나와 현실로 돌아왔다. 블로그 사진들을 보니 공원에는 유진과 아빠의 마지막 추억들이 남겨진 풍광들이 있었다. 아빠는 사라졌지만 풍경은 여전했다. 그대로 있는 나무들과 호수, 그리고 토성 능선 자락에서 세월의 흔적보다 오로지 흐름을 느꼈다.

사람만이 사라지는구나. 자연은 그대로 있고.

그런 감상을 블로그에서 마주치다니. 새삼 기분이 울적해지면서 치미는 감정이 있었다.

만나보고 싶었다. 이 명함을 주고 간 남자를. 그리고 이 사진을 찍은 남자를.

유진은 블로그를 닫고 〈곁에 있어주길〉을 재생했다.

오늘 같은 밤은 정말 누군가 곁에 있어주었으면 하는 생각이 들었다. 유진은 모과청을 머그컵에 넣고 뜨거운 물을 부었다. 혀가 데일 만큼 뜨거운 모과차를 조금씩 음미했다.

페이스북을 열었다. 타임라인에 뜨는 사람들은 거의 나이 있는 사람들이었다. 일하다가 만난 여행 작가들이 작품 활동에 관해 올렸다. 친구들은 직장 다니고 결혼해 아이를 돌보느라 타임라인에 글을 많이 올리지 않았다.

혼술, 혼밥 그리고 직장 업무, 업무의 연장선상의 일들. 지치고 피곤했다. 친구들은 멀리 살고 고민을 주고받을 상대가 없었다.

속마음을 털어놓을 수 없고 감정을 절제하는 상황들이 겁이 났다. 인간관계가 피곤했고, 상사나 동료에게 다가설 때에도 혹시 실수하는 것은 아닌지 떨렸다.

그나마 같이 클럽에도 가는 고등학교 동창 재인이 가장 친한 친구였다. 재인과 만나는 것이 유일한 사적인 만남이었다. 재인은 유진이 이사할 때도 남편하고 와서 도왔다. 그녀는 대학졸업 후 일찍 결혼했고 아이는 없었다. 직장 일에 바빠서 그런지 아이가 잘 생기지 않는다고 했고 병원에 가서 난임시술을 받기에도 용기가 나지 않는다고 했다.

유진은 프로필을 보내온 작가에게 이메일로 감사하다는 답을 보내고 불을 끄고 침대에 누웠다. 잠들 수 있을까. 불면은 밤만 되면 야금야금 기어왔다. 억지로 눈을 감았지만 잠이 안 왔다. 휴대폰을 들어 인터넷 서핑을 하다가 잠이 들었다. 꿈에서 페북에서 본 작가들의 풍경 사진들을 보았다.

아침, 알람이 울리고 유진은 일어났다. 30분 안에 출근 준비를 마치고 집을 나섰다. 계단을 내려가다가 다시 올라와 문고리를 잡아당겼다. 오늘 입은 베이지색의 니트와 롱 재킷이 숄더백과 언밸런스하다는 생각에 신경이 곤두섰다.

지하철을 타고 출근하는 길은 늘 붐볐다. 낯선 사람과 10센티미터의 간격을 두고 휴대폰에 억지로 눈길을 두었다. 화면을 보려는 것이 아니라 단지 시선을 회피하기 위해서다. 출근한 유진은 페이스북에 댓글이 달렸다는 이메일을 열고 페북에 접속했다.

조 부장이 SNS 홍보를 중시하기 때문에 무시할 수 없다. 페북 게시물 중에 《음식 맛집 기행 베스트 홍콩》 책 홍보 글에 달린 댓글이었다.

이 책, 잼있게 봤네요~ 앞으로 이런 책 많이 만들어주세요~~

유진은 댓글에 고맙다고 글을 달아 주고 댓글을 올린 페북 계정으로 이동했다.

페북 주인은 윤준기였다. 그의 소개는 도슈 매장 직원, 서울 거주, 비누향기를 사랑하는 사람 등으로 나와 있었다.

타임라인을 봤다. 매장에서 웃고 있는 사진과 직원들과 찍은 사진 그리고 공원과 바다 사진, 일본 여행 사진 등이 있었다. 유진은 픽 웃었다.

오후 근무 중에 전화가 걸려 왔다.

"지성과 향연 출판사 편집팀 김유진입니다."

"저, 윤준기예요. 기억나세요?"

유진은 놀랐고 동시에 경계했다.

"아, 네. 페북에 올린 댓글 봤어요. 답글 달긴 했는데 이 번호는 어떻게……."

"보셨구나. 미안해요. 스토킹 하는 거 절대 아니예요. 그냥 페북으로 찾아갔는데 마침 제가 읽은 책이 타임라인에 있어서요. 그리고 페북에 올린 직장 전화번호로 걸었어요. 저도 책 내보고 싶은 꿈이 있어요."

유진은 잠시 침묵했다. 조금 불편했다.

"저기, 나중에 언제 매장에 오세요. 잠깐이라도 말 나눠보고 싶었어요. 그날 클럽에서는 경황이 없었잖아요. 시끄러운데 말도 나누기 힘들고."

"네, 그럴게요."

"미안해요, 끊어야 돼요. 매장 오픈 준비해요."

유진은 전화를 끊고 컴퓨터 모니터로 시선을 돌렸다. 잠시 일을 하다 탕비실로 가서 커피를 머그컵에 따랐다. 자리로 돌아와 커피를 마시며 대림미술관 홈페이지를 열었다.

카르텔 전시회는 꼭 가보고 싶었다. 다행히 이번 주 주말까지 하고 있었다. 인터넷으로 한 장을 예매했다.

일요일 오후. 유진은 한남동 대림미술관에 가서 큐레이터의 설명을 들으며 전시회를 관람했다. 명품 가구의 역사와 작가들의 고된 작업에 대해 알 수 있었다. 화려한 색감의 가구들과 조명을 보고 사진도 찍고 북 디자인에 참고할 것들은 메모를 하며 머리에 담아두었다.

젊은 남녀 커플들 사이에서 관람을 마치고 나오자 뿌듯함을 느꼈다. 오랜만에 문화생활을 했다.

윤준기의 연락은 더 오지 않았다. 괜하게 긴장한 것은 아닌가 싶었다.

주말이 지난 월요일, 회사에서 조 부장은 표지가 잘못 인쇄된 건을 지적하며 유진의 책임으로 몰았다. 인쇄회사에서 자신들은 검수를 제대로 받았다고 나오자 유진은 자신의 잘못으로 인정했다. 조 부장은 목요일 오전 회의 시간에 유진을 공개적으로 질책했다. 앞으로는 이런 일이 발생하면 구글 문서로 사원들 모두에게 문제를 공유하고 해결책을 제시해 보게 할 거라는 말도 덧붙였다. 조리돌림과 다르지 않았다.

조 부장이 회의 중 뱉은 말들이 귓가를 맴돌았다.

'내가 현직 에디터로 일할 때 어느 날 엄청나게 몰입해 일

해보니 낮 12시입니다. 그럼 어떻게 됐게요. 베스트셀러 작가와 점심 먹고 나서 그날 오후부터는 선물이 된 겁니다.

시간 낭비하지 마세요. 책상에 앉아서 월급 루팡하면 시간은 잘도 가고 세월도 잘 가고 나이 잘 먹죠.

그런 게 근성이 부족하다고 여겨져요. 왜들 오전 시간 대충 때우면서 좋은 말로는 시간 낭비, 나쁜 말로는 허공에 삽질하는 겁니까. 책상에 붙어있지 말고 나가서 유명 저자라도 만나보고, 안 만나주면 용기 있게 불시에 사무실로 쳐들어가고, 그런 패기 없습니까? 왜 매출 실적은 나만 책임지는 거죠? 책들은 여러분들이 싸지르는데.'

그날 유진은 회사 화장실에서 말없이 눈물을 삼켰다. '싸지르는데'라는 단어가 귓가를 맴돌았다. 서운했다. 책이 안 팔리면 만든 사람마저 폐기물처럼 보는 그가 무섭고 싫었다.

점심을 거른 채로 교정 보낼 원고를 다듬는데 조 부장이 내년도 기획안이 정성이 부족하다고 사내 연락망으로 지적했다. 속이 아렸다.

교정 원고를 퀵서비스로 교정자에게 보냈다. 기획안 파일을 다시 살펴보다 커피를 마시러 몸을 일으키는데 카톡 메시지가 왔다.

저 윤준기입니당, 기억하시죠? 지성과 향연 출판사 앞에 있어요. 백화점 본점에 물건 갖다 주러 왔거든요. 근처 커피숍 할리스에 있는데 잠깐 나오실래요?

유진은 메시지를 확인하고 놀랐다. 잠시 생각하다 답을 줬다. 엉망인 기분을 전환할 일은 필요했다. 커피도.

그럼 잠깐 봐요.

네~.

유진은 화장실에 들러 손을 씻고 옷매무새를 단정하게 하고 회사 밖 길 건너 맞은편 커피숍으로 들어갔다. 매장에는 밝은 느낌의 발라드곡이 흘러나왔다.

준기가 유진이 들어오자 활짝 웃으며 오른손을 흔들었다.

"여기요, 반가워요."

유진은 당황하며 다가섰다.

"그게 저, 나오기는 했는데 좀 놀랐어요."

준기는 환하게 웃으며 손을 내저었다.

"안 나오셔도 괜찮았는데요. 사실 여기 백화점 본점에 기프트 세트가 다 떨어졌다고 해서 급하게 열 세트 갖다주러 왔어요. 시간이 잠깐 남아 뵙고 가려고요. 커피 뭐 드실래요?"

유진이 일어나는데 준기가 말렸다.

"제가 불러냈는데 제가 사는 게 당연하죠."

준기는 커피와 당근 머핀과 마카롱을 들고 왔다.

"출출하실 거 같아서요. 우리도 이맘때 간식 살짝살짝 먹거든요. 매장에서는 안 되고 휴게실에서요."

"감사합니다. 담번에는 제가 살게요."

"지성과 향연 출판사 책, 제가 읽어본 게 꽤 되더라구요. 유진 씨라고 해도 되나요?"

"네, 괜찮아요."

준기는 포크를 유진에게 건넸다. 유진은 머핀을 떠서 먹었다.

"유진 씨 페북에서 본 홍콩 맛집 기행 책도 그렇고, 일본 시즈오카 녹차를 다룬 책도 재밌게 읽었어요."

유진이 미소 지었다.

"다 제가 편집 본 책인데요."

"그래요? 사진도 내용도 알찼어요. 책을 읽는 것만으로 그곳에 가고 싶다는 생각이 들었죠. 일본에 가본 적 있지만 시즈오카는 못 가봤어요. 도쿄의 츠타야 서점을 둘러봤는데, 나중에 시즈오카 츠타야도 가보고 싶어요."

"츠타야 서점은 출판인들도 시장 조사 겸해서 분위기와 매장 배치 연구하러 들러요."

"시부야점에 가 봤을 때는 우리나라에는 거의 사라진 CD들을 대여하고 파는 게 아날로그 느낌이 많이 들었어요. 아늑한 맛도 있고 잊힌 과거로 회귀한 느낌이 들더라구요. 다이칸야마점은 세련된 모습이 우리나라 교보와 비슷하구요. 그런 느낌은 예전에 아버지와 돌아다니던 남대문 카메라 거리를 생각나게 해요. 아버지가 다정하신 분이어서 저를 찍어주시겠다고 사진기를 사고 그러셨죠. 라이카 카메라 같은 거요. 지금 집에 남은 건 거의 없지만."

"아버지는……."

"돌아가셨어요."

"미안해요, 물어봐서."

"아니에요, 좋은 추억만 있는걸요."

유진은 준기와 한참 이러저러한 이야기를 나눴다.

"영화 〈코코〉 보셨어요?"

유진은 커피를 한 모금 마시고 고개를 저었다.

"저 그 영화 보고 울었어요. 감동적이어서. 재상영한다는데 한 번 가보려구요."

"나도 보고 싶기는 했는데 그때 일이 많아 야근하느라 못 봤어요. VOD로 보려고 했는데."

"아뇨, 같이 봐요. 시간이 된다면."

준기는 그렇게 말하고 이렇게 덧붙였다.

"나랑 보는 게 괜찮다면요."

유진은 잠시 생각하다 말했다.

“만약 다음번에 같이 본다면 영화표를 제가 살게요.”

“그래요? 그럼 저는 팝콘 살게요. 언제 시간 괜찮아요? 매장은 월차 하루 낼 수 있고 주말도 돌아가면서 쉬니까 미리 말해주면 돼요.”

“나중에 연락드릴게요. 지금은 회사에 들어가야 해서.”

“저, 이거.”

준기는 자그마한 쇼핑백을 내밀었다. 도슈 쇼핑백이었다.

“이거 제가 직원 할인가로 사 왔어요. 작은 방향제인데 싼 거예요. 부담 안 가져도 돼요.”

유진은 준기가 맡기듯이 내민 쇼핑백을 들고 난처했으나 준기는 꾸벅 인사를 하고 커피숍을 나가면서 손을 크게 흔들었다. 윈도로 보이는 준기는 경쾌하게 걸었다.

문득 다이칸야마 츠타야를 방문했을 때 친절히 안내하던 일본인 청년 점원의 미소 띤 얼굴이 떠올랐다. 준기의 해맑고 친절한 이미지가 그 청년을 연상케 했다.

기분이 좋았다. 쇼핑백 안의 자그마한 디퓨저 용기가 무척 귀엽고 심플했다. 라임 바질 향. 뚜껑을 열어 향을 맡으니 청량감이 들었다.

유진은 마시다 만 커피를 들고 회사로 돌아와 기획안을 봤다. 디퓨저는 사무실 책상 한 구석에 놓았다. 혹시 향에 민감한 직원에 폐를 끼칠까 싶어 뚜껑을 반만 열어서 나무막대기를 꽂았다.

며칠 후, 준기와 영화 약속을 잡은 유진은 신경을 써서 캐주얼 차림에 클러치 하나만 들고 나왔다. 하얀색 가죽 스니커즈를 신어서 발걸음이 가볍게 느껴졌다. 건대 안에 있는 예술영화관에 도착한 유진은 주위를 두리번거렸다. 저만치 먼저 나와 있던 준기가 반갑게 손을 흔들었다.

"유진 씨, 영화표 제가 얻은 게 있어요. 이거 봐요."

"〈코코〉 아니예요?"

"아, 그거 상영 취소됐대요. 이 영화는 저도 못 본 거라서요."

"그래요, 제가 팝콘 살게요."

유진은 준기와 함께 영화관으로 들어갔다. 〈셰이프 오브 워터〉. 말을 못하는 장애를 가진 여주인공이 미지의 생명체와 교감하는 내용이었다. 몽환적인 화면에 소수자들이 사랑을 지키려 애쓰는 감동적인 장면들이 인상적이었다.

유진은 마지막 결말 장면에서 눈물을 닦았다. 어두운 영화관에서 준기가 티슈를 건넸다. 유진은 눈물을 가까스로 참고 콜라를 조금 마셨다.

말이 통하지 않아도 있는 그대로 봐주는, 오로지 친밀한 감정으로 시작해 점점 의존하고 소통하는 사랑. 외면을 괘념치 않고 내면의 교감을 중시하는, 서로의 가슴을 원통으로 관통하여 감정을 교류한 것처럼 여겨졌다. 그런 소통이 있을까 싶었다. 영상미에 부드러운 재즈 음악이 더해져 고혹적이었다.

"영화 끝났어요. 나가요."

유진은 크레딧이 올라가고 나서 준기와 영화관을 나왔다.

"영화 정말 좋다. 같이 보길 잘했어요, 고마워요. 영화 혼자 보는데 보고 나서 나올 때 쑥스러워요. 감동을 나눌 사람도 없고. 인터넷이라는 매개체를 통해 나눠야 하고."

준기와 유진은 근처 이자카야에 들어갔다. 붉은 조명 아래 사케 두 잔을 시켜 안주로 꼬치를 먹으며 대화를 나눴다. 사케를 한 모금 마신 준기의 두 볼이 발그레했다. 유진은 무심코 웃었다.

"대화가 통하는 사람을 만나고 싶어요. 그리고 대화를 넘어서 눈빛만으로 소통되는 그런. 영화에서는 미지의 생명체와 사람이 소통하는데 사람은 더 힘들어요. 외면을 많이 따지니까. 서로 상처만 되고."

유진은 그윽하게 준기를 봤다.

"전 그러고 싶지 않아요. 학벌, 집안, 내세울 것도 없고 키도 덩치도 작은 편이죠. 사람 그 자체를 놓고 교감하고 어울리기만 해도 즐거운 관계맺기를 하고 싶어요. 너는 너대로 나는 나대로, 구별짓기하고 편 가르지 말고요. 유진 씨는 어떻게 생각해요?"

"그게 더 힘든 거 같아요. 외양은 수치대로 적혀 있지만 내면은 어떻게 알죠? 외면을 보고 반해서 서로 사귀다 차츰 내면을 알면 적응하기 힘들고. 인간관계 맺기가 점점 어려워요."

"아, 그렇기도 해요. 유진 씨는 저와 대화가 잘 통해요. 이런 얘기 조금만 꺼내도 다들 지겨워하던데."

"츠타야 서점 순례하는 이유가 뭐예요?"

"버킷리스트이기도 하고, 나중에 저만의 자그마한 서점을 열려고요."

"독립서점이요?"

"그거보다 더 작은 개념? 내 마음속의 서점 같은 거."

"내 마음속의 서점? 책 제목 같네요."

"먼저 쓰면 안 돼요! 제가 그 이름으로 책 낼 테니까. 유진 씨가 편집해줘요. 부탁해요."

유진은 소리 내 웃었다. 진심으로 유쾌했다. 같이 대화를 나누는 것만으로도.

"서점을 열어서 제가 감명 깊게 읽은 책 소개하고 시도 낭독하고, 사람들과 독서회도 갖고 영화 상영회도 열 거예요. 동네 주민들과 어울리는 좋은 청년, 선한 이웃 그리고 옆집 오빠 같은 친구가 돼서 희망과 용기를 주고 싶어요. 유진 씨는 꿈이 뭐예요?"

유진은 잠시 생각했다.

꿈이라는 거, 미래 그리고 희망과 소원. 최근에 그런 생각을 해본 적이 있나. 회사 일에 일상에 아무 생각 없이 급급하고 살지 않았나.

"출판사 대표?"

"아, 아뇨. 그렇게 거창하지 않아요."

"거창하다뇨? 요즘 독립출판하는 젊은 친구들이 얼마나 많은데요? 저는 유진 씨가 만든 책은 무조건 제 서점 윈도에 가판대에 깔아버리니까 걱정 말아요. 어때요? 생각만 해도 즐겁지 않아요? 하하하."

준기는 크게 웃었다. 유진도 사케를 입에 대고 즐거워했다.

"좀 들어요."

유진은 주문한 나가사키 짬뽕이 나오자 준기에게 면을 덜어 줬다.

"아, 아. 누나, 싫어요. 몰빵하지 마요. 나 살찌는 거 싫어요. 매장 카운터 뒤쪽 좁단 말예요. 살찌면 부대껴요."

유진이 빵 하고 웃음을 터뜨리자 준기가 쑥스러워했다.

"누나라 불러도 돼요? 누나가 어릴 적부터 있었으면 해서. 그것도 버킷리스트인데……."

"그, 그래요."

"아싸! 오늘 버킷 하나 성취 완료! 저, 여기요. 같은 걸로 한 잔 더! 역시 혼술보다는 누군가와 대화하며 마시는 게 즐거워요!"

유진은 크게 웃었다. 유쾌하고 재밌었다. 유머러스한 대화가 자연스럽고 편하게 오갔다.

헤어지기 전에, 준기는 다음번에는 올림픽공원에서 평일 밤에 만나 야경 산책을 하자고 했다. 유진은 웃으면서 고개만 끄덕였다. 준기는 메시지를 보내 약속을 잡겠다고 했다.

준기는 천호역에서 내렸고 유진은 8호선으로 갈아타 몽촌토성역에서 내려 집으로 걸어갔다.

알고 보니 준기는 유진과 지하철 두 정거장이 떨어진 곳에 살았다. 가까운 데 사는 것도 신기했지만, 만날 때 번거롭지 않겠다는 생각이 들었다.

사람을 만나는 데 시간 투자를 하는 게 점점 피로해서 재인이 정도만 만났다. 거의 모든 친구 관계가 가끔 연락하는 정도였다. 직장 동료와는 회식에서만 교류했다. 그런 와중에 가까운 데 사는 친구가 반가웠다. 게다가 무척 유쾌했다. 오랜만에 소리 내어 웃었다. 그럴 일이 거의 없었는데.

내일은 직장에 나가야겠지만, 편하게 소통했던 친밀감과 그가 나를 지지해준다는 느낌에 고된 일도 잘 지나갈 것 같았다.

그날 밤 늦게, 준기가 메시지를 보냈다.

자요? 전화해도 돼요?

유진은 오케이 메시지를 보냈고 준기가 전화를 걸었다. 이것저것 일상의 일들을 이야기하다가 준기가 게임을 하자고 했다.

"프리파이어 게임 알아요? 쉬운 거예요. 폰으로도 되는데, 보이스 기능이 있어서 서로 전화 대화처럼 할 수 있어요."

유진은 준기가 일러주는 대로 휴대폰에 게임을 다운받고 여성 캐릭터를 만들었다. 준기는 자신의 차림새와 비슷한 세련된 남성 캐릭터였다.

유진이 보이스 기능 버튼을 누르자 서로의 목소리가 전달됐다.

"조심해요, 앞에 누구 있어요!"

처음 해보는 게임이라 어색했지만 준기의 리드대로 무기를 바꿔서 적극적으로 했다.

"샷건 아이템 주워요. 어서!"

"어어, 준기 씨, 뒤에! 뒤에!"

"에잇! 고마워요."

준기는 뒤를 돌아 저격했다.

"아싸, 4킬, 네 명 킬했어요."

유진은 게임을 즐기는 편이 아니었지만, 모처럼 꽤 재밌게 시간을 보냈다. 어느덧 새벽 1시에 가까웠다.

“이제 끊어요. 참, 그리고 올림픽공원 산책 꼭 해요. 나중에 톡 보낼게요.”

준기와 전화를 끊고 유진은 얼굴에 웃음을 띠고 침대에 누웠다. 특별한 사람이 된 것 같은 들뜬 기분이었다. 깊은 잠에 빠질 수 있을 것 같았다.

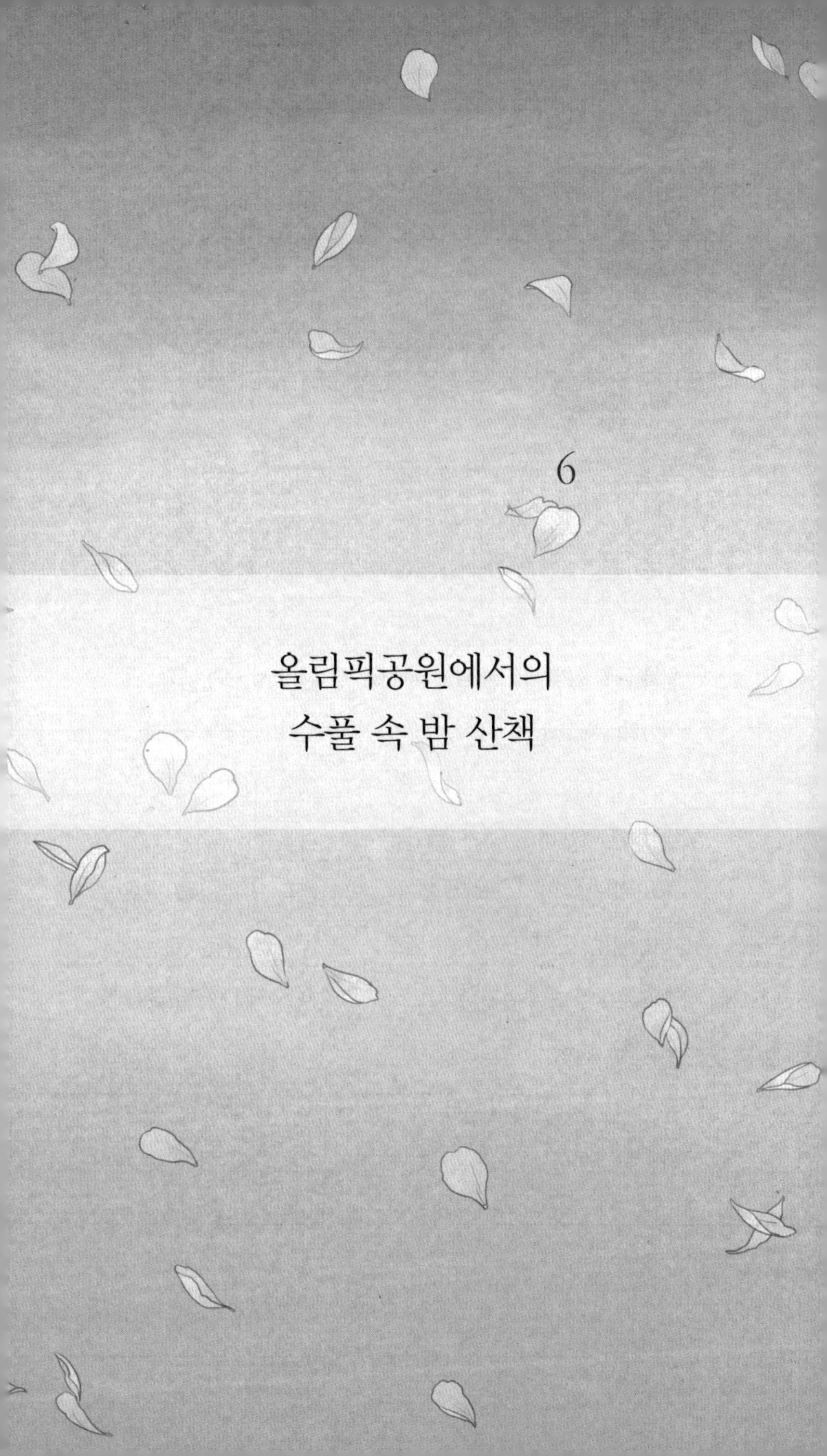

6

올림픽공원에서의 수풀 속 밤 산책

—

이틀 후, 오전에 근무하는데 준기의 톡이 왔다.

오늘 공원 산책과 야경 감상 어때요? 산책하면서 제가 내고 싶은 책 이야기도 하고 싶은데요~

유진이 괜찮다고 하자 준기는 밤 9시에 보자고 했다. 근무가 8시에 끝난다고 했다. 유진은 알았다는 메시지를 보냈다.

정각에 평화의 문 앞에 도착한 유진은 주변을 둘러봤다. 사람은 10여 명밖에 없었다. 아무래도 늦은 시간이라 산책하는 사람이 적었다.

유진이 두리번거리다가 불이 타오르는 성화대 앞에 가서 섰다. 이글이글 타오르는 불, 88올림픽 이후로 한 번도 꺼지지 않았다는 영구적인 불이었다. 유진은 두 손을 주머니에서 꺼내 불을 쬐었다. 그런데 불에서 온기가 느껴지지 않았다.

"그거 안 따뜻해요. 진짜 불인데 이상하게 현실감이 안 드는 게 그런 이유일 테죠."

유진은 뒤돌아섰다. 회색 후드티를 입고 모자를 푹 눌러쓴 준기는 모자를 벗고 웃었다. 그의 눈이 달처럼 휘어있었다.

"놀랐어요?"

"아, 아뇨. 책 얘기는 뭐예요? 내 마음속의 서점 같은 거?"

"핑계예요, 부담 갖지 말아요. 오늘 안 나올까봐 말 덧붙인 거예요."

유진은 미소 지었다.

"보고 싶었어요, 그냥요. 뭐든 인과관계가 있는데 그냥이라고, 우연이라고 하면 틀린 건가요?"

유진도 평소 내색하지 않았지만 되는대로, 기분 좋은 대로, 끌리는 대로 삶을 살면 어떨까 싶을 때가 많았다.

"이리 와요. 이 길로 쭉 걸어가면 북문이 나와요. 손 줘요."

유진은 준기에게 손을 잡혔다. 준기의 손은 따뜻했고 무척이나 부드러웠다. 전혀 거친 데가 없었다.

"어때요? 제 손이 더 따뜻하죠? 인간의 체온은 37도지만 불의 온도인 1000도보다 따뜻해요. 마음이 발산하는 온도라고 할까요?"

준기가 이끄는 데로 걸었다. 낮에 와보면 길이나 위치를 잘 알겠지만 시야가 어두우니 헷갈렸다. 수십여 년 된 나무들이 오른쪽에 있고 왼쪽으로는 호수가 있다. 소소리바람에 능수버들이 머리를 길게 늘어뜨리고 흔들렸다. 저 멀리 올림픽회관도 보였다.

"어둠 속에서 나무들을 보고 있자면 말을 걸어오는 것 같아요."

"네? 정말요?"

"사람처럼 보인다구요. 어둠 속에 나뭇가지는 머리카락 같고 그게 너울거리면서 손짓하듯이 나를 부르죠. 제가 상상력이 남달라 그래요. 영화도 끝까지 안 봐도 딱딱 반전 맞추고 그래요. 촉이 있달까. 뭐 안 좋은 일 있어요? 안색이 지난번과 달라요."

유진은 회사에서 있었던 일을 떠올렸다. 회의 시간에 조부장이 정신을 어디다 두냐고 핀잔을 줬다. 유진 생각에 조부장은 유진을 찍어 놓고 직원들 앞에서 망신을 주면서 자신의 스트레스를 풀었다. 착각일 수도 있지만 전보다 지적이 늘었다.

"회사 일이 좀 힘들어요. 상사도 새로 왔는데 힘들고요."

"아, 그렇구나. 누구나 그렇죠. 억지로 맺는 인간관계는 회사에서 발생하죠. 제가 서점을 차리면 퇴사학교를 만들어서 잘 퇴사하는 법 강의를 하려고요. 사실 원래 하시는 분이 따로 있는데, 저도 분점 내려고요."

"퇴사를 종용하는 강의인가요?"

"아뇨, 잘 퇴사하자는 거예요. 당장 퇴사를 마음먹더라도 좀 참아보자. 능률적으로 잘, 회사를 다니면서 이겨나가자는 강의. 회사를 어떻게 하면 물리지 않게 잘 다닐 수 있는지, 그리고 퇴사해도 제2의 인생을 살 힘을 길러주는 거랍니다."

"준기 씨는 굉장히 똑똑해요. 사람을 잘 알고. 무엇보다 두려워하지 않는 게 좋아요. 난 그렇지 않은데."

"아뇨, 쫄보예요. 겁도 많고. 그런데 짜져 있으면 아무도 나를 챙겨주지 않고 소외되니까 성격을 바꾸기로 맘먹었어요. 맘만 먹으면 누구도 그렇게 돼요. 으라차차, 에너자이저는 소수만의 특권이 아니예요. 누구나 힘을 내면 따는 타이틀이죠."

"그렇군요. 나도 그럴게요."

"후후, 내가 도울게요."

어느덧 둘이 걸은 지 꽤 됐다. 검푸른 호수를 지났다. 공원의 밤은 조용하고 어두컴컴했다. 가로등이 군데군데 켜 있었지만 10여 미터 앞도 어두울 정도로 깜깜했다.

"무섭지 않아요? 전 여기 좋아요. 일 끝나면 매장에서 걸어서 와요. 공원을 한 바퀴 돌아서 천호동 집에 돌아가죠."

반대편 방향으로 혼자서 산책하는 할아버지가 보였다.

"저분처럼 혼자 다니는 분도 꽤 있어요. 상상 속에서 미지의 여친 그려 보면서 언젠가 공원에 같이 와야겠다 생각한 적이 많아요."

유진은 침묵했다. 둘 사이에 순식간에 가라앉은 공기가 무거웠다. 기분이 묘했다.

"그게 저, 지금은 연애감정 말고 호감으로 산책하는 거니까 부담 갖지 말아요."

"준기 씨는 어른스러워요. 차분하고, 남의 맘을 잘 알아주고."

"정말요?"

그는 나무에 다가가 향을 맡았다.

"음, 우드냄새. 새벽에 이슬을 머금은 풀잎냄새 맡아 봤어요? 넘 좋아요. 비누도 자연의 향기도 가끔은 유기물 같아요. 날것 같은 생생함이라 할까. 사물의 마음도 알아주는데 왜 제가 사람의 마음을 모른 체 하겠어요."

유진은 어둠 속을 지나가며 신기한 말을 듣자니 묘했다.

"사람들 이름을 부르면 특정한 향기나 색깔이 연상돼요. 예를 들어 매장 형석이 형은 칙칙한 회색이 떠올라요. 클럽 석구 형은 밝은 초록색. 후후, 제가 워낙 상상력 만땅이라서요. 유진 누나는 좀 달라요."

"다르다뇨?"

"라벤더 빛과 라벤더 향이 연상되는데 거기에 좀더 있어요. 글리터링한 뭔가가 더. 반짝이는 걸 덧붙이고 싶네요. 이름도 그래. 유진이라는 단어를 불렀을 때 더 반짝반짝해."

"네?"

"그냥 그렇다고요. 이상하다고 윤준기 또라이라고 놀리지 말아요, 뒤에서. 이런 사람도 있구나, 폭넓게 다양한 문화와 성격이 있구나 생각해봐요."

"조금 재밌어요. 첨 듣는 말이라 기이하고."

둘은 공원을 반 바퀴 돌아서 북문에 도착했다.

"어? 문이 닫혔다. 벌써 10시가 됐나? 할 수 없지. 넘어가요."

유진은 철제 펜스 앞에서 난처했다.

"충분히 할 수 있어요. 저만 믿어요."

준기가 먼저 펜스를 타고 가볍게 넘었다. 준기는 유진에게 손을 내밀었다.

"먼저 발로 아랫부분을 딛고 올라서요. 그리고 허리를 이 쪽으로 숙여요."

유진이 망설였다.

"날 좀 믿어요. 괜찮다니까요."

유진은 펜스를 발로 디디고 올라섰다. 준기 쪽으로 고개를 숙였다. 준기가 내민 손가락 끝을 살짝 잡았다. 그의 손에서 억센 힘과 안정감이 느껴졌다.

"더 세게 잡아요. 힘껏, 으샤!"

준기가 유진을 잡아채서 펜스를 넘게 했다. 어깨와 허리를 안정되게 잡아주느라 거의 안다시피 했다. 유진은 뭔가 금기를 넘어서서 힘든 일을 완수한 것 같은 성취감을 느꼈다. 준기와 나란히 대로변 옆 인도를 걸었다. 계속 걸어가면 강동구청 전철역이 있다.

"어때요?"

"고마워요. 재밌었어요. 밤에는 와본 적 없었어요."

"괜찮죠? 올림픽공원 야경."

"네, 색다른 경험이었어요. 무서우면서도 안정감 있는. 운치 있는."

"출판사 다녀서 그런지 단어 선택이 센스 있는데요? 이차는 심야식당입니다. 제가 아는 데 있어요. 구청 쪽에요."

유진은 준기와 한참을 걸어 구청 근처 선술집에 들어갔다. 소주에 먹태와 계란말이, 생선구이 등을 파는 곳으로 둥그런 양철 테이블에 등받이 없는 의자들이 있었다. 7개 정도의 테이블에 손님은 두 테이블에만 있었다. 준기는 유진을 가장 안쪽 테이블로 안내했다. 즐거운 대화를 이어가다 자정 즈음 일어섰다.

"집에 데려다 줄게요."

준기는 유진의 집이 있는 올림픽공원 건너편 골목까지 같이 갔다.

집 앞에서 준기는 유진에게 가볍게 인사를 하고 얼굴에 함박웃음을 지었다.

"여기 사는구나. 유진이라는 단어처럼 뭔가 라벤더 빛이 보여요. 해성빌라트, 이름도 그렇고요. 보랏빛 혜성에 사는 여신?"

유진의 두 볼이 달아올랐다.

"우리 담에 또 만나요. 안 되나요?"

준기가 살짝 애교를 부리면서 매달리듯 말했다. 유진은 깔깔 소리 내 웃었다. 얼마 만에 이렇게 웃는지 몰랐다.

"와아, 웃었다. 성공했네. 크게 웃기는 게 오늘 목표였는데. 작은 버킷리스트라고나 할까. 아까도 몇 번 웃던데요. 우리 다음에는 월미도 놀러가요. 차 렌트할 테니까 힐 신고 나와도 돼요."

유진은 고개를 살짝 끄덕였다. 재밌을 것 같은 느낌. 준기와 같이 보내는 시간으로 직장의 힘든 일도 이길 수 있을 것 같았다. 유쾌하고 즐거운 추억이 될 것 같았다.

"꼭 나와요. 조만간 연락할게요. 잘 들어가요."

그날 밤 준기에게서 톡을 받았다. 산책에 나와서 고맙다, 그리고 언제 주말에 시간 나는지를 물었다. 유진은 준기가 고른 날짜를 살폈다. 준기가 주말에도 일을 나가서 쉬는 날을 먼저 알렸다. 준기는 월요일에 백화점이 쉬어서 이틀을

쉰다는 날을 강력 추천했다. 이주 후 일요일로 약속을 정했다. 그 다음날은 유진도 월차를 내서 가뿐했다.

유진은 침대에서 기분 좋게 웃었다. 인생의 활력소가 생겼다. 반복되는 일상의 지루함을 잊게 하는 재밌는 일이 생겼다. 그리고 뭐가 더 나타날지 궁금했다. 한편 즐거움이 사라질까 두려웠다.

일요일, 엄마가 아프거나 해서 병원에 가면 약속이 깨질지 모른다. 건강한 엄마가 갑자기 그럴 리는 없다. 괜히 불안한 것일 뿐.

그보다는 준기가 마음을 돌려먹고 약속 장소에 안 나타날까 두려웠다. 행복은, 나에게 가까이 있지 않았던 경우가 많으니까. 애써 불안을 잠재우며 잠을 청했다. 새벽 2시가 넘어가자 겨우 잠에 들었다.

꿈에서 라벤더 꽃이 가득한 언덕을 오르면서 산책을 했다. 미지의 누군가가 유진의 손을 살포시 잡았다. 유진은 상쾌하게 잠에서 깨 아침을 맞았다.

약속한 날, 준기는 고동색 폭스바겐 비틀을 몰고 유진의 집 앞으로 왔다. 준기는 유진의 가방을 뒷좌석에 두었다. 자그마한 차 안에는 간식과 커피가 있고 발랄한 음악이 흘렀다.

"어서 타요."

"고마워요."

"말 놔도 되는데."

"나중에요."

준기와 유진은 올림픽대로로 시원하게 달리다가 중간에 경인고속도로로 나와 인천대로로 접어들었다. 잠깐 막혔지만 무난히 월미도 테마파크에 도착했다. 선착장을 둘러보고 테마파크 안으로 들어갔다. 요란한 음악과 디제이의 말이 뒤섞여 들리는 디스코팡팡이 빙그르르 돌았다. 범퍼카, 롤러코스터 등이 꽉 찬 놀이공원을 둘러보고 바이킹을 탔다. 준기는 신났지만, 유진은 높이 올라갈 때 눈을 감았다.

놀이기구를 타고 아이스크림을 하나씩 들고 선착장으로 갔다. 길게 뻗은 방파제를 걸어 끄트머리의 등대에 도착했다. 사람들이 사진을 찍었다. 유진도 준기와 함께 휴대폰으로 등대와 바다를 배경에 두고 사진을 찍었다.

방파제 밑으로 벌레들이 보였다. 기러기가 끼루룩 소리를 내며 날아다녔다. 관광객들 얼굴에는 웃음이 걸려 있었다. 평온한 일상이었다.

사진 속 유진의 얼굴에 즐거움이 드러나 있었다.

"호텔로 가요."

준기는 유진이 월요일 휴가를 낸 걸 알고 호텔을 예약했다. 유진은 부담됐지만 준기는 전혀 그럴 것 없다며 호텔에서 할인가로 조식도 먹고 오자고 했다. 이번 달에도 우수사원에 선정돼서 보너스를 받았다고 했다.

준기는 운전을 해서 송도 오라카이 호텔로 이동했다. 호텔에 체크인을 하고 방으로 들어갔다. 준기는 가벼운 백팩만 들었고, 유진은 보스턴백을 들었다. 17층 디럭스 룸에서 송도신도시 센트럴파크 전경이 보였다. 수십여 개의 마천루와 그 사이를 가로지르는 강이 아름다웠다. 어느덧 해가 지고 수천 개의 불빛으로 번쩍거리는 야경이 눈을 어지럽혔다.

"파라다이스 시티 호텔은 예약이 꽉 차서요."

"괜찮아요. 이 호텔도 너무 멋져요."

"저 앞에 불빛이 번쩍이는 게 보트 선착장이에요. 이따 나가요. 야경이 근사하대요."

"전망이 좋네요."

유진과 준기는 근처에서 저녁을 먹고 센트럴파크로 걸어갔다. 시원한 바람이 머리카락을 날렸고, 선착장 보트의 번쩍이는 조명등이 화려하게 보였다.

유진이 보트 30분을 빌리는 삯을 내고 선착장에 줄을 서서 기다렸다. 준기는 유진에게 구명조끼를 채워주었다. 사람들은 차례가 되면 안내원의 도움을 받아서 보트에 올라탔다.

유진이 걱정된다는 듯 안내원에게 물었다.

"배가 예약된 시간 내로 돌아오지 못하면 어쩌죠?"

안내원은 진동벨을 건넸다.

"이게 울리면 15분 남았다는 거예요. 그때 보트 핸들을 조작해서 선착장 방향으로 턴하시면 됩니다."

안내원들이 유진이 보트에 타는 것을 도왔다. 준기는 안내원의 손을 밀치고 유진의 손을 직접 잡았다.

"손님, 위험해요. 저희가 도와드릴게요."

"됐습니다. 알아서 탈게요."

준기는 유진을 거의 안듯이 들어서 보트에 태웠다. 어둠 속 검은 물결에 수십여 대의, 불을 훤하게 밝힌 보트들이 유영을 했다.

배 안에서 준기는 핸들을 우측으로 꺾었다. '진입금지'라는 안내판을 보고 유진이 말했다.

"저기로 가면 안 된다는데요."

"왜 안 돼요?"

보트가 우회전하며 작은 섬 모양 조형물 뒤쪽으로 들어가다 뭐에 덜컥 걸렸는지 멈췄다. 준기는 핸들을 반대로 돌렸다.

"어, 안 되는데?"

유진은 불안했다.

"뭐가 잘못됐어요?"

"아, 아뇨. 간다."

보트가 뭔가를 넘어서는 듯 둔탁한 소음을 내며 안쪽으로 들어갔다. 어둠 속에 밝은 전구들이 하늘에 매달려 강을 비추었고 검푸른 수면은 잔잔하게 흔들렸다. 보트는 계속 진입했고, 구석은 어둠이 좀더 짙었다. 달빛은 구름에 가려 보이지 않았다. 보트가 물을 헤치는 소리가 철썩철썩 들렸다.

"어릴 적에 인천에 살았어요. 지금처럼 발전된 곳이 아니었어요. 송도신도시는 공사 중이었구요."

"저도 오래 전에 대학교 때 친구들과 월미도 놀러 와서 놀이기구 탔던 기억이 있네요."

"그때 자고 갔어요?"

유진은 고개를 돌려 준기의 얼굴을 봤다. 준기는 진지한 표정이었다.

"네. 친구들이랑요."

"남친 아니예요?"

"과 친구들과 왔어요."

"괜찮아요, 그랬더라도 상관없어요."

"정말, 아니라니까요."

보트는 구석진 곳을 빠져나와 좌측으로 물을 헤쳐 나갔다. 붉은 색의 부레가 달려 있는 줄을 기준으로 더 전진할 수 없었다.

진동벨이 울렸다.

"어, 준기 씨. 돌아가야겠네요."

"좀 춥죠, 가을인데도. 우리 따뜻한 커피 마시러 가요. 유명한 베이커리 이 근처에 있어요."

보트에서 내려 진동벨을 돌려주고 구명조끼를 벗어 주었다. 선착장을 나가 도로와 연결된 계단으로 공원을 나와서 인도로 올라갔다. 횡단보도 앞에 섰다.

"건너편 얀스 베이커리, 명장이 하는 데래요. 어서 가봐요."

준기는 신호등이 붉은데도 유진을 재촉했다.

"아, 아뇨. 바뀌지 않았어요."

"곧 바뀔 거예요. 어서 가요, 어서요."

준기가 이끄는 대로 통행량이 얼마 없는 횡단보도를 무단으로 건넜다. 마침 우회전 하던 차가 경적을 울렸지만 준기는 차량을 노려보며 발길질하는 흉내를 내고 빵집 안으로 유진을 이끌었다. 아이들처럼 즐겁게 놀았다. 유진은 덩달아 흥분했다.

수십 가지 다채로운 빵들이 있었고 준기는 따뜻한 아메리카노 두 잔과 조각케이크 등을 골라서 가져왔다. 유진이 계산을 하려는데 준기가 카드를 내놓았다.

"아뇨, 저 우수사원이라 보너스 탔다니까요."

따스한 커피가 유진의 차가운 손과 마음을 녹였다. 준기는 유진의 손을 잡았다.

"앗, 차가워. 수족냉증이에요?"

"아, 아뇨. 푸훗."

"내일은 아침에 일찍 일어나서 월미도 들러서 놀고 차이나타운 가서 자장면 먹어요."

"언제 여기 살았어요?"

"아주 어릴 적. 아버지 계셨을 때요."

유진은 조용해졌다.

"아무렇지도 않아요. 기억이 잘 안 나요. 어머니가 직장을 서울에 잡으면서 올라왔죠. 그런데 인천에 살면서도 차이나타운에 온 기억이 거의 없어요. 바쁘셨나 보죠……. 어머니는 병원 간호사로 이교대 근무하셨죠. 한밤에 잠에서 깨면 없었죠. 잠 못 들고 새벽까지 기다려요. 학교 가서는 꾸벅꾸벅 졸구요. 후후."

준기는 화제를 돌렸다. 최근에 본 영화나 좋아하는 음악을 말했다. 유진은 즐겁게 들었다. 호텔로 돌아와서 로비와 부대시설들을 구경하고 방으로 들어갔다. 준기는 카드키로 문을 열고 어색한지 TV를 켜서 Mnet 채널을 틀었다. 잔잔한 영상의 뮤직비디오가 나왔다.

준기는 화장실에서 손을 씻고 나왔고, 유진은 평상복으로 갈아입었다.

"불편하죠. 방을 두 개 잡는 건 예산이 턱없이 부족해서 이렇게 됐는데요. 그보다도 꼭 같이 낮과 밤을 보내보고 싶었어요."

"괜찮아요. 불편하지 않아요."

"낮하고 밤은 어디든지 완연히 분위기가 달라요. 지난번에 올림픽공원 야경은 멋졌지만, 그곳이 워낙 넓다 보니 사건도 많죠."

"사건이라뇨?"

"잘은 모르겠지만 자살하려는 사람도 있었대요."

유진이 경직된 표정을 지었다. 준기는 냉장고에서 음료수를 꺼내서 캔을 따서 내밀었다.

"무서워요."

"낮의 아름다운 정취와 흥겨움, 밤의 고요함과 어둠은 정말 다르지만 동전의 양면처럼 같이 존재하죠. 사람도 그렇잖아요. 나만 해도 누구는 걱정 없이 살겠다 그래요. 얼굴도 잘생겼고 체구도 말랐으니 따르는 여자도 많고 인기 많겠다 그러지만 난 속마음을 털어놓는 것도 처음이에요. 직업적으로만 사람을 만나서 개인적으로 친한 사람 거의 없어요. 피곤하기도 하고. 사실 난 고립돼 있어요. 남들 생각대로 잘 노는 게 아니라."

"우리 클럽에서 첨 만났잖아요."

"그러게요. 그런데 그런 만남 많이 없었어요. 누나는 어때요?"

유진은 웃음만 지어 보였다. 어떤 답을 원하는 걸까.

"다른 걸 물어볼까요? 날 만나게 된 거, 무슨 감정이 들어요?"

유진은 명치께가 막혔다. 묘한 기분이었다. 설레면서 가슴이 꽉 차고 무거운 느낌. 누군가와 교감을 한다는 것. 깊은 속마음을 털어놓는 것. 그리고 공유하는 것.

이렇게 시작해도 될까. 목이 메고 울컥한 것이 턱 맺혔다.

소통과 교감에 대해 오래 대화를 나눴다. 깊은 밤이 되었다.

준기는 먼저 잠에 들었고 건너편 침대의 유진은 잠들지 못했다.

낯설었다. 누군가와 같은 방에 있는 게.

가족과도 같이 안 산 지 꽤 됐는데, 홀로 잠들 수 없는 밤들도 많았다.

그런데 누군가와 같은 방안에 있는 게 신기했다. 잠든 준기를 보며 침대에 걸터앉아 야경을 봤다. 아래 보이는 보트 선착장은 불빛으로 번쩍였다. 보트에서 나오는 빛, 그리고 공원의 멋들어진 기와집 식당에서 흘러나오는 빛. 뉴욕보다 화려한 야경이었다.

찬연한 불빛이 현실처럼 느껴지지 않았다. 위로는 고층빌딩들이 현란한 빛을 뿜었다. 유진은 준기가 쌔근쌔근 내는 숨소리를 들으면서 침대에 올랐다. 잠이 올까 싶었지만 놀랍

도록 빠르게 잠에 빠졌다.

"일어나요! 웨이크 업!"

유진은 눈을 떴다. 준기가 활짝 젖힌 커튼 너머로 태양이 환하게 비추었다.

"조식 먹으러 가요. 아침도 전망이 넘 좋네요. 구경하실래요? 난 다 씻고 준비 마쳤어요. 식당에 먼저 가 자리 잡을 테니 준비하고 와요."

유진은 멋쩍어 하며 일어났다. 들키고 싶지 않은 부스스함. 숙면이 준 쾌청함은 기분을 좋게 만들었다. 준기가 나가고 유진은 샤워를 마치고 짐을 챙겼다. 엷게 화장을 한 후 엘리베이터로 식당으로 갔다.

체크아웃 후에 월미도에서 바다를 보다가 차이나타운에 가서 점심을 먹었다. 유진은 차이나타운에서 산 꽃차와 과자를 선물로 줬다. 유진의 집 앞에 차가 멈췄고, 유진이 내리는데 준기가 선물을 건넸다.

"향수예요. 좋은 냄새. 누나가 하는 일과 어울리는 향기. 내 직업이 직업이라 향에 민감한데 어울릴 것 같아요."

유진은 노란색 쇼핑백을 받았다.

그날 밤 집에서 유진은 '누나는 어때요?'라는 준기의 말이 귀에 맴돌았다. 그 말이 맴돌 때마다 웃음이 살포시 비집고 나왔다.

한동안 코미디 프로를 보아도, 공원의 아기들을 보아도, 귀여운 강아지를 보아도 웃음이 나오지 않았다. 흘러가듯 무연하게 봤다. 무표정한 얼굴로 나날을 보냈다. 회사 일이 고됐고, 감정이 메말라 갔다. 주변 사람들에게 가식적인 웃음을 보이고 싶지 않았다.

우울한 기분이 전신을 지배했다. 불면증이 심하면, 병원에서 수면제를 처방받아 먹고 햇빛을 받으려고 산책 나갔다. 기분은 침울했다. 아무리 기분 전환을 해도 두 가지 일이 풀리지 않으면 무엇도 해결되지 않는다. 회사를 힘들게 다니는 것, 나를 지지해주는 누군가가 없다는 것.

그러다 나를 지지해주는 준기가 생겼다. 그 아이는 왜 이렇게 무미건조한 나를, 재미없는 나를 만나는 걸까.

누나는 어때요, 누나는 어때요?

왜 나의 감정이 궁금한 걸까? 유진은 곰곰이 생각했지만 알 수 없었다. 그리고 본인도 준기에 대해 어떤 감정인지 알 수 없었다.

준기의 메시지가 왔다.

선물로 준 향수, 종이향이 나요. 담번에 만날 때 뿌리고 와요.

향수의 이름은 얼그레이였다. 종이향은 홍차잎 향이 베이스가 돼서 그럴지도 몰랐다. 향수를 손목 안쪽에 뿌렸다. 종이냄새는 심리적으로 안정감을 주었다.

책과는 또 다른 나뭇잎냄새. 기분이 좋고 착 가라앉게 해주는 경쾌하면서도 은근한 내음. 유진은 비슷한 향의 립밤을 찾았다. 입술에 발랐다.

입술과 입술을 문질러 립밤이 골고루 스며들게 했다. 거울 속 그녀는 예뻐 보였다. 자신감 있는 활기찬 얼굴이었다. 피부가 하얗게 피어 있었다. 이틀간 여행으로 안색이 훨씬 밝아 보였다.

사랑에 빠진 걸까? 아니면 나만의 착각일까.

준기는 어떤 사람일까. 내 생활을, 느낌을 공유해도 좋은 사람일까?

유진은 혼란스러웠다.

다음날, 준기는 여느 때와 같이 백화점 매장에서 근무했다. 종종 유진에게 메시지도 보내고 음원 선물도 보냈다. 손님을 여러 명 받고 나서 퇴근 시간 무렵 설아가 메시지를 보냈다.

오빠, 만나도 돼요? 저 집 나왔어요. 잘 데 없어요.

왜 잘 데가 없어?

그냥요, 잘 데 어디 없을까요.

집에 들어가.

아뇨, 다른 데 알아볼래요.

오빠가 알아봐 줘?

네. 오빠 집에서, 돼요?

아니, 가족 있어. 밖에서.

그래요. 어디서 만나죠?

백화점 건너편으로 와라.

ㅇㅋ

잠시 후, 준기는 백화점 건너편 상가 앞에서 휴대폰을 만지작거리는 설아에게 다가갔다.

"안녕, 설아."

설아는 준기를 올려다봤다. 키가 그리 크지는 않았지만 여전히 잘생겼고 날씬하고 아이돌 같았다. 매장에서 보던 유니폼 입은 모습과는 또 다른 세련된 옷차림이었다.

"오빠, 근데 나이는 어떻게 돼요?"

"스물넷, 너 두 배 되나?"

"아뇨, 저 이래봬도 열다섯 살인데."

"가자. 어디 갈까?"

"배고파요."

"집은 왜 나왔는데?"

"나온 거 아니예요. 집에 가도 어차피 아빠는 안 계시니까. 지방에 일하러 갔어요. 그러니 몰라요. 어딘가 가보고 싶어요, 여행처럼. 집에서 말고 밖에서 자는 그런 거. 여행 못 가니까."

"그딴 게 소원이라면 들어주고 싶기는 한데. 가자, 일단 밥부터 먹자. 화장은 원래 그렇게 진하게 해?"

"아, 하나도 안 진한 건데. 다른 애들은 더 장난 아니예요."

"어, 스타킹 구멍 났다."

설아는 왼쪽 무릎의 구멍을 보고 부끄러워했다.

"그게 저, 사야 되는데. 깜박해서."

"빨리 가자. 나도 배고프다."

"아, 무지 춥다."

"이거 입어."

준기는 입고 있던 사파리 점퍼를 벗어 건넸다. 설아는 웃으며 점퍼를 걸쳤다.

준기와 설아는 골목 안쪽 분식집에서 김밥과 쫄면 등을 먹고 일어났다. 준기는 골목 안쪽으로 깊숙이 걸어갔다. 설아는 말없이 뒤따라갔다. 외벽을 리모델링한 모텔들이 밀집한 골목이 나왔고 준기는 그중에 신축한 모텔로 들어갔다. 설아가 망설이다 준기의 점퍼를 잠가 교복을 감추고 뒤따랐다.

모텔 안에 들어간 준기는 카드를 프론트 유리창 안으로 내밀었다.

“방 하나 주세요.”

“복도 끝 엘리베이터로 5층으로 올라가세요.”

여주인은 502라고 적힌 키를 내밀었다. 준기는 키를 받고 앞장섰고 설아가 뒤따랐다. 엘리베이터를 타고 5층에 내리자 좁은 복도에 노란 전등이 비추었다.

준기는 502호 문을 열었다. 안으로 들어가 침대에 걸터앉았다. 설아는 수줍어하며 조용히 구석에 섰다.

방안에는 침대, 유리벽으로 된 나눠진 공간에 화장실, 그리고 구석에 컴퓨터와 의자가 있었다. 냉장고에서 준기가 음료수 두 병을 꺼내서 하나를 설아에게 건넸다.

“오빠. 이거 옷이요.”

설아는 점퍼를 벗어서 건넸다.

“하고 싶은 거 해, 소원이라며. 집 밖에서 자는 거. 여행 온 것처럼 해.”

“그렇기는 한데. 컴퓨터 켜도 되죠. 집은 와이파이가 종종 끊겨서.”

“맘대로 해. 노래 좋아하니?”

준기는 휴대폰으로 딘의 노래를 틀어주고 콧노래로 따라 불렀다. 설아는 긴장이 풀리자, 컴퓨터를 켜고 메이플스토리 같은 간단한 게임을 했다. 구독중인 유튜브 영상을 보고 댓글도 달았다. 음악이 끊기자 설아가 뒤를 쳐다봤다. 준기는 침대 가에 옆으로 누워 자고 있었다.

"저어기, 오빠. 자요?"

준기의 나지막한 목소리가 들렸다.

"응, 피곤해서. 지금처럼 아무나 따라 가면 안 돼."

"알아요. 오빠는 괜찮아요?"

"게임이나 해라. 나 좀 잘게. 음악 틀어줄게."

찰리 푸스의 〈Suffer〉가 나왔다. 설아는 다시 준기에게 등을 보이고 이런저런 사이트를 들어가 놀았다. 게임도 하고 채팅도 하고, 쇼핑몰에서 브이넥 니트와 청바지를 골라 장바구니에 담았다.

준기는 눈을 떴다. 몸을 돌려서 설아의 등을 봤다. 가냘픈 등, 어깨 너머까지 오는 헝클어진 머리. 어릴 적 기억이 떠올랐다.

소풍날이었다. 준기는 활달하고 적극적인 친구들 사이에서 어쩔 줄 몰라 하다 낙오됐다. 공원에서 혼자 도화지에 그림을 그렸다. 점심을 같이 먹을 사람이 없어 도시락은 쓰레기통에 통째로 버렸다. 집에 돌아가기 전에 호수를 그렸던 수채화도 구겨서 버렸다. 기억으로는 꽤 잘 그렸는데.

설아의 뒷덜미에서 준기는 과거를 떠올렸다. 넌지시 말했다.

"야, 오빠랑 놀자. 게임 그만 하고."

설아가 움칫하더니 서서히 뒤돌아 준기를 봤다. 설아는 두려움 반, 낯섦 반으로 대답했다.

"그, 그래요. 우노 카드 있는데."

"꺼내 봐."

준기는 모텔 방문이 잠겼는지 한번 손잡이를 당겨 보고 설아에게 다가갔다.

음악은 어느새 딘의 〈I'm Not Sorry〉로 바뀌었다.

준기와 설아는 나란히 서서 마주봤다. 준기는 살짝 웃었고, 설아는 긴장했다. 둘이 마주 선 모습이 거울에 비쳤다.

설아는 거울 속 모습을 보고 둘의 키 차이가 별로 나지 않는다고 여겼다. 그리고 즐거운 시간을 보내고 싶다는 생각이 문득 들었다.

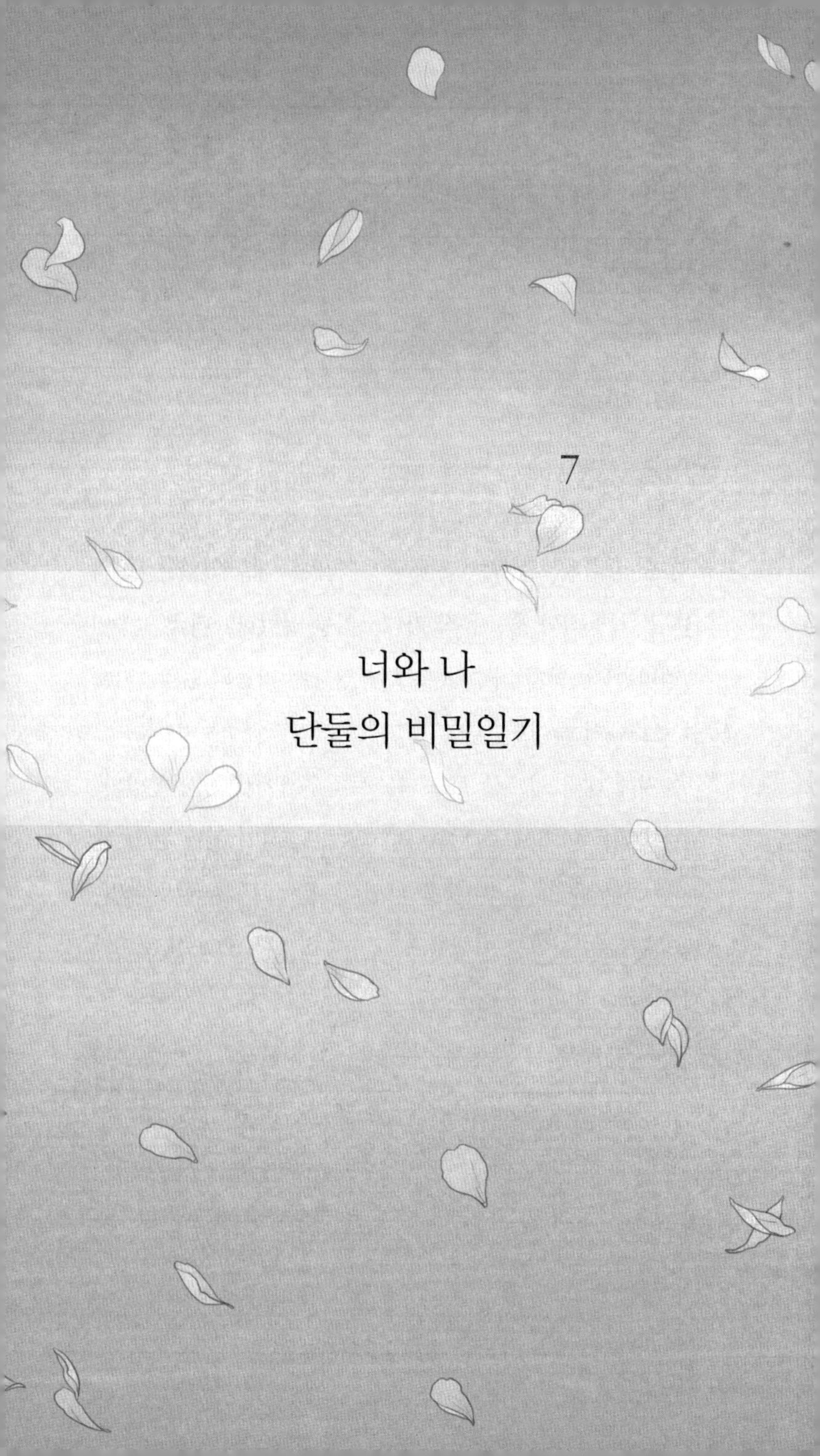

7

너와 나
단둘의 비밀일기

—

일요일 아침, 준기는 집에서 모양새를 내고 있었다. 음악을 뭘 틀까 하다 월드뮤직 카테고리를 골랐다. 태국 팝송이 흘러나왔다. 남자 가수가 부르는 신나는 리듬의 음악. 카오산 로드에서 들어보았다.

예전에 태국 카오산 로드 게스트하우스에서 잠시 살았다. 고등학교를 마치고 군대를 다녀와서 취직하기 전에 두 달 간 배낭 하나 메고 해외여행을 다녔다. 한 달은 중국과 대만, 필리핀 등 아시아를 여행했고 나머지 한 달은 카오산 로드에서 살았다.

전 세계에서 온 여행자, 싸구려 술과 먹거리, 마약과 매춘, 문신가게와 길거리 음악이 난무하는 곳에는 자유와 권태로움이 공존했다. 게스트하우스에는 여행도 쇼핑도 일도 하지 않는 각국의 젊은이들이 밤마다 모여 싸구려 술과 안주를 벗 삼고 밤새도록 토론을 벌였다. 그리고 파티도 즐기고 춤도 추고 음악도 듣고 마약도 했다. 준기는 미국, 일본, 스웨덴에서 온 또래들과 밤새 어울려 놀았다. 대만에서 온 여대생과는 한 달간 사귀었다. 헤어질 즈음에는 그들 모두에게서 주소와 SNS나 이메일 연락처를 받았다. 하지만 그뿐, 몇 번 연락하고 SNS에 대여섯 번 댓글이나 달아주다가 거의 친구 관계가 끊어졌다.

거기서는 정말 친했던 친구들이고 대만 여대생과는 결혼하자는 이야기도 오갔다. 하지만 그 관계의 경박함에 새삼 실망했다.

사람에게서 느끼는 실망은 끝도 없다. 나는 진심을 주었는데 그들은 그때뿐, 다시 관계 맺을 필요가 없었던 것이다.

준기는 좌절했다. 누군가 나를 구원해줄 사람을 언젠가 만날 수 있다는 희망은 버리지 않았다. 미지의 그 사람과 새로이 만나 관계를 지속하고 사랑을 나누면 이 진창에서 올라갈 여지가 있다고 봤다.

음악이 J-POP으로 바뀌었다. 아이보리 터틀넥 니트를 입고 가벼운 블루종 하나를 걸쳤다. 코발트색 진에 은회색 스니커즈를 신었다. 시트러스 계열 향수를 뿌리고 거실로 나가는데 옆방 문 틈 사이로 말소리가 새어나왔다.

"어디 가니?"

힘이 없다. 어딘지 모르게 귀가 거슬리게 하는 말.

"나갈 데 있어요."

"쉬는 날 아냐?"

"신경 쓰지 마. 아예 끄란 말이야!"

"준기야."

"말 걸지 마! 둘이서 함백산 흙 속에 들어가 껴안고 싶어? 껴안고 싶냔 말이야!"

준기는 소리를 질렀다. 오른손으로 주먹을 쥐고 거실 벽을 쾅 하고 쳤다. 손등이 까졌다. 쓰라렸다.

이까짓 거.

내가 잘못되도록 키운 부모가 준 고통보다 하나도 아프지 않았다. 그래, 그래. 내가 하루라도 더 괴롭히는 게 되갚음 하는 것이다. 준기는 피가 나는 손을 한번 보고 현관문을 쾅 닫고 계단으로 내려왔다. 얼른 차를 렌트하러 가고 싶었다. 집을 벗어나고 싶었다.

끈질기게 붙드는 삶의 집요함.

준기는 벗어나고 싶었다. 혼자서 오롯한 삶을 살고 싶었다. 하지만 당분간은 그렇게 할 수 없었다. 집도 없었고 수중에 독립할 자금도 없었다.

왜 나는 벗어나지 못하는 걸까. 이렇게 커버렸는데. 더 이상 부모에 잡혀 살던 어린아이가 아닌데.

나는 왜, 나는 왜!

어릴 적 준기는 귀한 자식 대접을 받아본 적이 거의 없었다. 아버지는 아버지대로 주사와 폭행에, 어머니는 어머니대로 폭력에 대한 순응과 우울함에 찌들었다. 어머니는 어린 준기에게 끊임없이 냄새난다고 비꼬는 말투로 말했다.

"손 씻어. 더러우면 냄새나. 친구들이 싫어해. 아빠한테 맞아."

후에 어머니는 청결하게 하라는 의도였다고 했지만 준기는 한 번도 그렇게 느낀 적이 없었다.

남편의 폭력에 쌓인 분노를 아들에게 쏟은 것이었다. 어머니는 비꼬고 트집 잡는 걸로 분을 풀었다. 준기가 열두 살 무렵, 답답한 가정환경에 화가 나서 밥도 먹지 않고 소리를 지르고 방에 틀어박히자 어머니는 비명을 질렀다.

아직까지 잊히지 않았다.

"아악! 너, 시설에 보내버릴 거야! 보내버린다구!"

준기는 그때 성인이 되면 집을 나가 다시는 부모를 보지 않으리라 결심했다.

그들이 늙어 갈 데 없어 찾아와도 양로원에 보내주지 않고 외면하리라 맘먹었다. 어린 마음에, 독한 생각을 품었다. 하지만 아직까지 어머니와 살고 있다. 친근함이나 존경심은 없었다.

소외된다는 것, 아무에게도 사랑받지 못한다는 것이 어떤 것인지 처절하게 체득케 해준 사람이었다. 같은 집에서 사는데도 둘 사이의 간격이 좀처럼 좁혀지지 않았다.

차라리 싸우기라도 하지. 악악 대고 얼굴 보고 소리를 지르지.

이도저도 아니게, 모른 척하는 것으로 깊은 이야기를 외면한다. 가슴 속에 돌덩어리를 안고 10년이 흘렀다.

힘들었다. 아팠다.

한번은 상담심리사를 찾아가 물어봤다.

왜 나는 어릴 적부터 지금까지 단 한 번도 어머니가 좋지 않을까요?

상담사는 어머니가 그런 의도로 말하지 않았을 테지만 서로 소통이 안 되고 불신이 누적되어 나쁜 기억만 나는 것이라고 했다.

아니.

준기는 심리치료를 중단하고 스스로 되뇌었다.

아니, 부모가 나빴을 뿐이야. 잘못 만났다고. 그뿐.

렌터카를 운전하며 이런저런 지난일을 생각하다 공원 정문에 차를 세우고 유진을 기다렸다. 잠시 후 유진이 평화의 문 광장에서 차를 보고 걸어왔다.

"광명동굴에 갈 준비 됐어요? 요즘 거기 엄청 핫한 데라구요."

준기는 저번처럼 고동색의 비틀을 빌렸다. 지금은 생산이 되지 않는 차. 이 차의 작고 부드러운 곡선이 무척 예뻤다. 인천에 가서 놀았던 즐거움도 생각나 같은 차종을 빌렸다.

"지난번하고 같은 차 렌트했어요. 어때요?"

"예뻐. 특이하고."

유진은 준기와 휴대폰으로 수많은 톡을 주고받다 어느덧 말을 놓았다.

"클래식한 디자인이 맘에 들어요. 나중에 차 살 돈이 생기면 다른 차를 사겠지만."

"그 손 왜 그래?"

준기는 손을 오므렸다.

"괜찮아요, 멀쩡해. 어쩌다 보니 다쳤어요."

"상처 소독하고 치료해야 될 거 같아."

"아니, 괜찮다니까. 누나, 가요."

외곽순환고속도로를 타고 가다가 가학로로 접어들어 잠깐 길을 헤매다 길고 긴 서독터널로 접어들었다.

유진은 터널이 싫었다. 어둡고 폐쇄된 곳은 숨을 가쁘게 했다.

"누나, 왜 그래요?"

"아니, 괜찮은데. 터널은 조금 불편해서."

"어, 내비게이션 보니까 2킬로미터 넘는데 좀만 참아요."

준기가 오른손을 뻗어서 유진의 왼손을 잡았다. 마음이 한결 편했다.

광명동굴에 도착했다. 날이 흐리고 비가 추적추적 와서인지 입구에 관람객이 많지 않았다.

"동굴 안에 화장실 없대요. 잠깐 다녀와요."

표를 사 온 준기가 그렇게 말했다. 화장실을 다녀온 유진은 어둡고 막힌 곳에 들어가기가 주저되었지만 준기가 괜찮다고 했다. 함께 동굴 안으로 들어가니 그렇게 캄캄하지도 않았고, 동굴 입구는 빛의 공간이라고 해서 크리스마스트리 전구 같은 녹색 등이 환하게 밝혀 있었다. 곳곳마다 붉은 옷을 입은 안내원들이 안내했다. 동굴 벽 표지판에는 일제강점기부터 자원을 수탈할 목적으로 개발된 광산의 역사가 적혀 있고 고뇌에 찼지만 뿌듯한 얼굴의 광부가 그려 있었다.

안쪽으로 깊이 들어가니 공간마다 SF 회화 작품을 전시하는 곳, 광부들이 먹는 샘물이 고인 곳 등등이 나왔다. 계단을 타고 아주 깊은 곳으로 내려갔다. 계단이 무척 가팔라서 유진은 힘겨웠다. 가뜩이나 이런 곳은 기분이 좋지 않은데, 안쪽으로 끝도 보이지 않는 깊이를 한없이 내려가야 했다.

"가요, 누나. 나만 믿고."

준기는 유진의 떨리는 손을 붙잡고 가장 아래쪽 깊은 곳으로 갔다. 사람들이 많지 않았다. 환상적인 레이저 쇼를 감상하고 더 아래쪽으로 내려가자 좀비들이 기다리는 공포체험 공간이 나왔다.

"누나, 공포체험 표도 샀어요."

유진은 망설였다.

"좀 그런데……. 무서울 것 같아."

"괜찮아요."

이 때 50대 남성 안내원이 다가와 친절하게 말했다.

"괜찮다니까요. 진짜 안 놀래요. 연인들 많이 들어가요. 철호야, 괜찮쟈?"

좀비 가면을 쓴 사람이 다가와 굽실대며 손으로 안내했다.

"네네, 안 무섭게 해드릴게요. 어서들 들어가세요."

준기는 씩 웃으며 유진의 손을 잡고 어두컴컴하고 좁은 공포체험 공간으로 들어섰다. 귀신 소리, 뇌우 소리 등의 음향효과가 요란한데 디디는 곳마다 발밑이 물컹하였고 곳곳에서 좀비 가면을 쓴 사람이 튀어나와 놀라게 했다. 유진은 소리를 지르며 부탁이니 겁주지 말아달라고 애원했다.

준기는 가끔 좀비를 밀치기도 하고 깔깔대며 용감하게 앞장섰다.

"이제 마지막 미끄럼틀 타고 나가시면 출구입니다. 동굴관람 마저 즐겁게 하세요."

얼굴에 피칠갑 가면을 쓴 남자가 말했다. 준기는 미끄럼틀에 앉았다. 저만치 검은 장막이 드리운 출구가 보였다. 저길 나가면 또 다른 동굴. 그리고 어둠과 소년.

괴물이 잡아먹기 전에 물어보는 말.

"비밀이 뭐지? 너의 비밀은 뭐지?"

준기는 속으로 되뇌어 본다.

나? 나의 비밀은 소변을 싼 것. 불을 지른 것. 그리고, 그리고…….

유진에게 괴물에게도 털어놓지 않은 비밀을 말하고 선물을 받고 싶었다.

그때 눈앞에, 검은 출구에 작은 소년이 보였다.

힘겨워 보이는 처진 눈매의 소년. 두 손은 더럽고 온몸에서 냄새가 나고 늘 혼나는 외톨이.

소년이 준기에게 손짓을 했다. 준기는 눈을 감았다.

"손님, 미끄럼틀 내려가셔도 돼요."

준기는 현실로 돌아왔다. 머리가 깨질 듯이 아팠다. 편두통이 시작됐나 싶었다. 어릴 적부터 가끔 찾아오는 편두통. 준기는 얼른 미끄럼틀을 타고 출입구에서 겁주는 좀비를 밀치고 밖으로 나왔다. 좀비가 소리를 질렀다.

"뭐야! 이씨!"

유진이 준기를 뒤따라 나와 표정을 살폈다. 준기는 심각한 듯 인상을 쓰다가 얼굴 근육을 풀고 다정하게 미소를 지었다.

"누나, 짜릿했죠? 아, 배고프다. 밥 먹으러 가요. 청계천에 근사한 원조 냉면집 있는데. 알아요?"

준기는 동굴 입구에서 유진과 사진을 찍었다. 유진이 얼굴 찍히기를 꺼리자, 손잡고 클로즈업하거나 신발을 맞대고 사진을 찍었다.

서울로 돌아와 청계천변에 도착했다. 차에서 내려 걷는데 휴대폰이 울렸다. 설아였다. 준기는 고개를 갸웃하고 전화를 받을 수 없습니다, 메시지를 보냈다. 다시 휴대폰이 울렸다.

유진이 의아하다는 듯 준기를 봤다. 준기는 씩 웃었다.

"아는 사람. 근데 지금은 귀찮아요."

준기는 전화를 아예 무음으로 하고 유진과 함께 빠르게 걸었다.

"누나, 저쪽 골목일 거예요, 어서 가요. 아, 배고파."

허름한 공구 상가가 즐비한 가운데 골목 안으로 냉면집이 보였다. 준기가 앞장서 미닫이문을 열고 들어갔다. 직원이 자리를 안내하고 바로 육수와 밑반찬을 내왔다. 주문하자 냉면이 금세 나왔다.

"이 집이 한국전쟁 이후부터 있던 집이래요."

유진이 가위로 냉면을 자르려 하자 준기가 만류했다.

"여기 면은 평양식이라 굳이 자르지 않아도 잘 끊어져요.

여름 냉면이 오래됐게요, 겨울 냉면이 오래됐게요?"

"예전에는 얼음이 없어서 여름에 만들기 쉽지 않았을 텐데."

"빙고, 1900년대서부터 제빙 기술이 들어와서 그때부터 여름에도 즐겼대요. 사계절 음식이 된 거죠. 어릴 때 엄마가 동치미 국물에 냉면 말아줘서 잘 먹었던 기억나는데. 연탄가스 마시면 동치미 국물 한 사발 마시고 그랬잖아요."

"그때는 연탄 잘 안 쓰지 않았어?"

"후후, 우리 동네는 꽤 있었어요. 동치미 마신다고 달라지지도 않았지만."

"나 상처용 밴드 있어. 아까 동굴에서 너 매표소에 갔을 때 직원에게 얻었어. 손 줘봐."

준기의 가슴 속에서 감정이 치밀었다.

"고마워요. 누가 날 이렇게 생각해주는 것도 오랜만인데……."

유진은 밴드로 준기의 손에 난 상처를 감싸주었다. 하얗고 긴 손가락, 그리고 매끈매끈한 피부. 밴드를 붙이고 손을 떼려는데 준기가 유진의 손을 꽉 잡았다.

준기의 손바닥은 미끄러웠다. 약간 축축하고 온기가 있는.

"누나, 고마워요. 내가 왜 누나를 좋아하는지 알아요?"

유진은 침묵했다. 가슴이 떨렸다.

"내 눈에 가장 예쁘니까. 날 무조건 이해해줄 사람 같으니까. 그 두 개면 이유가 되나요?"

준기의 눈가에 촉촉하게 물기가 맺혔다.

오랜만에 느껴 보는 감정. 유진은 메마름 속에서 사람과 사람 사이의 샘물같이 차오르는 풍족함을 느꼈다. 새로운 기분이었다. 사람을 알아가는 느낌. 그리고 얼마 되지 않았음에도 익숙한 느낌. 어둡고 막힌 곳에 같이 있던 사람과 함께 밝은 곳에 나와서 그의 얼굴과 온몸 여기저기가 눈에 익어가는 친밀감.

차로 돌아와 준기가 음악을 틀었다.

샘 스미스의 〈Palace〉. 휴대폰 기기 크리스마스 광고에 나오는 음악이었다. 준기는 차를 움직이지 않고 가만히 있었다. 밖에선 냉면 가게 골목만 북적이고 뒤로는 조용한 방산시장이 보였다.

일요일 밤의 방산시장과 주변의 공구 상가 거리는 인적이 없었다. 영화에 나오는, 범죄자와 형사들이 추격전을 벌일 만한 곳으로 을씨년스러웠다. 하지만 달빛과 몇몇 가로등 아래 저만치 청계천 골목이 보이고, 그 밑 흐르는 물을 생각하면 운치 있고 고즈넉했다. 인쇄소와 소품가게, 도배가게 몇 군데가 불을 켜고 있었고 조명가게는 불을 환하게 밝혀서 번쩍거리는 샹들리에가 황금빛을 선연하게 뿜었다. 크리스마스는 멀었지만 시제품을 만들고 있는지 크리스마스 조형물이나 조명등이 간간히 눈에 띄었다. 따뜻해 보였다.

"누나, 난 같이 여행 다닐 사람을 찾아요. 언젠가 TV 다큐를 봤는데 온 가족이 학교도 직장도 쉬고 미니버스 하나 개조해서 그 안에 침대도 들이고 부엌도 화장실도 만들어서 중국, 러시아도 간대요. 우즈베키스탄, 카자흐스탄도 가고요. 그렇게 해줄래요? 언젠가 제가 자리 잡고 돈도 많이 벌어서 그렇게 1년만 쉴 수 있다면 나랑 같이 가요."

준기는 유진을 봤다. 작은 차 안, 잔잔한 음악이 마음을 휘저어 놓아 기분이 묘한데 시선이 마주쳤다. 짙고 검은 눈동자, 또릿하고 반짝이는 눈빛의 그가 말하는데 어떻게 외면을 할까.

유진은 고개를 끄덕였다. 뭉클했다. 온기, 사람이 주는 온기. 말의 애절함. 그리고 아픔을 이길 수 있는 힘. 서로를 믿는다는 전제 하에 주고받는 약속.

노래가 서로의 마음을 이어줄 때 준기가 유진의 이마와 뺨에 천천히 짧게 입을 맞췄다. 그리고 유진의 입술에 자기 입술을 조용히 갖다 댔다. 가볍고 따뜻한 키스.

유진은 아찔함을 느꼈다. 행복은 뭘까. 서로 간에 통하는 느낌. 사람이 사람에게 기대고 받는 것. 소통하며 따뜻함을 주고받는 것.

홀로 오롯이 가지지 못하는 것.

샘 스미스의 〈The Thrill Of It All〉이 이어 흘러나왔다.

준기가 차를 몰아 자그마한 모텔 앞에 댔다. 방에 들어가자 번쩍이는 도심의 불빛이 2층 방 창가에서 보였다.

유진은 마음이 복잡했다. 준기는 유진과 거리를 두었다.

"마음이 허락하지 않으면 가만히 있어요. 이렇게."

준기는 조용하고 포근한 느낌의 음악을 들려줬다.

"잠시 있어요."

그들은 침대에 나란히 1미터 정도의 거리를 두고 앉았다. 음악이 둘 사이를 감싸는 따스한 느낌이 들었다.

"머리 만져 봐도 돼요? 여친 생기면 긴 머리 쓰다듬어 보는 게 꿈이었어요."

유진은 고개를 끄덕였다. 준기는 조금 다가와 손을 뻗어서 유진의 머리카락을 쓰다듬었다.

기분이 안정됐다. 준기는 휴대폰을 껐다.

"전화 꺼놔요. 우리 둘만 있고 싶어."

유진은 휴대폰을 껐다. 준기는 가만히 손을 들어 눈을 감은 유진의 눈꺼풀을 만졌다.

"키스해도 돼요?"

유진은 말없이 있었다. 준기는 떨리는 눈꺼풀에 부드러운 입맞춤을 했다. 그리고 손을 당겨 유진을 안았다.

"일하면서 사람들을 많이 만나지만 내 속마음을 아는 사람은 단 한 명도 없어요. 외로웠어요."

"나도 마찬가지야. 힘들어. 사람들과 관계를 맺는 게 점점……. 이러다 나만 고립되는 거 같아."

"도와줄게요. 난 그 시절을 겪어봐서 알아요. 그럴수록 스스로 빠져나와야 돼요. 처져 있으면 누가 도우려고 안 해요. 먼저 손 내밀고 아프다고 해요. 곁에 있을게요."

준기는 나직한 목소리로 말을 이었다.

"매일 이렇게 같이 있고, 같은 꿈을 꾸고 싶어요. 〈우리는 같은 꿈을 꾼다〉라는 영화에서, 한 직장에 근무하는 남녀가 같은 꿈을 꾸고 그걸 매개로 사랑에 빠져요. 나도 그러고 싶어요."

유진은 그 영화를 보지 못했다. 하지만 알 것 같았다.

"같은 꿈을 꿔볼게."

준기는 유진의 어깨에 가볍게 키스했다.

"난 앞으로 이렇게 살지 않을 거예요. 꿈이 있어요."

"미래에 대한 꿈?"

"누나는 없어요?"

"지금은."

유진은 꿈에 대해 생각해본 적이 없었다. 그냥 직장에 다니고 집을 오가며 살았다. 이렇게 사는 사람이 많지 않은가? 하지만 준기는 늘 미래와 꿈, 희망을 말한다.

“저는 자그마한 친환경비누공장을 세워서 물건 만들어 팔 거예요. 지금 파는 것보다 더 품질 좋고, 따뜻한 감정이 깃들어 사람에게 행복을 주는 비누를 만들려고요. 그래서 일도 많이 배우고 있어요. 판매만이 아니고 제조공법도. 내년에는 영국 본사에 가서 공장 견학하는 프로그램 다녀올 거예요.

누나는 왜 꿈이 없죠? 난 당장에도 어디어디 여행할지 계획도 세워놓고 독립서점 사장 되는 것, 일본 전국의 츠타야 서점 탐방하기, 버킷리스트를 매일 한 개씩 적는데.

작년에 다이칸야마 갔다가 신주쿠, 하라주쿠 돌다가 전철 마루노우치 노선을 잘못 타서 빙 돌아 이케부쿠로에 있는 캡슐호텔로 돌아왔죠. 얼마나 고생했는지. 근데 좋았어요. 길을 잃은 것도.”

유진은 잠자코 들었다. 듣는 것으로도 같이 여행하는 느낌이었다. 준기는 말을 이어나갔다.

“음, 또 몸 벌크업해서 근육 키우기, 쇼미더머니 나가보기, 비트박스 배워보기, 1년에 책 100권 읽기, 작가로 데뷔하기, 스티브 맥커리가 사진 찍은 아프간이나 인도 가서 같은 장소, 각도로 찍기. 버킷이 한두 개가 아니예요. 이 나이에도요.”

유진은 당황했다. 준기가 실망할까 싶었다. 나이가 많은 나에게 어른스러운 것을 기대할지도 모른다.

"사회생활 하다 보면 한계가 보여."

이 말은 사실일까. 본심일까. 유진은 망설이다 말했지만 찜찜했다.

"꿈을 가져 봐요. 난 돈을 많이 벌면 롯데타워 오피스텔을 사서 거기서 살 거예요. 서울 어디에서나 집 쪽으로 향하면 롯데타워가 보이잖아요. 구름 속에 가려진 모습, 미세먼지에 아스라이 보이는 모습을 보고 꿈을 키웠죠. 그리고 지난봄에 타워에서 불꽃축제를 했는데 혼자서 올림픽공원 북문에서 멀리나마 봤거든요. 옆에서 연인이 커피를 나눠 마시는데 그 모카 향이 어찌나 좋던지. 만약에 연말에 거기서 불꽃축제 하면 같이 보러 가요. 앞으로 기억을 공유해요. 내년에는 4월에 벚꽃 보러 같이 가요. 꽃비 내리는 길, 같이 걸어요. 내가 손바닥으로 꽃잎 받아 줄게요. 한강변도 같이 걸어서 잠실지구에서 천호지구까지 와요. 흐르는 강처럼 잔잔한 게 있을까요."

연말과 내년 봄? 그때까지 만나는 관계가 될까? 유진은 잠시 회의가 들었다. 우리의 관계는 무엇일까.

준기는 유진의 눈치를 살폈다.

"부담 갖지 마요. 가을날에 그냥 피는 들꽃은 누가 보라고 피는 게 아니잖아요. 누나에게 어쩌라는 게 아니라 제가 들꽃처럼 위안을 주고 싶다구요. 내 얘기 이렇게 들어주는 사람은 누나가 유일하니까."

준기는 잠시 뜸을 들였다.

"참 고마워요. 친누나가 있었으면 했지만 이보다 더 나의 이야기를 들어줄까요? 존재 자체만으로 힘이 돼요."

"난 사실 말하는 게 서툴러. 학교 다닐 때도 친구가 많지 않았어. 다들 조용한 날 견디지 못했는지 어느 날부터 연락이 끊겼어. 유일하게 만나는 친구도 쉽지 않고."

"다들 그래요. 일하느라 지쳐서. 미래를 걱정해서. 혼술, 혼밥, 혼행이 편해요. 그런데 외로워요. 속 얘기는 인터넷 익명 게시판에 올려 댓글로 위로받았지만 이제는 말하니 편해요. 저 같은 게 이런 어마어마한 버킷리스트를 적으면 누가 깔볼까 걱정되거든요. 함부로 말도 못해요. 동창들도 연락 끊겼고."

"매장 동료랑 친하지 않아?"

"직장 동료는 잘 알잖아요. 약점을 노출하기 싫은 거. 같이 일하는 형은 워낙 버킷리스트나 이런 데는 관심 없는 현실형이고."

"난, 준기가 활발하고 사람들과 교류가 많은 줄 알았어."

"많이들 그렇게 보죠. 휴대폰 볼 수 있어요?"

"어?"

준기가 손을 내밀었다. 길고 하얀 손. 고왔다.

"휴대폰 보고 싶은데."

"왜 휴대폰을 보고 싶은데?"

"꿈이 뭔지, 어떤 사람들과 만나는지 궁금해요. 왜 행복하게 사는 삶을 외면하는지도."

"내가 그렇게 보여?"

"처음부터. 근데 그게 매력이었어요. 내가 길을 찾아주고 싶었어요. 같이 가면 되잖아요. 어둡고 힘없이 살 필요 없잖아요."

유진은 망설였다. 봐서 안 될 것도 없지만, 휴대폰은 가족과도 공유하지 않았다.

"그러니 보게 해줘요."

"페북 보면 알잖아."

"아뇨, 절반도 몰라요. 보통은 문자나 톡으로 대화를 나누잖아요. 예전에 책에서 읽었는데 의심암귀(疑心暗鬼)라고 의심이 생기면 귀신이 나온대요. 그러니까 우리 사이에 의심이 생기면 사소한 일도 불안하고 균열이 생기죠. 관계에 있어서."

유진은 잠시 불편했다. 그가 어려서 그런 걸까 싶기도 했다. 아니면 근래에 내가 연애 경험이 없어 이런 일이 낯선 걸까.

"나중에 공유해요. 미안해요."

"누나, 반말하기로 해놓고 왜 갑자기 존댓말 해요. 편하게 놓기로 하고."

준기의 입가에는 미소가 드리웠지만 눈빛은 약간 차가웠다.

"그, 그냥요."

"이것 봐요, 벌써 이렇게 균열이 가면 서로 못 믿는다니까요. 에에, 줘봐요."

준기는 유진의 손을 잡고 부드럽게 휴대폰을 뺏었다. 그리고 패턴을 손쉽게 풀었다.

"어, 어떻게……."

"패턴 푸는 거 여러 번 봤어요."

준기는 휴대폰을 열어서 카톡방이나 문자를 훑어보다가 돌려줬다.

"이제 됐어?"

"기분 나빴다면 사과할게요. 시작 화면도 궁금하고 그랬어요. 그 전시회 나도 다녀왔는데."

시작 화면은 대림미술관 전시회 사진이었다. 유진이 부끄러워했다.

"사실은 네 블로그 보고 다녀왔어."

"우와, 이럴 수가. 그럼 나한테 관심이 있었단 말예요? 얘기하지. 난 한 번 더 가면 되는데. 거기 새 전시회 하면 같이 가요."

"응."

"휴대폰 보게 해줘서 고마워요. 나를 믿는 것 같아서 기분 좋아요. 이거 위치추적서비스 앱인데 다운받아요. 우리가 어디에 있는지 나와요."

준기는 유진에게 앱을 깔아줬다.

음악이 바뀌었다. 유진과 준기는 서로 머리를 기대고 오래도록 음악을 들었다.

키스 후 준기의 손길이 유진을 어루만지면서 부드럽게 침대에 눕혔다. 준기가 유진을 깊숙이 껴안았다. 긴 시간이 흐른 것 같았다. 따뜻하고 포근한 감각, 서로의 신뢰에 바탕을 둔 아찔한 촉각. 유진은 준기의 가슴에 얼굴을 묻었다.

음악이 다시 바뀌었다. 조명가게의 불빛이 창밖으로 번쩍이는 게 보였다. 준기는 잠들었다. 유진은 눈을 감고 준기와 미니버스를 타고 카자흐스탄을 달리고, 롯데타워의 불꽃놀이를 모카커피를 마시며 지켜봤다. 같이 웃고 울고, 손을 꼭 붙잡고 걸었다.

행복했다. 그리고 아련했다.

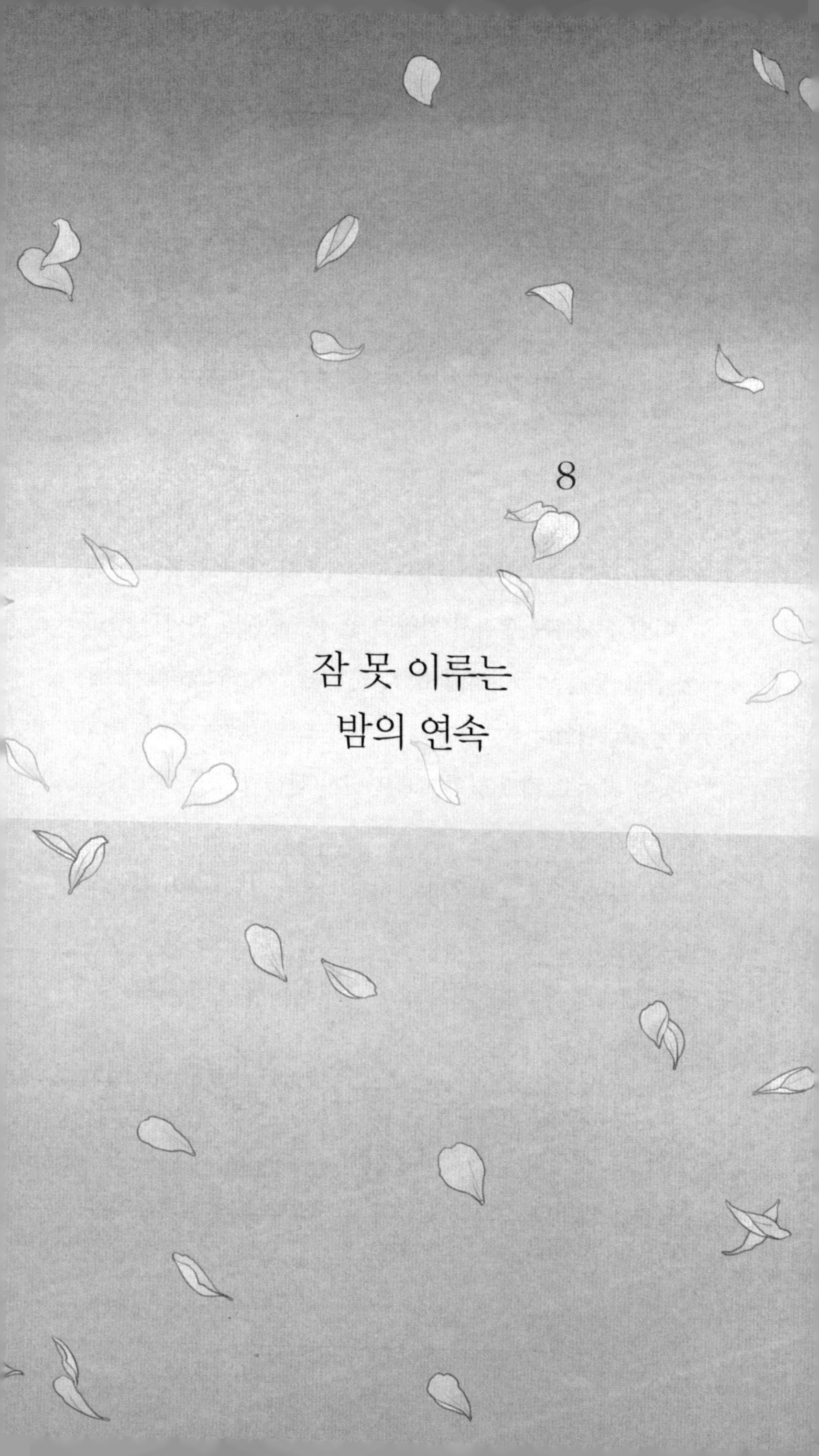

8

잠 못 이루는
밤의 연속

—

유진은 밤마다 잠을 설쳤다. 회사에서 내년도 출판 기획 아이템을 새롭게 뽑아서 기안을 올려야 했지만 밤마다 침대에 들면 준기 얼굴이 떠올랐다. 준기는 인생 속으로 불쑥 들어온 사람이었다.

잠을 자려고 해도 불안했고 간신히 잠들면 누군가에게 버림받는 악몽에 시달렸다.

준기와 밤에 즐겁게 통화를 하고 나서도 그 내용이 귓가에 맴돌았고 혹시 내가 상처를 주거나, 말실수를 한 것은 아닌지 고민했다. 연애를 시작하는 건지 아니면 스치는 바람에 불과한 건지도 의문이었다.

불안과 걱정이 야금야금 유진의 의식을 갉아먹었다. 입맛이 없었고 신경성 두통이 시작됐다.

유진은 밤마다 준기와 전화가 끝나면 근처 독립서점에서

사온 여행 관련 독립출판물들을 읽었다. 전화가 오지 않아 걱정되는 날에도 그렇게 했다.

휴학 중인 여학생의 산티아고 순례길 여행기의 단문들이 마음을 평온하게 했다. 처음 보는 친절한 유럽인들과의 동행, 여정에서 마주치는 빗줄기, 양말이 젖지 않았다는 단순한 이유만으로 행복한 그녀의 길에 동행하는 것이 좋았다. 읽다보면 가끔 편히 잠에 들었다.

주말, 유진은 오랜만에 재인과 만났다. 바쁜 재인이 먼저 짬을 내어 커피를 마시자고 했다. 재인은 요즘 들어 뜸한 유진의 근황을 궁금해했다.

"페북에 어디 가는지도 안 올리고 책 내용만 올리고. 그래서 만나자고 했어. 난 요즘 정말 심드렁해. 꿈도 없고 일상이 따분해. 아이도 안 생기지만 그런다고 불임클리닉을 다니지도 않고. 절실하지 않은가 봐."

"요즘 다 사는 게 그렇지 않을까."

"20대 젊은 애들이 낫다니까. 6개월 일해서 샤넬 캐비어를 들고 다녀. 우리보다 똑똑한 거지. 하고 싶은 걸 하잖아. 우리는 늘 망설이는데. 일드 〈해파리 공주〉 봤어?"

"아니."

"주인공이 액세서리와 옷차림은 사회생활에서 갑옷이 되

어 당당하게 만든다는데, 나는 왜 아직도 동참하지 않는지 몰라."

유진은 잠자코 재인의 이야기를 들었다. 그녀는 끊임없이 새로운 이야기를 꺼냈다. 어쩌면 편집자의 기획 능력은 재인에게 더 많은지도 몰랐다.

"할리우드 영화보다는 일드가 현실적일지 몰라. 〈히든 피겨스〉 보면 '흑인'과 '여자'라는 두 가지 제약을 이겨내는 나사 직원이 나오잖아. 그런데 그 직원은 알고 보니 타고난 수학 천재인 거야. 선천적 탤런트를 우리가 무슨 수로 따내. 할리우드 영화는 무조건 판타지야. 현실 속의 샤넬백이 나은 거지. 재능은 조상의 유전자부터 달라야 하니까."

재인은 커피잔을 들어 한 모금 마시는 유진을 훑더니 조심스레 말했다.

"그런데, 너……. 묘하게 달라진 것 같아."

유진은 당황해서 커피를 마저 마셨다.

"달라지다니?"

"얼굴에 생기가 돌고 옷차림이나 화장도 공들여 하고, 게다가 오늘 그이 출장 가서 나 시간 많은데 왜 넌 영화 볼 시간이 없다는 거야? 만나는 사람 있어?"

"그게, 만나는 건 아니고 좀."

"너 그때 클럽에서 바텐더 옆에 있다 온 애랑 혹시 연락하는 거 아냐?"

"어, 그, 그게 말이지……."

"맞구나. 나이 한참 어려 보이던데. 그때부터 계속 만난 거야?"

"그렇게 됐어. 어떻게 알았어?"

"내 촉이 장난이 아니잖아. 이상하게 그 애한테서 계속 페북 친구요청이 떠서 무슨 관련이 있나 했지. 넌가 했는데 맞네."

"친구요청 들어왔다고?"

"어, 그때 만난 다음다음날이던가. 굉장히 잘생기지 않았어? 어려 보이구. 너 능력 있다, 야."

"그런 건 아냐. 아직 확실하게 사귀는 건 아니고 만나고만 있어."

"어디까지 갔는데."

"여행 같이 다녀오고 그리고……."

"잤구나."

유진은 말을 잇지 못했다.

"기집애. 그런 걸 베프한테 털어놓지 못하구. 어지간히 참 힘들게 감추고 산다. 내가 확 트인 건 알잖아. 솔직하게 나 '아이 왜 없으세요?' 하는 질문을 얼마나 들었겠어. 그래서 나도 툭 트여서 살려고.

나한테 사생활 묻는 사람들에게 일갈하고 싶어. 세상에 존재하는 75억 명의 다양한 인구들이 다채로운 삶을 산다고. 나도 그 중 하나라고. 아이가 없는 유부녀. 근데 왜 너는 나이 어린 남자를 사귀면 안 되는 건데? 왜 숨기는데?"

유진은 고개를 저었다.

"아니, 그런 것보다 사람에 대한 확신이 사라진 지 오래야. 내가 대학생 때도 사람을 사귀는 걸 힘들어했잖아. 집안 사정도 있구."

재인은 고개를 끄덕였다.

"아빠 문제는 나에게 늘 힘겨운 고민을 안겨주니까."

아빠, 집에 안 계신 지 10년이 지난 존재. 그 아픔에 유진은 지금도 사람 사이의 관계에 확신을 가지지 못한다.

"아직도 아픈 거야?"

재인의 물음에 유진은 고개를 끄덕였다.

"다른 얘기 하자, 걔 이름은 뭐야?"

"준기, 윤준기."

"아 맞다. 페북에서 봤던 거 같아. 윤준기, 이름 좋다. 나이는 대체 몇 살이야?"

"스물넷."

"와, 우리보다 여덟 살이나 어리다구? 멋진데? 학생이야?"

"아니, 백화점 비누 매장에서 일해. 천호역 근처에서. 도슈 비누 알지?"

"알지, 거기 꺼 괜찮아. 종종 사서 써. 군대는?"

유진은 고개를 저었다.

"아직 안 물어봤어. 그런 거 안 묻고 주로 듣는 편이야. 굉장히 긍정적이고 꿈이 많아. 친절하고 사근사근하고 말을 조목조목 잘하고."

"후후, 유진이 네가 다른 사람 특히 남자에게 이렇게 관심을 갖고 얘기하는 것도 첨 같다. 게다가 잘 맞는다니, 그린 라이트인데?"

"잘 모르겠어. 지금은 같이 있으면 좋기는 한데, 두려워. 헤어지는 게 아픔을 주는 걸 잘 아니까."

재인은 유진의 손을 잡고 다독였다.

"부부는 안 그런 줄 알아? 그걸 두려워하면 네 곁에 누가 남아. 사람은 그러면서 사는 건데. 두려워 말고 한 번 만나봐."

따뜻한 말은 유진을 안심하게 했다.

"소개해줘."

"물어볼게."

재인이 고개를 저었다.

"아니, 천천히. 서두르면 안 좋을 거 같아."

유진은 눈가가 촉촉해졌다. 동감했다. 억지로 되는 일은 없다.

갑자기 과거의 기억으로 침잠했다.

아빠도 그때 내가 좀더 다르게 대했다면 달라졌을까. 억지로 되는 일은 없다. 하지만, 하지만.

"유진아. 걔하고 여행 가서 찍은 사진이나 보여줘. 궁금하다, 얘. 연하남과의 여행이라니."

유진은 휴대폰 갤러리 폴더를 열어서 사진들을 보였다.

선착장에서 배에 오르는, 월미도에서 놀이기구를 타는 모습들. 준기가 나중에 카톡방에 올려준 사진들은 꽤 많았다. 월미도 등대 근처나 동굴에서 손과 발만 나온 사진이며, 곳곳마다 유진의 사진이 있었다. 언제 옆모습과 뒷모습을 찍었는지 기억이 안 났다. 준기가 그녀 몰래 찍은 모양이었다.

유진도 모르는 자신의 얼굴, 그리고 옆태 뒤태 모든 게 낯설었지만 한편 익숙했다. 이게 나구나 싶었다. 그의 눈에 비친 내 모습이라는 생각도 들었다.

사진을 찍어준 게 고맙고 애틋했다. 따뜻한 느낌이 들었다. 사진을 집게손가락으로 어루만지는데 온기가 느껴진다면 거짓이겠지만 진짜 그랬다.

꿈이 많은 아이, 내가 도울 수 있을까.

유진은 그에게 심적으로 많은 안정감을 받아서 이제는 고마움을 되갚아 주고 싶었다. 사랑받는 느낌이 이런 걸까. 가족에게도 못 느끼는 감정이었다.

목이 메고 울컥했다. 재인이 조용히 물을 건넸다.

다음 토요일. 유진은 점심시간에 맞춰 천호역으로 갔다. 준기가 신제품을 유진에게 먼저 써보고 싶다고 했다. 유진은 이 백화점에 처음 오는 건 아니었지만 준기를 만나러 오는 거라 무척 떨렸다. 머리를 단정하게 묶었고, 화장도 신경을 썼고 하얀 티셔츠에 가벼운 느낌의 니트 재킷을 걸치고 스커트를 입었다. 지하철 대신 버스를 타고 가면서 가을의 정취를 느꼈다. 가로수는 곧 낙엽이 지려는 듯 시들어갔다. 하늘은 청명하고 높았다. 공기는 쾌청하고 바람은 시원했다.

감건호는 중요한 사람을 만나러 가는 중이었다. 목적지 근처에 도착해 차에서 내렸다.

그는 주변을 둘러봤다. 낡은 구시가지의 골목에는 담벼락에 무단 투기된 쓰레기들이 넘쳐났다. 감건호는 손에 쥔 메모지에 적힌 천호동 38번지를 찾았다. 이미 도로명으로 주소가 바뀌어서 쉽지 않았다. 어슷비슷한 좁은 골목을 몇 번이고 들어갔다 돌아서 나온 후, 감건호는 구글맵을 열었다. 해당하는 도로명은 상암로였다. 주소를 간신히 찾아서 건물 1층으로 들어갔다. 다세대 빌라였다. 우편함을 뒤졌다. 서정심은 2층에 살고 있었다. 감건호는 2층에 올라가 벨을 눌렀다. 벨이 서너 번 울릴 때까지 인기척이 없었다. 돌아서려는데 문이 끼익 소리를 내며 열렸다. 문 사이로 중년 여인의 얼굴이 반쯤 보였다.

"여기가 서정심 씨 댁입니까?"

"누, 누구세요?"

"어머니. 윤준기 어머니 서정심 씨 되시죠? 저 10년 전에 윤성인 씨 실종사건 수사하는 데 도움 드렸던 형사입니다. 지금은 경찰을 관두고 방송에 나오는데 알아보시겠어요?"

여인이 화들짝 놀라며 문을 닫으려 하자 감건호는 본능적으로 구둣발을 문틈에 턱 걸쳤다.

"목이 너무 타서 그런데 물 한잔 주세요, 부탁드립니다. 말씀 좀 여쭙다 갈게요."

서정심이 당황하다가 문을 살짝 열었다.

"어머니, 정말 죄송합니다. 예전에 이사하신 주소로 혹시나 해서 와봤는데 계셨네요."

"들, 들어오세요."

감건호는 서정심의 안내로 거실 바닥에 앉았다. 물 한 잔을 가운데 두고 그녀를 살폈다. 얼굴에서 세월의 흐름을 느꼈다. 10년 전만 하더라도 간호사로 일을 나갔고 꽤 단정한 차림새였던 것 같았는데 세월은 사람을 이렇게 변화시켰다. 한편으로 전화로 미리 약속을 잡지 않아 다행이었다. 이런 곤란한 만남의 경우 열에 여덟아홉은 집을 비우고 연락불통이 된다.

"무, 무슨 일로 오셨죠……?"

"먼저 윤성인 씨 아직 행방을 모르시죠. 확인을 해보니 사건이 해결 안 됐더라구요."

"그, 그런데요?"

"제가 실종사건을 다루는 추적 프로그램을 제작하려고 합니다. 윤성인 씨 찾는 데 도움도 되고 전국적으로 사건을 조명하는 방송을 해보려구요."

갑자기 서정심의 얼굴 근육이 파르르 떨리면서 두 손을 들어 거절하듯 흔들었다.

"안, 안 돼요. 우리 아들한테 물어봐요. 난 아무것도 몰라요. 어서 나가요."

"윤준기 씨, 아드님 지금 어디 계시죠? 말씀 좀 나누고 싶어요."

"나, 나가요. 어서 나가라니까."

"부탁드려요. 도움 되고 싶어 그래요. 그럼 아드님만 만나고 갈게요. 제발, 어디 있는지 알려주세요."

"나, 나가라니까. 어서!"

"부탁드립니다. 어머니."

"백, 백화점. 거기."

"여기 백화점이요?"

"그래요. 거기 가서 걔한테 물어요, 난 힘들어요. 어, 어서 나가라니까요."

"네, 알겠습니다. 그럼 건강히 계시고요, 나중에 연락드리겠습니다."

감건호는 집을 나와 방송작가에게 전화를 걸었다. 백화점 사무실에 정중하게 프로그램 촬영 협조 공문을 보내고 직원 중에 윤준기가 어느 매장에서 근무하는지, 혹은 사무직원인지 알아봐달라고 했다.

감건호는 백화점으로 갔다. 윤준기의 집에서 차로 10분도 채 걸리지 않았다. 감건호는 지하 식품매장에서 가볍게 비빔국수를 먹으면서 전화를 기다렸다. 식사를 마치고 아메리카노를 마시는데 전화가 왔다. 작가는 윤준기가 도슈 매장에서 근무한다고 알려주었다.

"잘, 알았어요. 그럼 윤준기 만나서 인터뷰나 사건 취재가 가능한지 물어볼 테니까 일단 이 사건으로 오프닝을 구성해봐요."

감건호는 에스컬레이터를 타고 지하 1층으로 내려갔다. 윤준기와 지척에서 밥을 먹고 있었다니. 행운이었다.

한편 준기는 마침 매장을 방문한 유진을 형석에게 소개했다.

"우와, 영광입니다. 윤준기 여친을 보는 날이 올 줄은 몰랐어요."

유진은 부끄러워 고개를 숙였다. 준기가 형석을 팔꿈치로 툭 쳤다.

"장난 좀 그만 쳐요. 누나, 이리 와요."

준기는 유진을 이끌고 세면대로 향했다. 준기의 손에는 향이 강한 비누가 들려 있었다.

"이게 가을 신상품, 황금빛 들판을 비추는 태양에 익은 라벤더 꽃 성분 비누예요. 손 줘요."

준기는 유진의 손을 부드럽게 잡고 소매를 걷었다. 손을 따뜻한 물에 적셨다. 그리고 비누거품을 내서 묻혔다. 풍성한 거품이 손등과 바닥을 감쌌다. 한참 동안 유진의 두 손을 몇 번이고 마사지하듯 닦아주고 깨끗하게 씻어 냈다.

"어때요? 향이."

"굉장히 좋아. 손이 하얘진 것 같아, 보드랍고."

이때 감건호가 매장에 들어섰다. 비누 제품을 둘러보던 감건호는 남성용 테스터 화장품을 손에 발라봤다.

"도와드릴까요?"

형석이 다가가자 감건호는 준기를 보았다.

"윤준기 씨에게 볼일이 있어요. 불러줘요."

"어? 프로파일러 감건호 씨! 반갑습니다. 무슨 일로, 아차차, 윤준기요? 재요?"

"네, 맞아요."

"저 사인 한 장만 해주세요."

"물론 해드리죠. 일단 준기 씨부터 만나게 해줘요."

"야, 윤준기! 여기 감건호 씨가 너 찾아오셨어. 우와, 이게 대체 무슨 일이야?"

준기는 감건호를 돌아봤다. 표정이 굳었다. 유진은 무슨 일인가 싶어 어리둥절했다.

감건호가 성큼성큼 다가와 명함을 내밀었지만, 준기는 받지 않고 노려보았다.

"준기 학생, 아니 지금은 성인이니까, 준기 씨라고 해야죠. 이게 몇 년 만이야. 반가워요, 나 감건호. 그때는 형사라는 직함이 있었지만 지금은 프로파일러이고 또 프로그램 진행자……."

"무슨 일이죠? 지금 근무 중입니다. 용건만 말해요. 이따 오시든가."

준기는 매대로 걸어가 진열된 상품을 정리했다. 감건호가 따라갔고 유진은 그들을 지켜봤다.

"새롭게 프로그램을 하나 맡게 됐는데, 〈미스터리 오브 미스터리〉라고. 그게 첫 아이템이 실종사건이어서, 아버지 사건을 새롭게 조명해보고 제보 전화도 받을 수 있으면 받고 그러려고요. 도움을 요청하고 싶어……."

"관심 없어요."

준기가 탁 잘랐다.

"누나, 근무해야 되니까 가요. 이따 전화할게요, 미안. 감건호 씨, 전 도와줄 거 없어요. 가세요, 바빠요."

유진은 당황해서 매장을 나갔다. 감건호가 준기에게 다가가 재차 부탁했다.

"그러니까, 뭐 캐묻고 싶다기보다는 프로그램에 쓸 인터뷰도 따고 싶고……."

"얘기 더 하고 싶지 않아요."

"아버지가 어디 계시는지 궁금하지 않아요?"

"준기야, 무슨 일이야?"

매장 앞을 서성이던 유진이 다시 들어왔다.

"누난 저리 가!"

말투도 눈빛도 공격적이었다.

"내 일이야! 상관하지 마!"

그대로 서 있는 유진을 준기가 와락 밀쳤다. 유진이 휘청거렸다.

"가요. 얼른! 더 이상 할 말 없으니까."

준기는 감건호와 몇 번 더 실랑이하다가 매장을 뛰쳐나갔다. 남겨진 형석과 유진에게 감건호가 다가가 명함을 한 장씩 건넸다.

"안 받네, 저 녀석이. 마음이 달라지면 이리로 연락 달라고 해요. 그리고, 사인 해줘요?"

형석이 고개를 저었다.

"아, 아니에요. 필요 없을 거 같아요."

"그럼 갑니다. 아, 향긋하다. 나중에 비누 사러 들를게요."

감건호가 나가고 유진은 형석과 어색하게 인사한 후 매장을 나가 준기에게 전화를 걸었다. 받지 않았다. 근처 어디에도 모습이 보이지 않았다. 유진은 하염없이 백화점을 나와 지하철을 탔다.

무슨 일일까. 그런 행동을 하다니.

준기는 그날 내내 전화를 받지 않았다. 메시지를 여러 개 보냈지만 읽지 않았다. 유진은 TV를 켜놓고 시선을 허공에 둔 채 한동안 누워 있었다. 심란했다. 눈을 감았다. 한참을 자고 일어나니 저녁이었다. 간단하게 요기를 하고 어둠이 드리우는 창밖을 보다 밖으로 나갔다.

유진은 늦게까지 여는 미용실을 찾아서 머리를 잘라달라고 했다. 마음이 복잡했다. 온몸을 잡아끄는 불안과 두려움에서 벗어나고 싶었다. 머리카락이 잘리는 것처럼 그런 것들을 떨쳐버리고 싶었다.

"더 자를까요?"

"네. 좀 더요. 1센티만 더요."

50대 중반으로 보이는 미용사는 유진의 말에 머리카락을 잘랐다. 그때 톡이 왔다.

미안, 지금 봤어요. 거듭 말하지만 미안. 어디예요?

집 근처.

월요일 만날 수 있어요? 벼르던 연극 같이 보고 싶어요. 제목은 비밀, 장소는 혜화동.

될 거야. 퇴근하고 나서.

그럼 8시 30분 표 예매할게요.

유진은 휴대폰을 쥔 채 눈물을 흘렸다.

"아니, 왜 울어요?"

"그냥, 불안해요."

푸근해 보이는 미용사는 웃었다.

"남친 걱정? 우리 딸도 결혼 앞두고 고민하느라 새치 나더라."

"비슷해요. 제가 결정 장애인 거 같아요. 제 마음을 모르겠어요."

"그것도 지나가요, 걱정 마. 내 나이 아줌마들한테 물어봐요, 10년 젊어질 테니 애들 학창시절로 돌아갈 거냐고. 근데 아무도 안 돌아간다 그래. 왜냐면 시험, 대학 입학 그런 거로 아이들과 실랑이하기 싫거든. 그런 거야. 그 나이 때 고민, 지나가면 잊혀."

"고맙습니다."

유진은 눈물을 닦았다.

미용사가 머리를 감겨주고 산뜻하게 드라이를 했다. 기분이 한결 나았다.

톡이 왔다.

그날 예쁘게 하고 나와요. 맛집도 가고 연극도 보고.

단발이 되어 미용실을 나섰지만 변한 것은 헤어스타일을 제외하고는 없었다. 미용사의 따뜻한 말에 마음은 녹았지만 현실은 같았다. 유진은 준기와 사귐으로써 일상이 흔들리고 있었지만, 그를 매일 보고 싶었다. 그와 얘기를 심도 있게 나눠보고 싶었다. 깊게 사귀다 이별한다는 건 생각할 수 없었다. 지금도 실연을 상상하면 가슴이 뻥 뚫리는 것 같은데.

결국 그게 문제였다. 두 개의 떡을 손에 쥐고 한 쪽도 놓지 못하는 나.

유진은 위치추적서비스 앱을 열었다. 준기는 백화점에 있었다. 영업시간이 끝났지만 야근을 하는 모양이었다. 앱에 뜬 작은 도트 하나로 그의 위치를 파악하니 안심이 됐다.

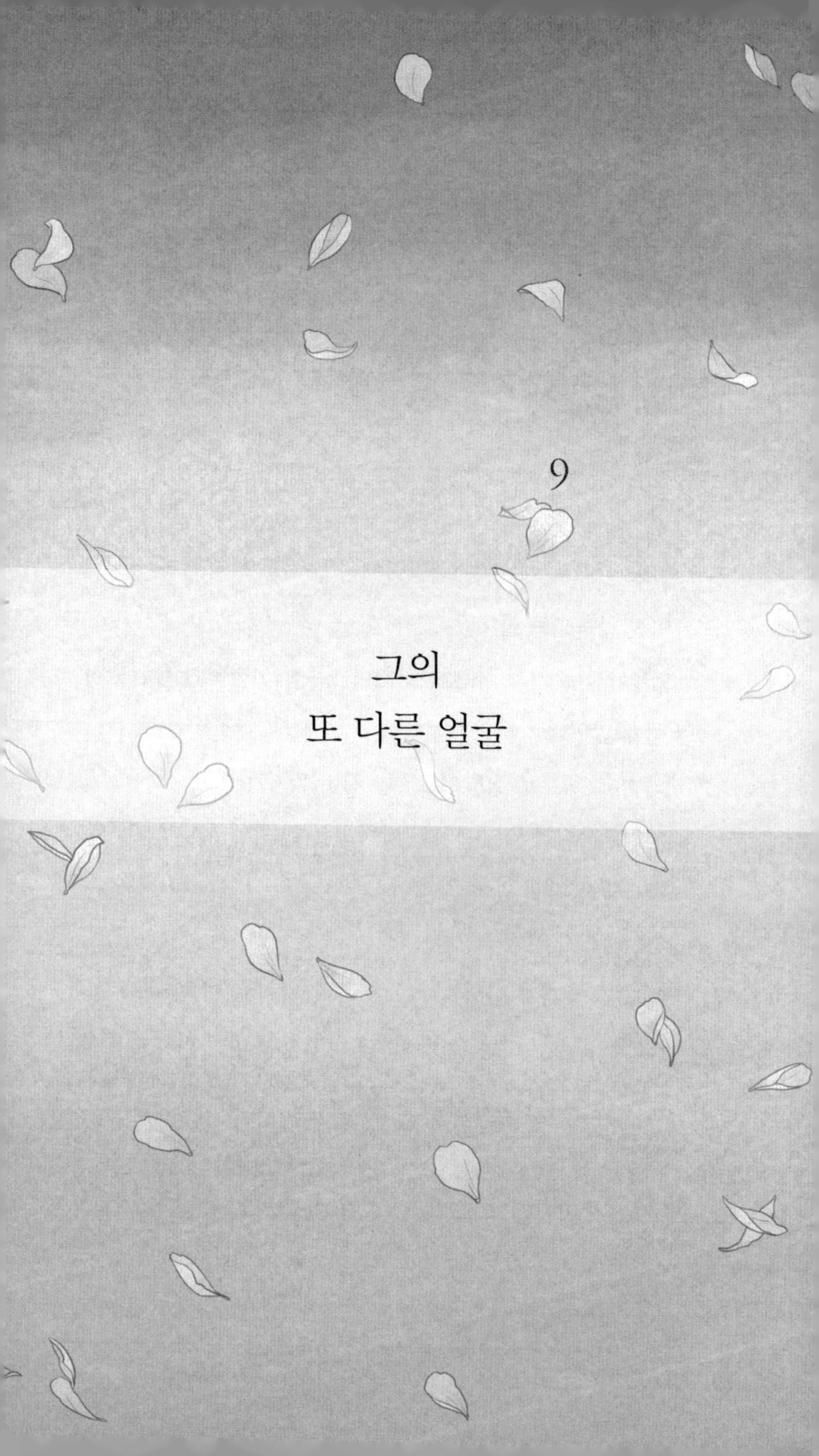

9

그의
또 다른 얼굴

—

월요일 저녁, 유진은 혜화역에서 준기를 만나 소극장들이 늘어선 골목으로 들어갔다.

오늘따라 준기는 불편해 보였다. 유진은 까닭이 궁금했지만 묻지 않았다.

“왜 머리 함부로 잘랐어요? 난 긴 머리가 좋아요.”

준기의 불편함이 자신이 단발머리를 했기 때문이다.

“스타일을 바꿔 봤어.”

준기는 인상을 찌푸렸다.

“함부로 바꾸지 말아요. 난 뭔가 갑자기 달라지는 게 싫어, 두려워. 그러니까 헤어스타일 바꾸려면 미리 말해요.”

“네가 원한다면 그렇게 해볼게.”

“그리고 선물.”

준기는 주머니에서 자그마한 상자를 꺼냈다.

“어?”

“우리 앞으로 시간을 공유해요.”

상자 안에는 은색 메탈 시계가 들어 있었다.

“비싼 거 아니고 패션 시계야. 앞으로 둘만의 히스토리가 완성돼 가면 더 좋은 걸로 해줄게요.”

시계의 디자인이 이상하게 수갑 같았다. 유진은 머뭇거렸지만 준기가 직접 유진의 왼손목에 시계를 채웠다.

“하고 싶은 말이 있어.”

유진이 심각했다.

“뭔데요?”

준기의 표정이 굳었다.

“우리 관계 말이야. 잘 모르겠어. 이대로 사귀는 게 좋기는 한데 한편으로 익숙하지 않고 불안해.”

“왜요? 내가 떠날까봐서요?”

유진의 눈가에 눈물이 맺혔다. 준기는 미소를 지으며 고개를 도리질했다.

“내가 왜? 그렇지 않아. 저번에 감건호 그 사람 신경 쓰이는 거야?”

유진은 침묵했다.

“걱정하지 마요. 오해가 있어서 그래.”

“아버지 일이라는 건 뭐야?”

"신경 쓰지 마."

"실종이라는 것도……."

"연극 시작하겠다. 빨리 가요."

준기와 유진은 5층 소극장에 올라가려고 엘리베이터를 탔다. 엘리베이터에는 그들과 연인 한 커플이 탔다. 연인은 3층에서 내렸다. 준기는 엘리베이터 문이 닫히자마자 소리를 버럭 지르면서 유진의 손목을 확 낚아챘다. 유진이 휘청거렸다. 그녀는 놀라면서 공포에 질렸다.

"무, 무슨 짓이야?"

"나 화나게 하지 말아요!"

"무슨 뜻이야. 대체."

"기분 나빠요. 누나 방금 그 남자 쳐다봤어요. 비교하는 거예요? 그 남자 어디가 좋아서? 키가 커서? 덩치가 커서?"

"오해야, 그럴 리 없어. 그냥 층수 보다가 시선이 갔어. 정말 아냐."

"그래요? 믿을게요."

5층에 도착하자 준기는 유진의 손을 잡고 의기양양하게 내렸다. 유진은 준기의 돌변하는 태도에 부쩍 신경이 쓰였다.

연극 〈쉬어 매드니스〉는 등장인물 6인이 미용실 2층에서 벌어지는 사건에 연루되어 추리를 펼치는 연극이었다. 쉴 사이 없는 유머와 살인범이 누구냐 하는 긴장감 속에서 준기는 마냥 해맑게 웃으며 한 번도 유진의 왼손을 놓지 않았다. 그의 땀과 체온이 고스란히 느껴졌다.

혼란스러웠다. 분명히 조금 전에 무서운 폭군처럼 분노를 터뜨렸지만 지금은 누가 봐도 다정한 남자친구였다.

연극이 끝나자 준기와 다시 엘리베이터를 타는 것이 두려웠다. 사람들이 많이 탔고 그는 유진의 손을 붙잡고 다정한 눈길을 주었다. 유진은 행여 다른 남자와 눈이 마주칠까 두려워 고개를 푹 숙였다. 준기의 운동화 코만 봤다. 소극장 건물에서 밖으로 나왔다. 준기가 깔깔 웃었다.

"누나, 연극 대박 개쩔지 않아요? 넘 웃기다. 아, 그리고 연극 보는데 우리 옆 좌석 여자가 방귀를 뽀옹 뀐 거야. 어찌나 놀랐던지. 하하하하."

준기는 유진의 어두운 표정에는 전혀 관심이 없었다. 유진은 아까처럼 무서운 상황이 벌어질까봐 움츠러들었다.

주머니에 손을 넣고 조용히 걷다 깜짝 놀랐다.

"어? 지갑을 두고 왔어."

"어디다요?"

"극장 좌석에 흘린 것 같아. 주머니가 밭아서."

연극을 보는 내내 집중도 못하고 준기를 신경 쓰다 지갑을 흘린 줄도 몰랐던 것이다.

준기가 미소를 지었다.

"걱정 마, 내가 쏜살같이 갔다 올게."

준기는 소극장을 향해 달렸다. 유진은 거리에서 어찌할 줄 모르고 휴대폰만 붙들고 기다렸다. 15분은 됐을까. 저만치서 준기가 해맑은 얼굴로 달려오며 연보라색 지갑을 흔들었다.

"찾았어요! 밥 먹으러 가요."

유진의 마음이 툭 풀렸다. 준기가 믿음직스럽고 고마웠다. 즐거웠다. 그날의 모든 불안과 긴장, 우울이 보상받는 느낌이었다. 식사를 하고 나서 유진은 준기에게 고맙다고 했다.

준기는 씩 웃었다.

"아냐, 뭘. 내가 할 일인데요. 은근히 부주의한데?"

데이트는 그렇게 웃으면서 끝났다. 하지만 그녀는 마음속에 불안한 감정이 깃들어 있었다.

밤에 준기는 긴 톡을 보냈다.

프로스트의 시 〈어느 눈 오는 저녁의 숲속의 멈춤〉이었다.

시는 이렇게 끝났다.

숲은 깊고 어둡고 사랑스러워도
나는 지켜야 할 약속이 있어,
몇 리 길을 더 가야 한다네 자기 전에,
몇 리 길을 더 가야 한다네 잠들기 전에.

눈 내리는 숲 속의 몽환적 영상이 함께 전송됐다.

편히 자요, 시와 함께. 털털한 누나

준기는 유진에게 잘 자라는 평온한 메시지를 보냈지만 정작 자신은 좀처럼 잠을 이룰 수 없었다. 수면제 한 알을 먹고 간신히 선잠이 들었다. 비슷한 꿈들이 반복되었다. 주로 얼굴을 모르는 미지의 여자친구와 사귀었다가 가슴 아프게 헤어지는 내용이었다. 준기는 눈물을 철철 흘리면서 잠에서 깼다. 아침에 일어나자 불쾌한 기분이 들었다.

유진이 헤어지자고 할 것 같은 불길한 예감과, 지금까지 이뤄 놓은 삶들을 감건호가 뺏을 것 같다는 불안이 밀려왔다.

생각에 골몰하자 온몸이 두들겨 맞은 듯 아팠다. 편두통이 시작됐다.

끙끙거리는데 서정심이 문을 열었다.

"아침은?"

"안 먹어. 신경 쓰지 마."

"그 사람이 백화점으로 찾아갔어?"

준기는 두 눈에 쌍심지를 켜고 서정심을 노려봤다.

"무, 무슨 소리야?"

"며칠 전에 찾아왔다. 하두 귀찮게 굴기에 무서워서 그만…….”

준기는 빽 소리를 질렀다.

“나가! 나가라고! 나가! 제바알! 쫌! 날 내버려두란 말얏!”

서정심이 나가자 준기는 바닥으로 무너져내렸다.

유진에게 만나자고 톡을 보냈다. 유진에게서 지방 출장을 가서 일주일간 볼 수 없다고 답이 왔다. 준기는 도리질했다. 매장에 전화해 근무 시간을 조정하고 흰 셔츠에 올리브색 베스트와 청바지를 입고 집을 나섰다.

지하철을 타고 군자역에서 갈아타서 강남 쪽으로 향했다. 학동역에서 내려 무작정 걸어갔다. 유진의 회사 정문이 보이는 카페에 들어가 점심시간을 기다렸다.

여러 명의 직원들이 점심을 먹으러 나섰고 드디어 그녀가 보였다. 준기는 카페에서 나와 빠르게 걸어 유진 앞에 섰다.

“잠깐 얘기 좀 해.”

직원들이 눈치를 보다가 자리를 피해 줬다.

“이, 이게 무슨 짓이야. 연락도 없이. 회사 사람들 보는데.”

“그럼 안 돼요? 우리 사귀는 사이잖아. 간밤에 꿈이 흉흉해서 왔어요. 누나와 나, 헤어지는 꿈 수도 없이 꿨어. 너무 아파요. 머리가 깨질 것 같아.”

“그래도 이건 아냐.”

“출장 간다면서. 먼저 거짓말하고 배신한 사람이 누구야?”

"아냐, 출장 오후에 갈 거야. 그리고 제발, 지금은 휴지기를 좀 갖자. 넘 두려워. 우리 상황이."

"뭐가?"

"헤어질까봐, 아니 헤어질 수 없을까봐. 잠시 떨어져 있자."

준기는 분노했다.

"어떻게 나를 속일 수 있어. 출장을 간다는 따위 거짓말을 해!"

"아니야, 준기야. 그런 게 아냐."

준기는 유진의 손목을 세게 움켜잡았다. 잡힌 자리가 홍옥처럼 붉었다.

"나 절대 헤어질 수 없어, 용납 못해. 날 벗어날 수 없다구요! 누나와 떨어진 세상은 난 상상할 수 없단 말이야."

유진은 두려웠다. 회사 사람들이 점심을 먹으러 나오다가 이 광경을 볼 수 있다. 준기를 달랬다.

"그런 거 아냐. 출장을 가는데 당장 서울에 없어서 볼 수 없다구. 미, 미안해."

"물어볼까. 직장에 전화해서 사실인지 아닌지 물어볼까?"

유진은 얼굴이 새파랗게 질렸다. 준기는 입가에 미소를 띠었다.

"그런 핑계로 헤어지려는 건지 확인해 보고 싶어. 그래도 돼요?"

그녀는 두 손으로 얼굴을 가렸다.

"아, 아냐. 아무 것도 아냐. 날 좀 내버려 둬. 응? 실은 지금, 직장에서도 능력을 인정받지 못하고 새로운 단행본 아이디어도 없고 올해 실적도 엉망이야. 너무 불안해. 헤어 나오고 싶어. 흐트러진 일상을 바로잡고 쉬고 싶어."

준기가 손으로 유진의 등을 부드럽게 쓸었다. 소스라치게 놀라며 소름이 끼쳤다. 왜 그랬을까. 단순한 스침인데.

"도와줄게요. 심리적으로 안정을 찾고 직장에서도 제자리 찾을 때까지 곁에 있을게. 대신 나에게 상처 주지 말아요. 칼에 벤 상처는 아물어도 사랑하는 사람이 준 상처는 평생 아물지 않으니까. 날 버리지 말아요. 절대로 그럴 수 없어. 그러면 난 죽어버릴지 몰라."

준기를 봤다. 여전히 친근한 미소에 다정한 말투에 부드러운 몸동작이었지만 어린아이처럼 떼를 썼다.

그의 천진한 얼굴과 세심한 친절에 빠져들었지만, 순간순간 보이는 비이성적 행동은 숨을 막히게 했다. 소통이 불가능했다. 겉으론 배려하는 것 같았지만 자신만을 위해 행동했다. 그러다 어느 순간 마음에 안 들면 돌변한다.

유진은 준기를 간신히 달래서 보냈다. 태양처럼 환하게 웃으며 손 흔드는 모습. 아름다웠지만 그 안에 든 속마음이 변할 때는 둘도 없이 무서웠다.

오후, 설아는 백화점 정문 앞에 쪼그리고 앉아 있었다. 경비원이 비켜달라고 해서 잠시 벤치로 자리를 옮겼다.

오빠를 찾아갈까.

하지만 망설였다. 설아는 작년 기억을 떠올렸다. 무척 덥던 날, 할머니가 돌아가셨다는 연락을 받았다. 설아를 세 살 때부터 키워준 할머니였다. 엄마는 그 이전에 집을 나갔고 아빠는 가끔 새엄마라며 누군가를 데리고 왔지만 모두 3개월도 버티지 못했다. 엄마는 1년에 몇 번 연락하지 않았다. 만나도 잠시 뿐이었다.

할머니가 설아의 밥도 차려주고 준비물도 챙겼다. 하지만 작년 봄부터 당뇨가 심해지자 거동이 힘들어 요양병원에 입원하셨다. 설아는 혼자 밥을 차려 먹었다. 아빠는 지방 공사장에 일하러 다녀 종종 혼자였다. 할머니가 입원한 병원에 가보고 싶어도 지하철로 갈 수 없는 곳이었다.

어느 날 새벽 아빠가 설아를 깨웠다.

"병원에서 연락 왔다. 할머니 돌아가셨다."

그 말을 하고 아빠는 등을 보이고 소주를 마저 드셨다. 아빠가 사람들이 할머니를 요양병원에서 장례식장으로 옮기는 중이라고 했다. 그리고 끅 울음소리를 내며 옷을 걸쳤다. 설아는 아빠가 우는 걸 처음 봤다. 설아는 아빠와 택시를 타고 장례식장에 도착했다. 빈소 없이 바로 장례를 치렀다. 찾아올 손님들도 없고 빈소를 차리면 돈이 많이 든다고 했다. 화장장으로 가기 전에 설아는 할머니에게 마지막 인사를 드리라는 말을 아빠에게 들었다.

두터운 나무문이 열리고 흰 가운에 마스크를 쓴 남자가 밖으로 나와 인사를 했다. 설아는 아빠와 고모, 고모부 뒤를 따라 안으로 들어갔다. 할머니가 유리벽 안에 계셨다. 반듯하게 누워 계셨는데 삼베로 만든 옷으로 몸을 감싸고 얼굴에는 고운 화장이 되어 있었다. 생전에는 그렇게 진한 화장을 한 걸 본 적 없었다. 붉은 테가 둘린 꽃신이 눈에 들어왔다. 할머니는 어느 때보다도 예쁘고 평온했다.

아빠와 고모는 눈물을 터뜨렸지만 설아는 울지 않았다. 눈물이 나오지 않았다. 다만, 할머니가 편하게 보였고 이제 고생을 안 해도 된다는 생각이 들었다.

"할머니."

설아는 마지막으로 할머니를 불렀다. 아빠와 고모는 유리벽 안으로 들어가 할머니의 얼굴과 몸을 만졌지만 설아는 다가가기 힘들었다. 유리벽 밖에 서있었다. 화장장을 거쳐 추모공원에 모시기까지 하루 안에 장례가 끝났다.

그날부터 설아는 혼자 밥을 해 먹고 옷도 사고 교복 정리도 하면서 점점 더 어른이 되었다.

아빠가 바쁘다고 해서 설아가 할머니 사망신고를 하러 주민센터에 갔다가 사망진단서가 필요하다고 해서 되돌아왔다. 아빠가 다시 재촉하자 설아는 다음날 학교를 조퇴하고 신고를 마쳤다.

가족관계증명서의 할머니 이름 옆 사망이라는 글자를 보고서야 실감이 났다. 할머니가 안 계시다는 것이.

혼자서 생리대도 사고 먹을거리도 샀다. 처음에는 생리대 사는 게 창피했지만 이제는 여자 직원이 있는 슈퍼에 갔다. 가끔 생리혈이 묻은 이불을 빨았다. 엄마는 연락해 봤자 2,3일 후에나 답장이 왔다.

왜 부모는 나를 안 도와주고 방치하는 걸까? 친구들은 약점을 어떻게 알고 슬슬 피하는 걸까?

외롭고 무섭고 짜증이 났다. 고민을 털어놓을 데가 인터넷 연예인 갤러리나, 포털 카페 자유게시판 말고는 없었다. 얼굴도 나이도 성별도 모르는 사람들에게 고민을 털어놓으면 힘내라는 댓글도 달렸지만 네가 자존감이 부족하다, 네가 우울하니 사람들이 상대 안 해준다는 글도 달렸다. 연예인들이 댓글 보고 자살한다는 말을 실감했다.

자살. 중학생에게 너무도 가혹한 말. 하지만 종종 생각했다.

'죽는다면 아빠와 친구들은 후회하고 나를 기억해주지 않을까? 그게 남는다는 거, 영원한 거, 그런 게 아닐까?'

궁금했지만 물어볼 상대가 없었다.

설아는 아빠가 안 들어오시는 날에는 밤새 게임을 했다. 혹은 휴대폰 카메라나 피시용 캠으로 액체 괴물을 만들거나 치킨을 먹는 영상을 찍어 유튜브에 올렸다.

외로웠다, 가끔은 눈물이 났다. 털어놓을 친구조차 없었다. 그러던 참에 준기 오빠가 나타난 것이다.

설아는 비누 매장으로 가기 전에 화장실에 들렀다. 주머니에는 만 원짜리가 꽤 들어 있었다. 아빠가 주신 용돈을 모두 가지고 왔다. 틴트를 집었다. 이미 붉게 바른 입술이지만 한 번 더 두텁게 빨갛게 발랐다. 아이섀도를 덧칠했다. 둥글게 만 앞머리를 손으로 잡아당겨 탄력을 주었다.

거울을 한참 보고 얼굴을 매만진 뒤 매장으로 향했다.

준기는 손님을 응대하고 있었다.

"이 향기는 어떠세요? 바닐라 향과 프리지아 향이 믹스됐는데 잔향이 강해서 손을 다 씻고도 남아 있어요."

50대 중년 여성은 고개를 저었다.

"향이 너무 강한 것 같은데."

"아뇨, 괜찮은데요. 혹시 요즘 고민 있으신가요?"

준기의 질문에 여성이 화들짝 놀랐다.

"어떻게 알아요?"

"그냥요. 일하다 보면 고객님 표정만 봐도 느낌 와요. 그런데 사람 때문에 겪은 상처나 피로는 진짜 골치예요. 그럴

땐 공산품이 사람보다 낫다니까요."

중년 여성이 웃었다.

"이거 세트로 포장해 줘요. 써볼게요."

"네, 알겠습니다."

판매대로 걸어가는 준기에게 형석이 바싹 다가왔다.

"넌 역시 대단하다니까. 저 분 들어온 지 5분 지나도 반응 없어서 곧 나간다 싶었는데 물건을 어떻게 파냐."

형석의 나지막한 목소리에 준기가 웃었다.

"형은 안 돼. 내 전매특허야. 환심 사는 건."

"야, 포장 내가 할게, 가봐. 재 너 보러 왔다."

준기의 눈에 서성이는 설아가 들어왔다. 준기는 당황하며 다가갔다.

"뭐야? 전화하고 와. 앞으로는."

"오빠, 왜 내 메시지 씹어요? 이유가 뭐야?"

"이유 같은 거 없어."

"오늘 일 끝나고 만나서 놀아요."

"뭐?"

준기는 황당하다는 듯 설아를 밀쳤다.

"나 바빠. 어디 가야 돼."

"어디? 나도 가면 안 돼요?"

"나 여친 만날 건데."

설아의 얼굴이 일그러졌다. 틴트를 붉게 칠한 입술이 뭉개졌다. 설아는 짙은 마스카라와 아이섀도를 바른 눈두덩을 손으로 뭉갰다. 신경질적으로 뭉개버렸다.

"나랑 유튜브 나가자. 우리 합동방송 하자. 내가 오빠 매장 소개하고 대박나게 해줄게."

준기는 한숨을 쉬었다.

"이제 매장 오지 마. 분위기 안 좋아. 손님하고 직원이 따로 말 섞고 그러면."

"그럼 지난번에 나한테 했던 건 다 뭐야. 우리 친한 사이 아냐?"

준기는 감건호가 의식됐다. 만약 여중생하고 이렇게 실랑이를 벌이는 모습을 본다면 큰일이다.

"돌아가. 집에나 가."

"모텔 가서 게임하고 싶어. 같이 가자. 내가 돈 낼게요."

준기는 매달리는 설아를 확 뿌리쳤다.

"너 미쳤어? 어서 가. 누가 보면 어쩌려고 그래?"

"비누 살게, 마구 살게요. 나랑 놀아줘, 저번처럼."

"쓸데없는 소리 말고 가. 나 시간 없어. 여친 있다니까."

"누구? 페북 그 언니?"

준기의 눈꼬리가 실룩이다 올라갔다.

"너 무슨 소리야?"

"그 언니. 오빠가 요즘 그 언니 페북 글에 좋아요 다 눌러주는 거 봤어. 내 타임라인은 안 보는 거야? 나한테는 왜 안 그래?"

"시끄러."

"그 언니랑 여행 다녀왔어요? 연극 같은 거도 봤던데. 나 그 언니한테 친구요청 해도 돼?"

준기는 설아의 귓가에 대고 싸늘하게 말했다.

"무슨 일 하면, 너, 죽여 버린다. 꺼져."

준기는 설아의 왼쪽 귀에서 달랑거리는 하트 모양 귀찌를 잡아채서 바닥에 던지고 발로 짓이겼다. 설아는 뒤로 비틀거리며 물러났다. 준기는 귀찌를 집어서 설아의 손바닥에 강제로 쥐이고 매장으로 들어갔다.

설아는 돌아서서 눈물을 쏟으면서 백화점을 나왔다. 분했다. 그리고 무척 슬펐다. 얼굴이 온통 눈물로 젖어서 화장이 번지고 눈두덩은 검게 변했다.

복수를 하고 싶었다. 아니 준기를 되찾고 싶었다. 무슨 방법을 써야 했다. 할 수 있는 뭐라도 해야 했다.

설아는 집으로 돌아와서 컴퓨터를 켰다. 주머니에 넣어뒀던 귀찌를 방안 구석에 던졌다. 클렌징 티슈로 화장을 박박 지우고 다시 공들여 피부 화장을 했다. 그런 다음 아이섀도를 정성껏 세밀하게 칠하고 뷰러로 눈썹을 올려 마스카라를

칠했다. 입술에는 새빨간 틴트를 여러 번 면봉으로 찍어 발랐다. 마지막으로 머리를 고데기로 다듬었다. 앞머리를 부풀렸다. 거울을 여러 번 본 후에 캠을 켰다. 녹화 버튼을 눌렀다. 배경음악으로 조용한 발라드를 틀었다.

오늘 밤이 지나면 달라진다. 오빠는 내 게 될 수밖에 없다.

다음날 유진은 회사에 출근해 한 통의 전화를 받았다. 유진이 기획해서 펴낸 책《음식 맛집 기행 베스트 홍콩》에 오타가 많다는 항의 전화였다. 깐깐한 목소리의 중년 여성은 자신도 전직 편집자였고 이 책에 관심을 갖고 사 봤는데 실망했다면서 다시 보내달라고 했다.

유진은 어이가 없었다. 오타는 2쇄에 들어가야 수정이 되며 이를 전직 편집자가 모를 리가 없다고 여겼다. 하지만 그렇게 말하는 건 아닌 것 같아 일단 책을 보내주기로 했다. 가끔 어이없는 전화가 걸려 오긴 했지만 이 전화는 기분이 더 나빴다.

지난주에는 3쇄에 들어간 에세이 책의 책날개가 구겨지는 불량이 50권 가량 나와 골치가 아팠다. 평소 같으면 그런가 하고 넘길 일들이지만 요즘 들어 준기 문제로 힘들어지니 회사 일도 무거웠다.

유진은 연한 블랙커피를 마시고 숨을 돌렸다. 일에 열중하다 보니 12시가 되었다. 동료들이 식사를 하러 간 사이 유진은 샐러드를 사먹고 나서 감건호가 준 명함에 있는 번호로 전화를 걸었다. 많이 망설였지만 결국 통화버튼을 눌렀다. 전화번호는 그가 출연하는 프로그램의 제보 번호였다. 안내음성만 나오고 전화를 받지 않자, 지난번에 백화점에서 뵀는데 문의할 것이 있다고 문자를 보냈다. 유진은 어떻게 이런 용기를 냈는지 스스로도 의아했다.

잠시 후 연락이 왔다. 전화 속 상대방은 자신을 방송작가라고 하면서 프로덕션 앞 카페 이름을 알려주었다. 2시에 감건호가 그 카페에 나갈 수 있다고 했다. 유진은 외부에서 저자 미팅이 있다고 상사에게 알리고 지하철역으로 향했다.

강남역 부근에 위치한 프로덕션 건물은 자그마한 4층 건물로 외관이 베이지색 벽돌로 마감돼 있어 따뜻한 느낌을 주었다. 그 앞 맞은편에 카페가 있었다. 마블의 히어로 피규어들이 전시된 카페 안은 한산했다. 2시가 조금 넘자 감건호가 들어왔다.

그는 바로 유진에게 다가왔다. 그도 그럴 것이 손님은 유진과 저쪽에 남자들 세 명이 앉은 팀이 전부였다.

"연락 받고 나왔습니다. 전화로 남기신 성함이, 김유진 씨인가요? 윤준기 군에 대해 하실 말씀이 있다고요? 아, 가만있자, 지난번에 뒤에 서 계시던 분 맞죠?"

"네, 맞아요."

"주실 말씀이 어떤 거죠?"

"저어……."

유진이 뜸을 들였다.

"편하게 하세요. 잠깐만요, 뭐 드실래요? 이 집 커피 괜찮아요. 여기까지 오셨으니 제가 사죠."

"네, 고맙습니다."

감건호는 따뜻한 아메리카노 두 잔을 들고 자리로 돌아왔다.

"두 분이 어떤 사이죠?"

유진은 기억을 떠올렸다. 분명히 둘은 사랑을 주고받는 사이다.

"사귀고 있어요."

"하실 말씀은 뭐죠?"

용기를 냈다.

"준기에게 하려던 말씀, 들으려던 말이 뭔지 궁금해요."

"음, 말씀드려도 좋을지 모르겠네요. 윤준기 군 아버지에 관한 말입니다. 제가 듣고 싶었던 말은."

감건호는 잠시 커피 한 모금을 마시고 침묵했다. 문자가 왔다.

"피디네요. 커피 마실 시간이 30분밖에 없다는 뜻이죠."

"간단하게라도 듣고 싶어요."

"준기가 유진 씨에게 이상하게 굴던가요?"

"모르겠어요."

"결혼을 약속하셨나요?"

"아니요."

"그럼 왜 저를 보자고 한 거죠?"

"둘 다일지 모르겠어요. 사랑도 하지만 결혼도 언젠가는 누군가와 하겠죠. 준기에게 제가 어떤 마음인지 모르겠어요."

"준기는 10년 전에 아버지가 실종됐어요. 그리고 지금까지 안 나타나셨죠."

"네, 뭐라고요? 준기는 아버지가 돌아가셨다고 했어요."

"거짓말입니다. 실종이죠. 준기가 인천에 살 때 일이고 저도 그 사건에 경찰 소속 프로파일러로서 관여했어요. 그때 준기의 나이가 만 14세가 안 됐을 때니까 촉법소년일 때죠."

"네? 무슨 말씀이신지."

유진이 반문했다.

"그 개념은 아시죠? 만 14세에서 18세 청소년은 무기징역급 범죄를 저질러도 최대 20년형만 받죠. 그리고 가석방될 확률도 높아요. 만 10세-14세 미만의 촉법소년은 교도소 대신 상담 교육이나 받아요, 보호처분만 받죠."

유진은 촉법소년이 무엇인지 알고 있었다. 최근에 청소년들의 잔인한 범죄가 많이 일어나 청소년 보호법을 폐지하자는 청원이 청와대 홈페이지에 매일 올라온다는 기사를 어딘가에서 봤다.

"준기가 그때 무슨 짓을 저질렀다는 거예요?"

"그런 의심은 샀죠. 그 녀석이 초등학교 5학년 예민하던 시기에 아버지 윤성인 씨가 성범죄를 저질러 교도소에 갔다가 준기가 중 2때 가석방 됐죠. 그런데 성범죄자 고지 안내서가 학교 친구들에게 갔나 봐요. 엄청 안 좋았겠죠.

윤성인 씨는 술에 취해 골목길에서 집으로 들어가던 대학생을 따라 들어가서 강간한 죄로 징역 3년 6개월과 신상정보 공개 및 고지 명령 5년을 선고받았습니다. 고지 명령을 받으면 고지 대상자가 거주하는 동네 지역주민 중에 아동, 청소년 세대원을 둔 세대나 어린이집, 초중고교, 아동센터 등에 고지서가 송부됩니다. 그리고 주민센터는 고지정보서를 30일간 게시합니다. 나중에는 동네 주민들이 다 알게 되죠."

감건호는 한숨을 쉬었다.

"필요한 법이지만, 한편으로는 고지서가 송부되면 가해자는 다른 곳으로 이사 갈 수밖에 없어요. 그런데 이사를 가도 또 그 지역에 송부됩니다. 5년간 지옥불의 천형을 겪는 것이죠."

"그럼 준기 주변 친구들이 아는 것도 당연하겠네요."

"네, 물론이죠. 윤준기는 당시 아이돌 준비를 하려다가 불발되는 아픔을 겪게 됐죠. 곱상하고 재능 있는 친구죠. 한눈에 보아도. 꿈이 좌절되고 나서 가정불화를 겪다가 아버지가 칼을 들었고 준기도 맞서다가 경찰서에서 조사를 받았습니다. 그런데 일주일 후에 아버지가 실종됐죠."

"어머니가 계신 걸로 알고 있어요."

"그때 당시에는 가출하셨죠. 어머니는 아버지가 출소할 즈음 집을 나갔어요. 폭력을 견디기 힘들었고 성범죄자라는 낙인이 두려웠다고 합니다. 실종 후에 준기와 다시 같이 사는 걸로 알고 있어요."

유진은 묵묵히 들었다.

"제가 방송하려던 게 미성년자가 저지른 범죄에 감형을 하는 게 올바른가 하는 취지의 방송이었죠. 그리고 이 사건을 프로그램 앞에 던지면서 인서트하려고 했죠.

저는 당시 억울한 오해를 받아 형사들에게 강압조사 받은 게 있는지 궁금해 준기에게 물어보려던 차였어요."

"확실한 게 아무것도 없는데, 그런 프로그램에 나가면 오히려 손해잖아요."

"왜 관련이 없어요. 경찰 체제의 압력적인 시스템 밑에서 피해자가 됐는데요. 10년 전 그 사건 당시 준기가 조사를 받자 아버지를 죽였다느니 아버지처럼 성범죄자라느니 루머가 돌았죠. 오해가 많았습니다. 결국 14년간 살던 지역사회를 떠나서 서울로 온 것이죠. 인천이 지금은 엄청 발전했지만 그땐 변두리에 작은 동네들이 많았고 토박이 어르신들이 계셨죠. 그런 곳에서 범죄를 저지르면 고립과 폐쇄성으로 도저히 용서받을 수 없는 분위기로 몰아가요. 고지서를 뿌릴 것도 없어요. 이웃이 다 아니까."

감건호는 유진의 잔과 자신의 잔을 나란히 놓았다.

"두 개 중 왼쪽의 것이 서울, 오른쪽이 시골 산간지방입니다. 어디가 더 성범죄에 관대할까요."

"방금 고립될수록 더 죄인으로 몰고 간다면서요."

"아뇨, 사실은 오른쪽 시골이 관대하죠. 할아버지들이 다섯 살 어린아이 성기를 잡고 고추 뗀다는 말을 할 수 있었습니다. 서울은요? 재판에 회부되죠. 물론 지금은 시골도 많이 바뀌었죠. 하지만 같은 범죄를 서울과 시골에서 동시에 누군가 저지른다면 용서하자는 사람들은 시골 쪽이 많습니다. 다 아는 처지에, 누구네 집 아들이랴, 무슨 잘못을 저질렀겠어, 술김에 한번 그런 것이겠지. 이런 식으로 감싸줍니다. 하지만 재판을 받고 정식으로 교도소에 갔다 오면? 도시에서는 모른 척 회피하기 일쑤지만 연령이 높은 토박이들이 주 구성원인 시골에서는 철저하게 범죄자로 낙인을 찍죠. 그 녀석의 할아버지, 증조할애비가 어땠다더라, 내 그럴 줄 씨앗부터 알아봤다는 둥 말들이 돌죠. 가족이 떠날 수밖에 없는 겁니다. 참 아이러니하죠.

하여튼 저는 실종을 키워드로 해서 소년범으로 의심받은 아이가 입은 피해나 좁은 사회에서의 불신의 시선, 그리고 소년범 관련 개정안과 성범죄 고지 제도 등을 다뤄 보려구요. 여러 아이템 중에 준기가 들어 있어요."

유진은 감건호의 말을 들을수록 그의 진의가 궁금했다. 말이 중구난방으로 오갔다. 아무래도 시청률을 잡기 위해 흥밋거리 방송을 하는듯한 의심이 들었다.

감건호가 조심스레 유진의 눈치를 보며 말을 이었다.

"혹시 그 녀석이 뭔가 폭력적인 행동은 안 하던가요?"

유진의 표정이 굳었다.

"그런 일이 있으면 주변에 도움을 요청하세요. 경찰에 가 보고 나한테도 전화하고. 혼자서는 감당 못합니다."

"아, 아니예요. 그런 일 없어요. 전혀."

"그래요? 프로파일러로서 데이트폭력에 대한 팁을 주자면, 끌려 다니지 말고 강하게 의사 표명을 해야 합니다. 안 된다고, 바락바락 맞서요. 작은 폭력에 수그러들면 더 큰 폭력이 와요."

유진은 고개를 숙이고 천천히 가로저었다.

"그런 건 아니에요, 단지 준기가 왜, 그 사건에서 무슨 오해를 받았고 무슨 조사를 받았는지 궁금해요."

감건호는 씩 웃었다. 미소 이면에 무슨 뜻이 있는지 유진은 자못 궁금했다.

"그럼 서로 도웁시다. 유진 씨라 불러도 되죠? 유진 씨는 저에게 준기의 소식을 가끔 전해주세요. 저는 준기를 수사했던 사람의 연락처를 드리리다."

유진은 잠시 망설이다가 명함을 내밀었다.

"출판사 다니시네요? 저 책 나올 거 많은데 사람 소개 좀 해주세요. 범죄심리 관련 책 만드시는 분으로요."

"네?"

"농담입니다, 줄 섰어요. 그럼 이 번호로 잠시 있다 문자 넣을게요. 지금은 피디랑 회의 들어가야 돼서요. 그럼 이만."

감건호는 자신의 커피를 들고 카페를 나갔다. 유진도 카페를 나서는데 문자가 왔다.

이 사람입니다

라는 제목과 함께 명함을 찍은 사진 파일이 왔다. 서울지방경찰청 형사과 강력계 박경식 계장이라는 직함과 전화번호, 이메일 등이 적혀 있었다. 유진은 더이상 엄두가 나지 않았다. 감건호를 만난 것만으로 큰 용기를 낸 거다. 준기를 수사하던 형사를 만나다니 도무지 말도 안 됐다. 지하철을 타고 회사로 복귀했다. 교정을 보는데 집중이 되지 않았다.

재인에게서 전화가 왔다. 사무실을 나와 복도에서 전화를 받았다.

"유진아, 너 괜찮아?"

"괜찮다니?"

"내 페친 두 명한테 준기라는 애가 메시지 보냈대. 남자분인데, 혹시 너랑 사귀는 사이 아닌지 떠봤다는데?"

"뭐?"

"아니라고 했더니 다짜고짜 그럼 볼일 없다는 식으로 너한테 접근하지 말라고 경고했대. 너도 아는 분일걸. 왜 피아노 전공 교수님하고 책 내신 의사선생님 말이야. 너도 그분들과 페친이잖아."

그 두 사람은 재인의 지인으로 유진도 친구를 맺었다.

"믿을 수 없어……."

"진짜야, 나한테 스크린샷으로 보내줬어. 두 분 다 너 걱정하셔."

유진은 뒷덜미에 소름이 끼쳤다.

"이게 다 무슨 일이야. 나 무섭다. 너 안전한 거니?"

"사실 요즘 걔가 조금 무섭고 그래."

이 말을 하면서 계단을 내려가 아예 회사 밖으로 나갔다.

"어머나!"

"왜, 재인아! 무슨 일이야."

"네 타임라인에 댓글로 걸레 사진을 올려놨어."

유진은 전화를 끊고 페이스북 앱을 열었다. 날씨 얘기를 올린 글에 준기가 걸레 사진을 댓글에 올리고 이렇게 적었다.

사람은 한 사람에게 충실해야 돼요.

유진은 소름이 끼쳤다. 준기에게 연락하려 했지만 겁이 났다. 얼른 캡처를 해두고 댓글을 지워버렸다. 자리로 돌아갔지만 일이 손에 하나도 잡히지 않았다.

동료 누군가 봤을까?

유진이 주변을 둘러보는데 재인의 전화가 다시 왔다.

"유진아, 적극적으로 항의해. 이건 아냐."

"나 무서워. 이렇게 연락 끊고 지내볼래. 차단했어. 페북도."

"아냐, 내가 만나서 알아볼게. 넌 가만히 있어."

재인은 유진에게서 준기의 직장과 연락처를 받았다.

그날 저녁 재인은 준기에게 문자를 보내서 약속을 잡았다. 유진의 친구로서 할 얘기가 있다고 했다. 준기는 저녁 8시쯤에 매장으로 오라고 했다.

유진이 지하철을 타고 집으로 가는 중에 전화가 왔다. 준기였다. 유진의 손이 덜덜 떨렸다. 그녀는 용기를 내서 다짜고짜 따졌다.

"페북에 그게 뭐예요?"

"그거요? 우리 매장에서 쓰는 걸레."

"걸레라니? 그만둬요. 이제 그만해요. 그, 그만 만나요."

"사귈 게 아니면 왜 만나고 손잡고 여행 간 거죠? 우리 그날 밤도 같이 보냈잖아."

유진은 숨이 막혔다가 간신히 입을 열었다.

"이건 아니죠."

"왜 갑자기 존댓말 하지? 그래? 난 그럼 막말할게. 친구도 끊고 차단했지? 앞으로 궁금해도 내 계정 들어오지 마. 대신 무슨 말 올려도 원망 마."

"이게 다 무슨 짓이죠? 어떻게 그런 식으로 말할 수 있어요?"

유진은 잠시 입을 다물었다. 준기가 침묵 후에 말을 했다.

"왜, 무섭니? 난 흥미진진한데. 내가 뭐 올릴지 겁나? 잠깐 전화 좀 끊어. 니 친구 왔나 보다."

준기는 형석에게 매장을 맡긴다고 짧게 말하고 재인에게 다가갔다. 얼굴은 페북에 올린 사진을 보아서 알고 있었다.

준기는 재인의 팔을 붙잡고 매장을 나섰다.

"무슨 말하러 왔는지 짐작은 가는데 나가죠. 재인 씨라고 했나? 우리 페친이잖아?"

준기는 백화점 구석 고객용 의자가 놓인 곳에서 재인과 마주 봤다. 재인이 보기에 준기의 눈빛은 눈동자가 유독 검었다. 실룩이는 얼굴로 봐서 화가 난 기색이 역력했다.

"할 말이 뭐죠?"

"그만해! 유진이 그만 괴롭혀요."

"아줌마, 니 인생 사세요. 어서 아저씨랑 애나 만들어요. 애 없다면서요. 페북 보니."

"미쳤어? 이 사이코 같은 스토커 자식아!"

준기는 재인의 손을 거칠게 잡아서 밀쳤다.

"신고하게? 사이코패스라고? 왜 걔네들은 직업도 일정치 않고 화를 잘 내고 공격적이라면서? 책임도 못 지고 양심도 없다며? 나는 안 그래. 이 일도 2년 넘게 해왔고 책임도 잘 지고 양심도 있어. 그래서 유진이 만나는 거야."

"정신과 치료 받아 봐요. 이러지 말고."

준기는 얼굴에 웃음을 실실 올리며 손을 들고 서서히 다가왔다. 재인이 두 손으로 얼굴을 막았다.

"난 얼굴 안 때려. 때렸으면 다른 데를 때리지. 그리고 너나 치료 받아. 꼴같지 않게 어디서 훈계질이야? 꺼져! 앞으로 이 백화점에 발만 들여 봐. 니 페북에 걸레라고 똑같이 올려 줄까? 함부로 차단하지 마라. 후폭풍은 더 거셀 테니까."

"뭐라고요?"

재인은 질린 얼굴로 슬금슬금 물러났다.

“대체 무슨 일이야?”

형석이 다가와 물었다.

“아무것도 아니예요. 이 고객님이 같잖게 저한테 성희롱하셔서요. 어리고 잘난 게 죄죠.”

준기가 매장으로 들어가자 형석이 뒤로 물러서는 재인에게 다가갔다.

“괜찮으세요? 무슨 일이에요? 저 녀석하고.”

“아, 아니예요.”

재인은 얼른 옷을 추스르며 뒤돌아서 나갔다. 너무도 무서웠다. 재인은 급하게 유진에게 전화를 걸어서 벌어진 일을 대충 설명했다. 지하 주차장으로 가면서 통화를 이어나갔다.

“걔 신고해야 돼. 구제불능이야. 이렇게 끝내지 않을 거야. 어떡하니? 이제.”

그녀는 지하 3층 B 구역으로 가서 주차해둔 차를 열었다. 이 때 뒤에서 인기척이 났다. 준기였다. 준기는 재인의 휴대폰을 강제로 빼앗아 바닥에 던지고 발로 밟아 눌렀다.

“뭐하는 거야!”

재인이 대차게 말했지만 준기는 얼른 휴대폰을 주워서 손에 쥐여주었다.

“손이 거치네. 우리 매장에 와. 좋은 걸로 추천해줄게. 후후, 난 니가 떨어뜨린 거 집어주었을 뿐이야.”

재인은 CCTV를 찾으려고 두리번거렸다.

"그거 고장난 지 이틀 됐어. 이 백화점에 그런 거 많다. 제대로 돌아가지 않는 거. 근데 나는 달라. 네가 무슨 짓을 하든지 제대로 돌아가."

준기는 말을 마치고 뒤돌아섰다. 순간 어머니의 손이 떠올랐다. 어머니는 길을 갈 때 준기가 손을 내밀어도 모른 척했다. 집안에서도 터치도 허그도 없었다. 그도 그럴 것이 어머니는 주사에 폭력을 일삼는 아버지를 대신해 늘 격무에 치였다. 일이 끝나면 집안일을 하고 밥을 차려주고 술병을 치웠다. 준기는 지쳐 잠든 어머니의 손을 몰래 잡아본 적이 있었다. 차가웠다. 준기는 마음이 차갑게 식어 슬그머니 어머니 손을 놓았다.

그때가 초등학교 3학년 때이던가.

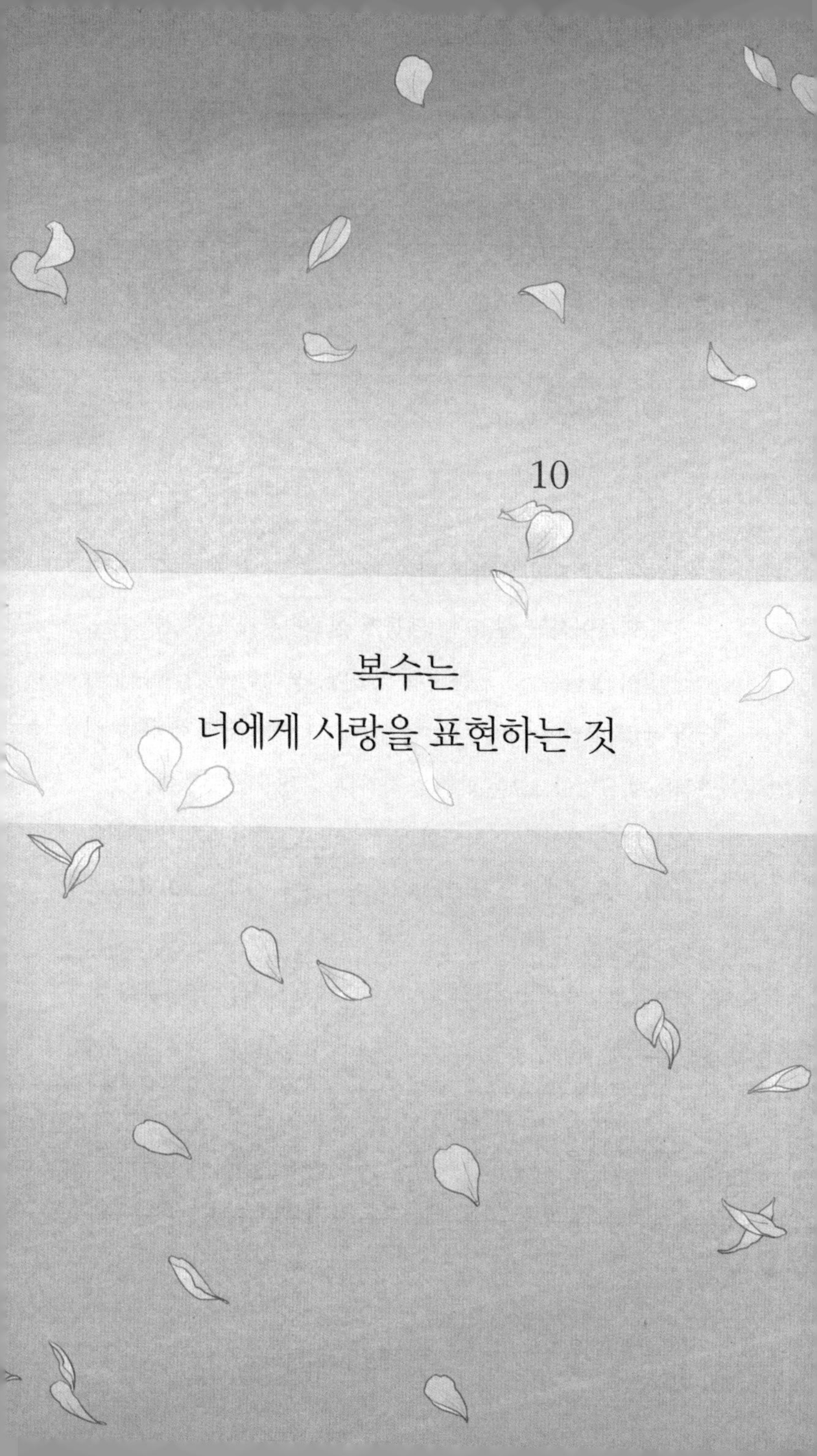

10

복수는
너에게 사랑을 표현하는 것

—

준기는 유진이 전화를 받지 않자 화가 많이 났다. 누군가에게 화풀이하고 싶었다. 페북에 성소수자에 관한 음담패설을 많이 올리는 50대 꼰대가 있었다. 오래전 준기가 누군가의 생일 파티에 나갔는데 주책없이 낀 중년 남자가 유독 친절하게 굴었다. 그는 페친을 하자는 등 명함을 주었다.

그 남자 직업은 연극영화과 교수였다. 준기에게 영화배우 같다는 둥 출연시켜 주겠다며 립서비스를 했다. 그리고 그가 친구요청을 해서 타임라인을 공유했다. 준기는 가끔 그에게 좋아요를 눌렀지만 그가 길게 쓰는 음담패설을 좋아하지 않았다. 그런데 오늘 그는 게이를 비난하는 내용의 조크를 길게 올렸다.

성소수자들을 성욕이 강하고 노출 심한 옷을 입고 짙은 화장에 반지와 팔찌를 즐기는 걸로 묘사했다. 게다가 그들이 일반인들에 들이대다가 망신당한다는 글이었다.

그의 제자들과 추종자들, 페친들이 좋아요를 눌렀다. 준기는 댓글에 이렇게 썼다.

공개적인 장소에서 이렇게 성적인 농담을 아무렇지도 않게 하는 것은 성추행 아닌가요?

잠시 후, 댓글에 답글이 달렸다.

이 글 지우지 않으면 차단한다. 이 좆만 한 새꺄.

그 교수가 단 댓글이었다. 그 밑으로 그의 페친들도 올렸다.

지워요. 무슨 성추행, 보긴 싫으면 페북 들어오지 마.

준기는 잠자코 있다가 그대로 화면을 스크린샷으로 찍었다. 잠시 후 준기가 올린 댓글은 삭제됐다. 준기는 성소수자들이 가는 인터넷 디시인사이드 갤러리에 들어가서 스크린샷을 올리고 페북 주인 이름이 나오는 부분을 확대해서 다시 올렸다.

분노한 댓글들이 글 밑에 달라붙었다.

뭐야? 이 개저씨는 요즘 어떤 세상인데, 이런 글을 함부로 올려?

페북 찾아가서 흠씬 패줍시다. 너무 화가 나네요.

준기는 미소를 지었다. 오늘 분노는 그런대로 풀릴 것 같았다. 준기는 패드를 내려놓고 노트북을 붙잡았다. 블로그 관리를 안 한 지 오래됐다. 업데이트를 하려고 송도신도시에서 찍은 풍경 사진을 골라서 포토샵으로 보정해 올렸다. 서정적인 시도 몇 개 찾아서 복사해 붙였다.

포스팅이 괜찮아 보였다. 뿌듯했다.

11

스톡홀름 증후군

오전부터 기분 좋은 날은 아니었다. 유진은 회사에 출근해서 인터넷 카페 몇 군데에 들어갔다. 유진이 최근에 낸 여행 에세이, 《시즈오카 녹차, 본연의 맛을 찾아서》라는 책의 서평을 훑어봤다. 2주 전에 서평 이벤트에 선정된 블로거들에게 책을 보냈다.

5개의 서평이 올라왔다. 그 중에 평점이 가장 낮은 것을 열었다.

> 시즈오카 녹차의 깊은 풍미나 다도 문화에 대한 에세이를 기대했지만 여행 작가의 자화자찬 스토리에 뻔한 자기 복제식 글이 식상하다. 게다가 녹차나 시즈오카의 지역문화에 대한 이해도도 낮고 풍경 사진은 흔한 각도와 구글링하면 보는 그런 사진만 나열했다.

유진은 마음이 좋지 않았다. 작가님이 보면 어떨까 하는 기분도 들었다. 책을 만든 사람도 이런데 작가는 더 상처를 입었을 것이다. 아이디를 보니 이벤트에 당첨돼 책을 보내준 독자는 아니었다.

그런데 글에 댓글이 달려 있었다.

이봐요, 이 책에 대해 뭘 안다고 그래요? 당신이 시즈오카에 가보기나 했어? 바보야!

보통은 도서 이벤트를 하면 익숙한 아이디의 블로거들이 응모를 하기에 아는 아이디가 많았는데 낯선 아이디의 댓글이었다. 악평에 악플이 달렸다. 그런가 보다 했다.

유진은 작가에게 전화를 걸었다.

"선생님, 서평 보셨어요?"

작가의 유쾌한 목소리가 웃음과 함께 흘러나왔다.

"아, 그거요? 봤어요. 요즘 내 이름으로 검색하는 게 일과인데. 뭐 별 수 있어요? 정신 차려야지. 너무 자주 책을 내고 에세이를 많이 기고했나 봐요. 걱정 말아요. 난 끄떡없으니까. 이제 짐 꾸려야 돼요. 이번에는 남미 쪽으로 가요. 길게 잡아 보름 이상은 걸릴 테니까. 연락 잘 안 될 수도 있어요. 이메일로 연락해요, 유진 씨."

“네, 선생님. 알겠습니다. 그럼 조심히 다녀오세요. 독자와 작가와의 만남 행사는 그 이후로 잡아볼게요.”

“고마워요.”

유진은 전화를 끊었다. 그나마 작가가 괜찮다고 하니 다행이다. 유진은 책을 집어 훑었다. 편집이 잘못됐는지 내지 색상이 흐릿하게 나왔는지 표지가 문제 있는지 꼼꼼하게 훑었다. 책 속 내용도 찬찬히 읽었다.

감각이 낡은 걸까. 유진은 자신을 돌아봤다. 이직과 전직이 잦은 출판업계에서 적은 나이는 아니었다. 안일한 책을 만들고 있는 건가. 이렇다 할 베스트셀러를 낸 적이 없었다. 순간 자괴감이 들었다.

이건 아닌데.

그리고 준기는 나에게 무슨 의미인가. 왜 미련이 남는 걸까.

폭력적인 일들이 일상을 불안하게 만들었다. 유진은 인생에 복병을 만났다. 모든 게 회의가 들었다. 준기와 데이트를 하고 여행을 다니면서 잠시 삶의 활력을 찾았고, 그가 돌연 광포한 모습을 보여주자 헤어지자고 했다.

그런데 그가 떠올랐다. 상념은 끊을 수가 없다.

재인은 여러 번 전화를 걸어 그가 어떤 인간인지 알겠다고 했다. 절대로 만나지 말고 위험하면 경찰에 도움을 요청하라고 했다. 맞는 말이었다. 하지만 재인이 선한 의도로 주는 충고까지 피로했다.

유진은 시즈오카 녹차 밭을 파노라마 필름으로 길게 찍은 페이지를 펼쳐 한참 봤다. 한겨울인데도 녹차는 푸르다고 적혀 있다.

1년에 세 번, 초봄, 봄, 가을에 나눠 따는 잎들은 겨울에도 여전히 푸르고 촘촘하다. 새로이 피어나는 잎사귀들은 생명력이 경이롭다. 한여름에도 한파에도 서리에도 푸름을 유지한다. 사람이 물과 비료도 주지만, 자생력 없이는 한결같음이 힘들다.

영원한 생명력, 아침이면 희망차게 시작하는 그 에너지가 부럽다.

그렇게 되고 싶었다. 준기 없이 활기차게 시작하고 일도 거뜬히 잘하고 타인이 편하길 원했다.

요즘 들어 더욱 삐걱댔다. 모든 것이.

사과하고 싶어요. 친구분에게도 그리고 페북 일도.

점심 후에 일을 시작하는데 준기에게 톡이 왔다.

유진은 망설였다. 답을 하지 않았다. 전화가 왔다. 준기의 전화를 차단했다가 어제 밤에 풀었다. 그냥 그러고 싶었다, 그뿐.

결심과 다르게 그의 전화를 받았다.

"만나요, 우리. 사과할게. 모든 것 다 용서를 빌고 다시 시작해. 뭐 가보고 싶은 데 있어요?"

"좀 그래. 지금은 회사 일로 바쁘기도 하고, 연락할게."

"그 친구분이 나 만나지 말래요? 그런 거죠? 내가 보내는 톡 읽지도 않잖아."

"네가 보인 행동이 충격이라 거리를 두고 싶어."

"아냐. 만나요, 만나. 내가 사과하고 해명할게요. 누나가 바라는 대로 바뀔게요. 나 맘만 먹으면 잘 할 수 있어. 다 고칠게요. 끝나고 회사 앞으로 갈까요?"

"아, 아니. 안 돼."

"그럼 평화의 문에서 만나요, 저녁 8시에. 올 때까지 기다릴 거야."

유진의 대답을 듣기 전에 그는 전화를 끊었다.

유진은 고개를 저었다. 나가지 않을 거야, 나가지 않을 거야 마음속으로 되뇌었다. 하지만 퇴근 시간이 되자 유진은 공원으로 향했다. 가지 말아야 되는데 하면서도 막상 끊어낼 수 없었다. 중독 같았다. 금단의 것에 대한.

어둠이 드리운 가운데 저만치에 준기가 보였다. 그는 초조하게 손톱을 물어뜯었다. 시계를 보니 8시 30분 정도 되었다. 준기가 유진을 보자마자 환한 얼굴로 뛰어왔다. 격렬한 포옹을 했다. 유진은 눈물이 왈칵 났다. 준기가 손으로 닦았다.

"왜 늦었어요? 걱정했잖아. 오다가 사고 났는지 불안했어. 근데 괜찮아. 이렇게 좋잖아요, 보니까. 우리 밤산책하던 그 날 로맨틱한 기억 떠올라요. 참 좋았는데."

준기 눈가에 눈물이 그렁그렁했다.

"용서해줘요, 미안해. 잘못했어, 사랑해."

준기는 손을 내밀었다. 유진은 망설이다 살짝 손끝을 잡았다.

"어떻게 해야 할지 모르겠어. 마음 한편에서는 안 된다 하는데. 그런데, 그런데……."

유진의 목소리가 떨렸다.

"누나! 누나는 반려견이 아프거나 말썽부린다고 함부로 입양 보내요? 한번 잘못했다고 날 내칠 수 있냐고요! 그런 나쁜 사람 아니잖아!"

유진의 마음이 흔들렸다. 그가 차분히 시선을 마주쳤다.

"내키는 대로 해요. 나는 처분만을 바랄 뿐."

준기가 아이처럼 웃었다.

"그분한테 정말 미안해요. 내가 정식으로 사과하고 싶은데 만나게 해줘요."

"아니, 안 될 것 같아."

"나 못 만나게 하는구나. 이해해, 내가 잘못했으니까. 이상하게 화가 나면 그럴 때가 있어. 늘 그런 건 아닌데 갑자기

욱할 때 있어요. 감정노동 할 때가 많아서 그럴 거야, 걱정 말아요."

"나도 불안증이 있는데 네가 그런 모습 보여줄 때 무섭고 피하고 싶었어. 재인이가 너의 폭력성이 두렵다고 연락 와도 절대 답하지 말고 받지도 말라고 했는데……."

준기는 유진의 손을 이끌어 화단에 앉혔다. 그녀의 손을 어루만졌다.

"괜찮아요. 힘들면 말하지 마요. 왜 이렇게 손이 차요. 따뜻하게 해줄게."

준기는 손을 자신의 재킷 주머니에 넣었다.

"미안한 건 미안한 거고 밥 먹어요. 배고파, 무지하게. 재고 정리 잔업도 선배한테 맡기고 나왔으니까 나 맛있는 거 사줘요."

준기의 손은 따뜻했고 부드러웠다. 약간의 땀이 배었지만 도리어 미끈한 감촉이 싫지 않았다. 밥을 먹고 헤어졌다.

그날 밤, 유진은 연락이 오기를 기다렸다. 자정 무렵 톡이 왔다.

준기는 솔직하게 말을 털어놨다. 10년 전에 아버지가 실종되었고 해결이 안 돼서 감건호가 찾아온 거라 했다. 주변에는 그런 말을 하기가 그래서 거짓말하고 살았다는 것이다. 그리고 유진에게 가족 관계가 어떻게 되는지 물었다.

유진은 자신도 아버지와 연락이 닿지 않은 지 그쯤 된다고 답했다.

그런 아픈 사실도 모르고. 앞으로 내가 더 잘할게요. 미안했어요. 나와 비슷한 사람을 만났다고 하니 각별하네. 앞으로 내가 잘할게. 마음 아프게 한 거 미안해.

그렇게 유진은 밤마다 준기와 가족과 직장에 대해 속 깊은 대화를 카톡으로 나눴다. 재인에게는 적당히 둘러댔다. 속마음을 털어놓을 상대가 생겼다는 게 안심이 됐다.

주말, 유진과 준기는 공원에서 만나 가벼운 산책을 즐겼다. 도중에 준기가 목마르다고 해서 유진은 가방을 준기에게 맡겼다. 지갑만 들고 매점에 다녀왔다. 음료수를 건네는데 준기의 표정이 심상치 않았다.

"우리 저쪽 가서 얘기 좀 해요."

준기는 유진을 억지로 한가한 호수로 이끌었다. 준기는 다짜고짜 유진의 손을 잡고 그대로 손톱을 세워서 손등을 긁어 내렸다.

"아아아야!"

유진이 비명을 질렀다. 준기의 손톱 끝부분에 피가 맺혔다. 유진은 얼른 손을 뺐다. 오른 손등에 붉게 피가 맺혔고 깊게 긁힌 상처가 세 줄로 나 있었다.

"왜 이래! 비켜! 병원 가야 돼."

"누나, 날 떠날 수 없어. 이리 와, 병원 가지 마. 내가 소독하고 치료해줄게."

"누나라고 하지 마."

"그래? 유진아, 넌 내 허락 없이 병원 못 가. 가방 속 휴대폰 줘봐. 누구랑 통화했나 보게."

"준기야, 대체 왜 그러는 거야."

유진은 입을 다물었다. 침묵이 흘렀다. 준기가 유진의 손목을 거세게 잡았다. 손목이 아팠고 벌게졌다.

"아, 아."

"말 좀 해요. 제발!"

"진정해."

"우리가 애인 사이인 건 맞죠?"

유진은 떨리는 눈빛으로 준기를 봤다. 그는 눈동자가 새카맣고 또렷했다.

"좋아요, 친구라고 하죠. 친구라는 게 뭐죠? 햇빛 비추고 놀 때만 친구인 겁니까? 내가 도와달라고 했어요? 그런데 왜 이렇게 사람 절박하게 밀어요!"

"밀다니, 누가?"

"나 몰래 감건호 만나고 뒤통수 치고 다니잖아요. 내가 모를 줄 알았어요? 누나 핸드폰에 감건호와 통화한 흔적 있잖아요! 아까 음료수 사러 갈 때 봤어요."

"이러지 마. 나 가봐야 돼."

"좀 앉아!"

준기는 유진을 벤치에 팽개치듯이 앉혔다. 주변에 있던 남녀가 슬슬 자리를 피했다.

"나 불안해, 준기야. 제발 가게 해줘."

"누나도 아버지 사라졌다 해서 동질감을 느꼈어요. 서로 공감을 하는구나, 더 잘해야겠다 싶었어요. 그런데 누나는 뭐죠?"

유진이 떨리는 목소리로 시선을 바닥에 두었다.

"나, 난, 난 아냐. 난 아빠가 어디로 가시지 않았어. 아빠는 돌아가셨어. 스스로, 스스로……."

자동차 부품을 만드는 협력업체에 근무하던 아빠는 아침 6시에 일어나 7시까지 출근해 매일 밤 9시까지 잔업을 마치고 집에 들어왔다. 때로는 삼교대 근무로 저녁에 나가 새벽에 돌아오셨다. 들어오실 때는 술 냄새를 풍겼다.

아빠는 엄마와 사이가 좋지 않았다. 외할아버지 생신이나 명절 때면 결혼을 장인어른이 반대했다는 애기를 했고 그 후에 부부싸움이 있었다. 어깨가 결린다며 매일 술을 달고 사셨지만 한 번도 결근하는 일은 없었다. 그러던 어느 날, 아빠는 산업재해로 왼쪽 다리에 장애를 얻으셨다.

회사에서는 부주의로 인한 사고로 처리하려 했지만 아빠와 엄마가 강하게 반발했다. 회사와의 마찰로 퇴직을 신청했다. 퇴직금은 적지 않게 나왔지만, 문자로 해고를 통보받는 등 전혀 명예로운 은퇴모양이 아니었다.

"대학도 못 나와서 이것밖에 해 먹을 게 없는 놈들이 회사에서 감지덕지 써준 걸 고맙게 여기고 삼십년 넘게 일하게 해준 걸 감사히 여겨야지. 이게 무슨 행패냐."

산업재해를 신청하고 인정을 못 받아 소송 후에 조정합의로 가기 전에 임원들에게 이런 말을 수없이 들었다. 아빠는 가슴에 대못이 박혔다.

보상금을 받고 공장이 있던 지방 대도시를 떠났다. 그리고 그간 월세로 내줬던, 어릴 적 잠시 살았던 방이동 집으로 이사 왔다. 유진은 서울로 전학을 와서 적응에 힘들었다. 퇴직 후 아빠는 종일 칩거했다.

유진은 의아했다. 왜 아빠는 아무데도 가지 않을까, 왜 친구들이 없을까, 왜 취미나 다른 직업을 찾으려 배우지 않을까, 대체 종일 무얼 하고 지낼까. 유진은 그런 생각 끝에 당신이 부끄러웠고 아빠를 대면하지 않겠다고 결심했다.

엄마가 일하러 나가시기 전에 한 번, 밤에 한 번 음식이 놓인 쟁반을 닫힌 방문 앞에 두었다. 유진이 학교 가면 나와서 드시고 가끔은 설거지를 해놓으셨다. 몇 년이 흘렀다. 유진은 고등학교를 다녔고 빈 그릇이 보이면 설거지 해놓고 학원을 갔다. 드물게 방문을 열어 아빠를 지켜봤다. 주무시거나, 조용히 담배를 태웠다.

한번은 아빠가 유진을 불렀다. 전날 말쑥한 옷차림으로 외출을 해서 평소와 달랐다.

"유진아……. 아빠, 할 일 생겼다. 사업 하려고 하는데……."

아빠가 용돈을 많이 주었다. 안 받으려 하는 유진의 손에 억지로 쥐여줬다. 투박했던 손이 무척 가늘고 손바닥은 얇았다. 굳은살도 없어져 매끈했다.

유진은 아빠의 손에서 묻은 땀을 바지에 닦고 돈은 식탁에 두었다.

이후 아빠는 두 달 동안 매일 어딘가를 다녔다. 그러다 나중에 엄마에게 크게 혼이 났다. 아빠는 다단계로 투자자들을 모으는 회사에 가서 천만 원을 날렸다. 새끼 투자자들을 35명 모으면 유람선 태워 해외로 보내준다는 허황된 꿈을 미끼로 던지는 회사였다. 엄마는 돈을 찾아오라고 했지만 250만 원씩 4구좌를 넣은 아빠는 절대로 안 된다고 했다. 투자자들의 신뢰가 깨진다는 거였다. 그 후 아빠는 더욱 방안에만 있었다. 돈도 결국 포기했다. 참 괴로웠을 것 같았다. 찾는 이도 알아주는 이도 없었다. 가끔 다단계 회사 사람들에게서 전화가 왔다. 유진도 아빠에게서 관심이 떠났다. 대학에 들어가자 밤늦게 들어오게 됐고 방문이 닫혀있으면 마음이 편했다.

그날은 엄마가 늦는 날이었다. 학교 다녀온 유진은 쟁반에 차려놓은 음식이 그대로인 걸 보고 신경이 쓰였다. 하지만 그런 날도 종종 있었다. 저녁에 친구를 만나러 나갔다 와도 똑같았다. 기분이 묘했다.

사실 방문은 살짝 열려 있었다. 학교 가기 전에 방문이 열려 있는 것을 눈치 챘지만 외면했다.

유진은 살금살금 걸어서 방문을 슬쩍 젖혔다. 조심스레 발을 들여놓았다.

아, 아빠는 바닥에 반듯하게 드러누워 있었다. 수많은 술병과 약병들이 어지러웠다.

응급실 의사 말로는, 자낙스 수십 알과 소주 5-6병을 드신 것 같다고 했다.

아빠는 그렇게 스스로 가셨다.

그날 이후 이상하게 아빠에 대한 기억을 잃었다. 방문은 열렸고 엄마의 옷방이 됐지만 유진은 그 방에 절대로 옷을 두지 않았다. 그리고 아빠는 돌아가신 게 아니라 실종됐다고 여겼다. 그렇게 시간이 오래 흘렀다.

하지만 유진은 알고 있었다. 아빠는 행복납골당 405기에 모셔져 있다는 것을. 그걸 알면서도 매일 부정했다.

유진은 현실로 돌아왔다. 정신을 차려 준기와 시선을 마주쳤다.

"난, 아빠가 돌아가셨다는 걸 부정했어. 그래야 내 맘이 편해졌거든. 그리고 돌아가신 모습이 기억 안 나. 내가 먼저 발견했는데……. 손가락이 아이처럼 얇았고 손바닥이 부드러웠는데. 발은 무척 차가웠고……."

유진은 어릴 적 아빠의 손이 억세고 굳은살이 가득했던 걸 기억했다. 입관식에서 당신의 손은 보드랍고 가냘팠다. 무릎은 굽었고 발에 굳은살이 없었다. 그 기억만이 오로지 그가 갔다는 것을 깨닫게 했다. 그러나 장례식 후에는 그마저도 희미했다.

공원은 눈이 부시도록 아름다웠다. 유진의 눈에서 눈물이 굴러 떨어져 낙엽에 맺혔다.

"알아요, 그 맘. 내가 알아요."

준기는 유진의 손을 부드럽게 잡았다.

"미안해, 손 긁어서. 얼마나 아팠을까. 정말 미안해, 걱정 말아요. 사람들이 누나를 떠나도 난 남을 거니까. 자신을 사랑할 수 없는 사람은 남도 사랑할 수 없어. 안 그래? 자신을 믿어요. 강해져야 돼."

유진이 손을 뿌리치고 고개를 저었다. 주먹 쥐어 눈물을 훔쳤다.

"준기야. 불안해. 네가 마음을 불편하게 해."

"무슨 말이죠?"

"네가 용기와 힘을 주는 것도 사실이야. 한편으로 맘이 동요되고 흔들려. 일상이 흔들려. 아빠가 자살한 현실을 깨달은 것도 너로 인해서야. 너의 아침저녁으로 바뀌는 감정 동요가 불편해. 내 마음을 흔들어. 이렇게 힘든 거 너무 싫어."

준기는 친근하게 말했다.

"걱정하니까 그런 거예요. 누군가 떠나고 죽는 일들이 반복될까 봐서……. 내가 도울게. 회피만 하면 안 돼요. 치유받고 힘든 일, 우울한 감정 잊고 잘 살 수 있게 같이 있어줄게요, 날 믿어요.

엘리자베스 퀴블로 로스라는 정신과 의사가 200여 명의 환자가 죽음을 받아들이는 과정을 연구했는데 거의 모든 환자가 부정, 분노, 타협, 우울, 수용의 심리적 단계를 밟는댔어요. 누나는 긴 부정의 시간을 거쳐 이제 타협과 수용의 단계예요. 인간은 트라우마를 이렇게 받아들이잖아요."

유진은 고개를 저었다.

"먼저 엄마에게 분노를 폭발했어. 까칠하게 굴고 화를 내고 직장을 핑계로 독립했지. 엄마가 이 동네를 떠나자고 했는데 난 남았어. 엄마는 멀리 이사 가셨고."

"그럼, 나랑 같이 받아들이는 단계를 충실하게 밟아요."

"엄마마저 나를 외면할까 두려워. 만약 내가 응급실에 실려가거나 하는 상황이 오면 누구를 부르지?"

"버리지 않아요, 난! 누나, 버리지 않아요. 나한테 가족 같은 사람인데, 아니 더 소중한 사람인데!"

준기가 유진의 손을 세게 잡았다. 유진의 마음이 요동쳤다. 가족보다 더 소중한 사람.

유진의 눈에서 굵은 눈물이 흘렀다.

"그냥 울어요. 속상한 거 있으면 나한테 말해. 속에만 담아두면 돌덩어리가 돼서 속을 짓눌러."

"아, 아냐……."

"난 듣고 싶어. 누나가 겪은 그 고통은 뭐야. 분명히 아버지와 관련된 거죠. 맞죠?"

'아, 아냐. 말할 수 없어.'

유진은 격심한 갈등에 시달렸다. 말해서는 안 된다는 억눌림과 한편으로 터뜨리고 싶은 서글픔. 유진은 소리를 질렀다.

"그, 그렇게 됐어! 사실은! 어쩔 수 없이, 그렇게……."

유진은 울부짖었다. 그의 손은 유독 따뜻했다. 손을 부여잡았다.

"말해요. 맘 편하게, 모두……."

"미안해, 준기야. 난 엄마가, 엄마가, 흐흑……. 아빠가 드신 수면제 처방전을 주기적으로 받아오는 걸 알았어. 그런데, 그런데……. 모른 척했어. 엄마가 약을 한 알 두 알씩 파란색 유리병에 모으는 것도 여러 번 봤어. 한번도 묻지 않았어! 엄마, 그 약 왜 모으는 거야……, 왜 모으는 거야……. 흐흑……. 그 약이 왜 아빠 방에 있었던 거야? 왜! 왜!"

준기가 단호하고 이성적으로 말했다.

"누나는 몰랐던 사실이야. 잘못 없어. 그러니 죄책감 따위 갖지 마!"

"아냐, 알았어. 알고 있었다구. 나는 값어치가 없는 사람이야. 나는 그런 사람이야. 아빠가 그렇게 가게 될 걸 알면서도, 알면서도 모른 척 하고, 흐흑흑……."

"아냐, 아냐. 누나는 나에게 선물 같은 사람이야. 절대로 그렇지 않아. 나에게 축복 같은 선물이야."

주변 사람들이 울음을 터뜨리는 유진을 잠시 봤지만 늘 그렇듯이 제 갈 길을 갔다.

시간이 흐른 뒤 유진은 진정됐다. 준기는 말없이 유진의 손을 잡고 있었다. 따뜻한 시선을 맞췄다. 유진은 마음이 한결 가뿐했다.

바람은 뺨을 스쳤고, 하늘은 청명했다. 햇빛이 머리를 덥혔고 가슴이 훈훈했다.

'이런 걸까? 마음의 안정을 찾는 첫걸음은 이런 걸까?'

한때는 그토록 무서웠던 그에게서 안도감을 느꼈다.

"손이 맨날 차요. 따뜻하게 입고 나와요. 있어 봐요."

준기는 목도리를 풀어서 그녀 목과 얼굴을 반쯤 가렸다.

"바람이 불어요. 일어나요. 공원에 괜찮은 커피숍 있어요."

한성백제박물관 근처의 카페로 이동했다. 준기는 가던 길에 공원 관리사무소로 가서 연고와 밴드를 얻어서 유진의 손을 치료했다. 그리고 무척 가슴 아프다며 사과했다.

유진은 수동적인 자신을 이해할 수 없었다. 하지만 이제까지 유진의 인생은 남들에게 맞추며 흘러왔다. 일도 상대방 작가들에게 맞춰 진행했고 상사의 지시도 그대로 이행했다. 대학교 때는 교수님을 전적으로 따르면서 학점도 잘 받고 논문도 써냈다.

가끔은 그런 게 싫었다. 아빠가 가고 나서 엄마에게 원망을 내비치지는 않았다. 사소한 일로 틀어지고 싸웠다. 설거지 방식, 행주 짜는 것 등으로 싸웠다. 그러다 같이 있는 게 못 견딜 정도로 힘들었다. 유진은 독립 후에 간혹 엄마에게 용돈을 부쳤다.

하지만 석 달에 한 번 엄마를 볼까, 전화만 가끔 했다. 엄마를 보면 아빠의 원망, 불안감, 고통, 초조함, 우울함과 불편한 왼쪽 다리까지 모조리 떠올랐다.

엄마를 외면했다. 못한 말을 하고 싶지 않았다. 아빠에 대한 죄의식, 아빠를 외면하고 고독하게 가시게 한 죄책감을 엄마와 나누고 싶지 않았다. 천벌을 오롯이 받으려 했다.

그 결과 밤에 흡족하게 잔 적이 많이 없었다. 4시간에 한 번은 뒤척였다. 버스를 타면 창가 햇빛을 받으며 꾸벅꾸벅 졸았다. 밤의 숙면은 힘들었다.

그런데 지금은 준기가 뭔가를 건드렸는지 2시간에 한 번 깨기도 했다. 불안했고 지쳤다. 이런 게 사랑이라면 누가 이걸 좋아서 할까.

"이거 마셔요. 따뜻해요."

준기가 카페라떼를 건넸다. 부드러운 맛이 혀를 감돌았다. 창을 통해 보는 단풍 든 늦가을의 전경은 아름다웠다. 벤치에 외국인 커플이 앉아서 밀어를 주고받았다. 로맨스 영화를 보는 듯 예뻤다.

"나 그 친구분한테 결례한 거 같은데 제가 싹싹 빌게요. 잘못했습니다."

준기는 두 손을 비볐다. 유진은 긴장이 풀렸다.

"페북도 당분간 안 해요. 내가 너무했더라고요. 이제는 그런 일 없어요. 누나도 날 믿고 감건호 만나지 말아요. 알잖아요, 방송은 지 입맛대로 사람을 들었다 놨다 하면서 멀쩡한 사람 범인으로 몰잖아요. 더 이상 사생활 침해하면 고소

할 거야."

"미안해, 준기야. 오해했어."

"후우, 내 행동에도 잘못이 있어요. 화를 참지 못해요. 어릴 적에 경찰서 왔다 갔다 스트레스 받고 아버지 걱정도 되어서 그래요. 5년 전에 우울증도 앓았지만 입원 한 번 하고 지금까지 괜찮아요."

"고생했구나. 그런 것도 모르고, 이해해볼게."

"정신병동 하면 차가운 시선의 의료진, 특이한 행동의 환자만 상상하지만 그건 아니에요. 마음을 치유해주고 다독이는 사람들이 있는 곳인데……. 서운한 일은 있었죠. 의사에게 속마음을 말했는데, 내 사정을 다른 의료진에게 말해서 마음을 닫았어요. 그리고……."

준기는 여기서 말을 끊었다. 말할 수 없는 비밀이 있다.

아픔과 우울의 근원. 꿈속의 무시무시한 괴물에게도 숨기는 비밀. 그것만은 아무에게도 말할 수 없었다.

하지만, 내 앞의 여자에게는 언젠가 말할 수 있지 않을까.

준기는 자리에서 벌떡 일어났다.

"뭣 좀 먹으러 가요. 배고프지 않아? 누나, 나 고기 좀 사줘. 오랜만에 배에 뭘 좀 든든히 넣고 싶네. 건너편에 맛집 있어요. 값도 싸고 비빔밥도 맛있어요. 배고파 죽겠어요."

"그래, 가자."

“아야, 내 나이에도 일하다 보면 오십견 오나봐. 조금만 신경 쓰면 오른 어깨가 아파. 좀 주물러 줘요.”

유진은 미소지으며 준기의 어깨를 주물렀다. 준기는 마냥 해맑게 웃으며 시원하다고 했다.

“이거 봐요. 내가 사과하는 거 찍어서 하이퍼랩스 앱으로 편집했어.”

준기는 미안하다고 글씨를 써서 두 손 높이 들고 반성하는 장면을 휴대폰으로 찍어 빠르게 재생한 영상을 보여줬다. 재밌었다.

준기는 아이 같았다. 어리광부리고, 토라지고 분노하며, 한편 다정한 모습을 보였다. 활발하고 살가우면서도 무서운 얼굴을 동시에 지녔다.

유진은 용서하기로 했다. 준기마저 곁에 없다면 외롭고 힘듦을 헤쳐 나갈 용기를 잃으니까.

‘용서하자. 혼자서는 서있기조차 힘드니까.’

그날 밤, 유진의 집 앞에서 헤어지기 전에 준기는 렌즈가 눈꺼풀 안쪽으로 돌아간 것 같다며 눈을 봐달라고 부탁했다. 유진은 준기의 눈을 집게손가락으로 부드럽게 뒤집고 렌즈를 찾아보면서 바람을 살살 불었다.

준기가 부드럽게 기습키스를 했다. 따스한 느낌의 딥 키스였다. 가로등 불빛이 그들을 아늑하게 비췄다.

"누나에게서 좋은 향이 나요. 내가 준 거 뿌렸죠."

유진은 고개를 끄덕였다.

"난, 앞으로 안정감을 주는 사람하고만 키스할 거예요."

"응?"

"나를 지지해주는 사람. 사랑해주는 사람. 선물 같은 사람. 그 자체가 기프트. 그런 의미에서 누나는 내게 순수 그 자체야."

유진은 잠시 생각을 하다 말을 꺼냈다.

"내가 어려울 때 도움 줬던 상담심리연구소 선생님 계시는 데 찾아가 볼래? 같이 가자. 나도 가본 지 몇 년은 됐는데."

유진은 3년 전에 팀원과의 성향이 안 맞아 힘들고, 아빠에 대한 기억도 힘들 때 상담을 받았다. 보람꽃나무 상담센터 선생님으로 20여 회에 걸쳐 깊숙한 이야기를 나눴다. 잠시나마 마음의 안식을 얻고 직장을 다닐 힘을 얻었다.

"같이 가자. 분명히 도움될 거야."

준기는 방그레 웃었다.

"내가 환자로 보여? 아냐, 그 정도. 감당할 수 있어. 욱 하는 거 누구나 있잖아. 걱정 말아. 이 노래 들어요."

준기는 이어폰을 꺼내 한 쪽을 유진의 왼쪽 귀에 넣었다.

부드러운 음악이 들렸다.

"딘이 신곡 냈더라구. 같이 들어요."

유진은 음악을 듣다 준기를 집 안으로 들어오게 했다. 한 동이 전부이고 내부는 작은 두개의 룸으로 구성된 빌트인 아파트였다. 계단으로 2층에 오르면 오른쪽이 유진의 집이다. 방 하나는 침대가 놓인 침실이고, 다른 방은 서가와 책상이 놓인 서재다. 그리고 컴퓨터는 거실에 놓여 있다.

"음, 좋은 냄새. 좋은 사람이 머무는 향기 같아요."

준기는 유진의 작은 공간에 들어왔다. 바닥에 놓인 하얀 털이 복슬복슬한 쿠션을 가슴에 껴안고 마구 좋아했다.

유진은 녹차 케이크와 커피를 대접했다. 이 공간에 가족과 재인 외에 들어온 사람은 준기가 유일했다. 그는 수줍게 말했다.

"이런 공간에 들어오고 싶었어. 아늑하고 가족적인 분위기. 고마워, 누나. 내게도 기대고 싶은 가족이 생겼어. 아니, 더 특별한 사람."

준기는 유진의 손을 잡았다.

"앞날이 봄날의 꽃길 걷는 거처럼 따뜻하게 해줄게. 상담은 나중에, 나 괜찮아. 걱정 마."

유진은 준기를 믿기로 했다.

"아, 손이 거칠어. 담에 매장에서 가장 리치한 시어버터 크림 갖다 줄게요. 난 손이 부드러운 게 좋아. 영화 〈꿈의 제인〉 봤어요?"

"아니."

"거기 여주인공이 가출팸에서 무한한 고통을 당하지만 버림받을까봐 끝까지 가출팸 사람을 따라다녀요. 나도 그래, 버림받는 게 싫어. 부탁해요, 우리 헤어지지 마요."

유진은 대답을 못 했다. 마음속 짐을 느꼈다.

"누나를 위해 내가 할 수 있는 일들 찾아볼 거야. 내가 놔주지 않을 거야."

유진은 준기가 편의점서 사다준 연고를 손등에 발랐다.

아팠다. 쓰라렸다. 준기가 가기 전에 마지막으로 한 말을 떠올렸다.

"위치추적서비스 앱 열어봐요."

"어?"

유진은 시키는 대로 했다. 둘의 위치 도트가 한곳에 있었다.

"우린 이렇게 하나여야 돼요. 미안해, 그리고 사랑해요."

그는 상처와 함께 위로를 안겨준다. 유진은 결단을 못 내리는 자신이 한심했다.

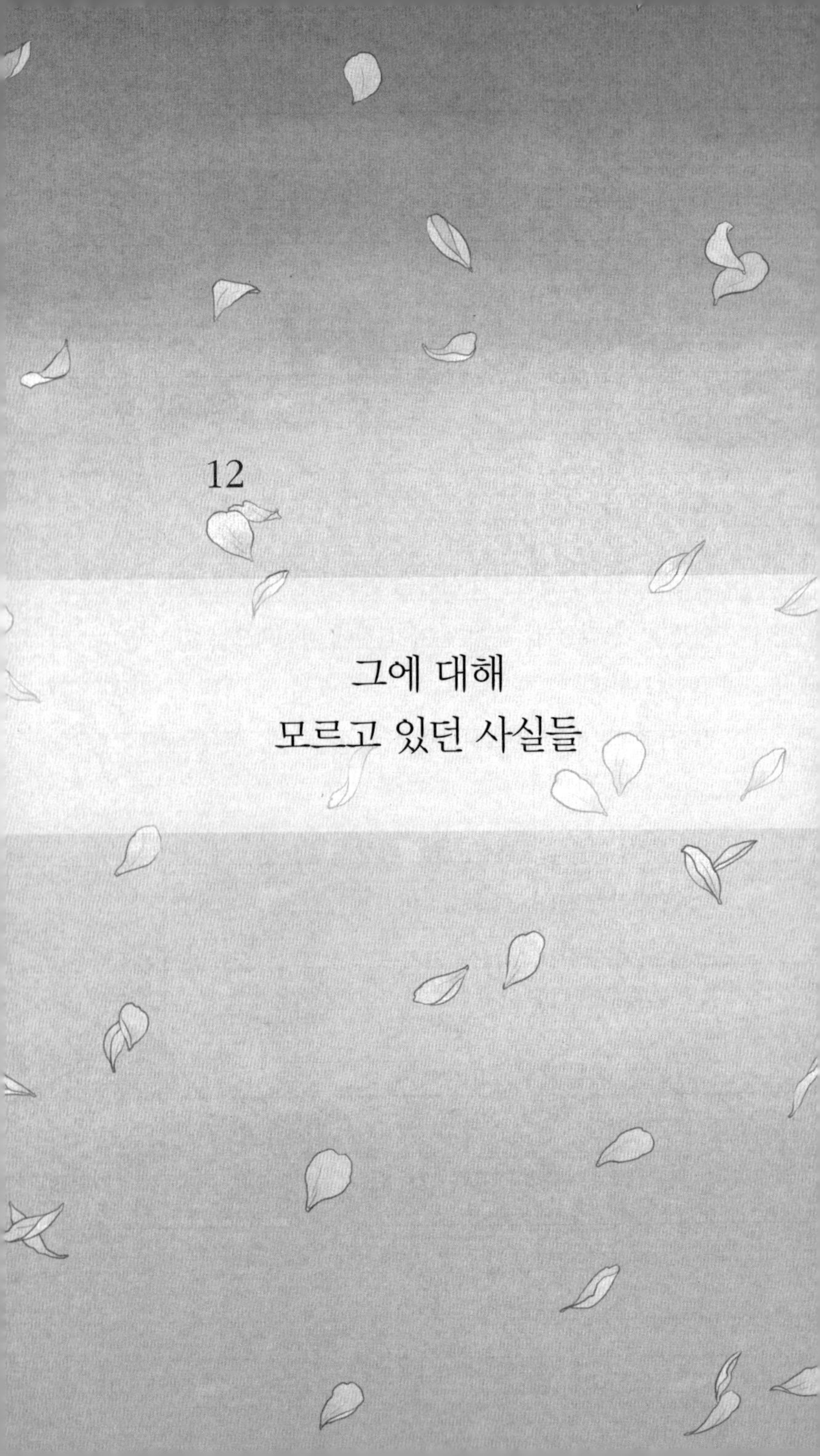

12

그에 대해
모르고 있던 사실들

—

며칠 후, 회사 전화가 울렸다. 박경식 계장이라고 했다. 유진은 감건호가 떠올랐다. 그가 소개한 남자였다.

"윤준기에 관해 알고 싶은 게 있는데 기다려도 연락이 안 와서 내가 먼저 했어요. 감건호랑 어제 촬영장에서 만나 얘기를 들었고요. 만나요, 내가 그리로 갑니다. 왜 아직 안 만났냐고 묻습디다."

"아, 아뇨. 제가 요즘 바빠요."

"잠깐이면 돼요. 출판사 이름 들었는데 인터넷에 쳐보니 사옥 주소 나옵디다. 그리로 갈게요."

박경식은 회사 앞에서 기다린다고 했다. 유진은 더 이상 거절할 수 없어 6시 30분에 회사 앞 커피숍에서 보자고 했다. 박경식이 맨 정신으로는 어렵다며 술을 먹자고 했다.

유진은 정확하게 6시 25분에 회사 근처의 호프집에 들어갔다. 한 남자가 손을 들었다. 유진은 그쪽으로 다가갔다. 짧게 올려서 친 머리, 나이는 40대 중반을 넘어 보였고, 다부진 체격과 눈에서 흘러나오는 집요하고 날카로운 눈빛으로 만만한 상대가 아니었다. 박경식은 씩 웃었다.

"잘 알아채죠? 형사 20년 짬밥 그냥 먹는 거 아닙니다. 맥주 뭐 좋아해요?"

유진이 그 앞에 앉았다. 잠시 후 맥주 두 병과 감자튀김이 나왔다.

"난 감건호 걔가 소개한 사람들 잘 안 믿거든. 근데 이번에 왜 내 쪽에서 만나자고 간청한지 알아요?"

유진이 의아했다.

"저는 형사님 명함을 받았지만 연락은 차차 하려고 했어요."

"물론, 나도 감건호 말에 이리 저리 오가는 사람은 아냐. 근데 10년 전 윤준기 사건이라면 땅끝 해남에서 불러도 일단 다녀오거든. 그만큼 나한테는 풀고 싶은 미제사건이지. 오래된 숙원이라고나 할까."

유진은 얼음물을 한 모금 마셨다. 속이 탔다.

"윤준기와 어떻게 됩니까?"

"친구요."

"에이. 친구가 무슨 뒤를 캐. 결혼 날짜 잡아놨나요?"

"아뇨, 오해하셨어요."

"그 친구, 매력은 있을 거야. 남 듣기 좋은 말은 잘했거든. 나 만났을 때 중학교 2학년 즈음 됐나 싶은데. 걔가 학교를 일곱 살에 들어가 14세였어, 그때가. 준기는 인천 연수구 동진 1동에 구시가지들, 재개발 들어가는 집들 몰려있는 곳에서 살았죠. 거기서 얼마 안 떨어진 공터에서 아버지 윤성인 씨가 실종됐고. 술 취하면 공터 헛간에서 불 쬐고 그랬다는데 갑자기 사라졌대. 이게 사실은, 윤성인 씨가 보호관찰 중이라서 담당 보호관찰관이 전화를 해보니 받지를 않아. 그래서 집에 가보니 별거하던 어머니가 돌아와 계시고 아들 말로는 이틀 전에 집을 나가 안 들어온다는 거야. 그렇게 사건이 시작됐죠."

박경식은 맥주를 한 잔 시원하게 마셨다.

"초동수사보고서에는 실종 인지 후, 보호관찰관이 아들과 함께 윤성인 씨가 종종 가던 공터를 갔다고 써 있죠. 공터의 헛간에 들어가 보니 시너를 붓고 태운 페인트 통이 있었대. 헛간은 비어있고. 관찰관이 실종신고를 했고 이튿날 수사에 착수했어요.

경찰관이 집으로 갔는데 어딘가에서 시너 냄새가 나기에 윤준기 손을 들어 무심코 냄새를 맡으니 그 냄새가 났다는 거야. 경찰관이 자세하게 물으니 집에서 시너를 만진 적이 있었대나. 어머니도 몇 달 전에 락카 칠하고 그러느라 집에 시너가 있다고 했대요. 시너 흡입하는 중독자가 있던 때라 유심히 살폈는데 그건 아닌 것 같다고 보고서에 써놨지."

박경식은 길게 설명을 이었다.

"단순 가출로 생각했는데 그게 아니었어요. 그 양반이 한 달이 가도 안 돌아와. 당시 나는 경찰서 여성청소년계에서 일했는데 사건이 나한데 왔죠.

강력사건이 아니면 수사는 늘어지고 실종자들이 스스로 돌아오는 경우도 많아요. 그래서 여유 두고 수사했죠. 그런데 아무리 지나도 안 돌아왔죠. 그리고 아내 되는 서정심 씨가 애타게 찾지도 않아. 보통은 경찰서 일주일에 두세 번은 와야 정상인데 오지도 않고, 게다가 별거하던 서정심 씨가 완전히 돌아오고 수상쩍은 점이 한두 군데가 아니었지.

윤성인은 성폭행으로 징역 살다 가석방된 후에 주사가 심했어요. 그래서 부부가 별거했는데 남편 실종 후 아내가 집으로 돌아오고 그런 겁니다. 아들이 어리니 그럴 수밖에 없겠지만. 술 좀 마셔요."

유진은 맥주를 컵에 따라 한 모금 마셨다.

"그 사건은 아직도 뒤통수를 잡아채."

"형사님은 왜 그렇게 걸리는 건데요?"

"형사들은 감이라는 게 있거든요. 말로 설명할 수 없는데 그게 있어요. 딱 집어서 주변 용의자 중에 골라 전화를 하죠. 이 사람이 솔직하지 못하고 잠적하면 확실하죠. 뭘 숨기는 거지. 그런데 윤준기는 그런 것도 없는데 그 무덤덤함, 쓸데없이 친절한 태도가 싫었어. 생긴 것도 맘에 안 들고. 연예인을 하네 어쩌네 할 정도로 잘생겼지만 난 그냥 그랬수다. 어려서 상대도 안 되는 놈인데도 꺼림칙했지."

유진이 입을 열었다.

"그 꺼림칙하다는 게 근거가 있는 건가요?"

준기를 옹호하는 기분으로 말했다.

"아니, 전혀. 범죄자 관상이 있냐구? 길거리 아저씨들하고 똑같죠. 연쇄살인범도 잡아놓고 보면 그저 그래. 윤준기는 의심이 가서 그랬달까. 그런데 수사를 하다 보니 근방에서 방화가 몇 번 있었더라구. 공터 주변에서. 초기에 소방차가 출동해 불길을 잡아서 괜찮았는데 혹 이 사건과 관련 있을까, 윤성인이 헛간에서 어떻게 된 건 아닐까 상상만 했지. 헛간에 불길에 그을린 흔적도 있고요."

유진이 긴장해 침을 삼켰다. 머리에서 땀이 났다.

"가장 의심을 산 것은 사건 후 몇 개월 되지도 않아서 서울로 이사한 거야. 보통 실종자 가족들은 이사를 기피하지. 가족이 돌아올까 싶어서 방도 그대로 두고. 그런데 미련 없이 집을 서울로 옮겼어. 내가 나중에 물어보니까 윤성인이 성범죄자라서 이웃에 고지서가 배달돼 도저히 살 수가 없었대요."

유진은 똑바로 박경식을 보았다.

"추정이지 정확한 근거는 아니잖아요?"

"그게 말이죠. 내가 실종 후 한 달 보름 지나 아무래도 이상해서 헛간에 가서 과학수사팀과 그을음 시료 채취하고, 담배꽁초 주워서 국과수에 검토 의뢰했어요. 꽁초가 물에 젖어서 제대로 된 유전자가 나오지 않았죠. 그을음은 시너로 인한 건 맞고. 과학수사팀이 이 정도 그을음이 나올 정도였으면 밀폐공간에서 일산화탄소 중독으로 분명히 20여 분도 지나지 않아 사람이 죽었을 거라 했지. 그때 무릎을 탁 쳤어. 사람이 죽을 수 있었다. 그런데 그냥 넘어갔구나, 뒤늦게 파악했지. 단순실종이 아니라 살인사건일 수도 있다는 것을. 그렇다면 초동수사보고서에 나온 준기 손에서 난 시너 냄새는 관련이 있지 않을까. 그게 단초가 되어서 서울로 이사 간 윤준기를 불렀더니 어머니와 같이 내려와 3일간 조사받았어. 감건호 불러서 거짓말 탐지기로도 조사해 보려 했는데 어머니가 한사코 거부해서 못했지. 의심은 갔어. 왜냐고? 그날 준기는 어머니 집에서 어머니와 식사를 했다고 했어. 왜 하필 아버지가 사라진 그날 식사를 같이 했는지 의아했던 거야. 가족이 지켜주는 알리바이는 신빙성 제로거든."

유진은 말을 이을 수 없었다. 충격적 사실에 괴리감이 들었다.

“사건 후에 공터 주변에서 방화는 더 없었죠. 하여간 수상쩍었어. 윤성인 씨의 종적은 아직도 없고. 내가 관할서에 종종 물어보거든.”

“도, 도저히 믿을 수 없어요.”

박경식은 맥주를 비우고 테이블에 잔을 탁 놓았다.

“내 경험에 의하면 위험한 사람들은 분명 있어요. 한 끼 식사에도 사람을 해치는 사람은 있죠. 왜, 강력사건 인터넷 기사에 댓글로 가족 중 누가 범인이다 이렇게 달리죠? 난 정말 아니라고 댓글 달아주고 싶수다. 지나가다 이유 없이 누군가를 해치려는 사람이 얼마나 많은데? 무동기 범죄 말고도 많죠. 원룸 보러왔다면서 문 열리자마자 들이닥쳐 무작정 둔기 휘두르는 강도도 있어요. 그게 꼭 금품이나 강간 목적도 아냐. 하여간 이유가 없어, 당하는 데는. 무조건 조심해야 돼요.

범죄를 고의로 저지르는 자는 성장과정이든 절박한 현실이든 질환이든, 유전자든 원인은 있지만 조심하는 게 좋아요. 본능적으로 위험하다는 생각이 들면 반드시 빠져나와요. 끌려 들어가면 큰일 납니다. 마약 중독자들이 어떻게 되는지 알잖아요. 당장의 불안을 미량의 마약으로 해결하다 보면 중독됩니다. 부작용이 나타나고 심하면 죽음에 이르죠. 똑같은 이치입니다. 내가 도울 수 있는 건 경고하는 게 다요.”

“다시 조사가 들어가는 건가요?”

유진이 덜덜 떨리는 소리로 물었다. 박경식이 너털웃음을 지었다.

"아뇨, 미제사건전담팀에 올라가 있지 않고, 관할서에 누군가 사건을 다시 조사해달라고 청원하지 않으면 어림짝 없죠. 벌써 10년이 됐고 게다가 가족들도 사건 조사해달라고 하지 않아. 왜 수사를 재개합니까? 게다가 사건은 양날을 가진 검입니다. 이렇게 보면 범인 같지만 저렇게 보면 엉뚱한 피해자 나오니까. 나도 감으로 수사하다 큰 코 다칠 뻔한 적이 많아서 함부로 무리하게 안 해요. 다만 유진 씨가 왜 나를 만나고 있는지 그게 가장 중요한 포커스겠죠."

유진은 입을 다물었다. 불안한 시선으로 박경식을 봤다.

"걔 직장은 어디죠?"

유진이 망설였다.

"어차피 감건호한테 물어보면 나오는데. 걔는 원래 자료조사가 업인 녀석이라서. 감건호가 지가 진행하는 시사 프로에 나오래요? 그 녀석한테요? 뭔가 잡았나? 지가 형사도 아니면서 왜 그래? 하여간 걘 정확하게 말을 안 해, 원래부터. 꿍한 데가 있는 녀석이거든. 아무래도 방송 건수인 거 같은데 말이지."

유진은 눈을 아래로 떨구었다. 할 말이 없었다. 박경식이 묘하게 손가락을 쥐었다 폈다 하면서 툭 질문을 던졌다.

"뭐, 준기 그 녀석하고 얽힌 거요? 금전적으로 피해를 봤다거나. 아니면 그 실종사건 관련자요?"

"아, 아뇨. 전혀요. 오해 마세요."

"그럼, 사귀는 사이구만. 조심해요. 뭔가 불안하기에 감건호를 만나러 간 거 아니오?"

"정, 정말 아니예요. 아무런 일도 없어요."

박경식이 유진을 직시했다.

"유진 씨. 일은 끝낼 때까지 하는 게 좋수다. 인생 짧지 않게 살아 보니. 한번은 밖에서 일보는데 아내한테서 급하게 연락 와. 화장실 변기가 막혀서 락스 두 통 붓고, 뚫어 뻥 세 개 종류별로 사다 해도 안 된대. 애는 화장실 못 쓰지, 아내는 다급하지. 하는 수 없이 내가 집에 가서 해봤는데도 안 돼. 어떻게 해 그럼. 락스 붓고 12시간 기다려? 그럴 수 없지. 결국 철물점 가서 긴 호스 같은 거 사다 넣어서 물 내려가게 했죠. 얼마나 시원하던지, 원. 해봐야 됩니다. 여기서 그치지 말고. 우리한테 도움까지 청했으니 찜찜한 건 끝까지 알아봐요."

유진은 고개를 저었다.

"만나고 있는 사이예요. 금전적 손해보고 그런 거 아니고요. 근데……."

박경식이 기다렸다.

"좀 폭력적인 부분이 있어요. 놀랐어요. 도움을 청할 데가 없어요. 가족도 멀리 살고."

"그렇다면 내가 해줄 말은 이것밖에 없지. 행여 준기 앞에서 내 얘기 하지 마요. 나 만났다는 거 알면 보복할지도 모르고. 내가 아니라 유진 씨한테요. 위험해지면 전화는 줘요. 전후 사정 파악 좀 하게. 알았죠? 무슨 일이 벌어지면 꼭 전화 줘요. 아님 근처 경찰서 찾아서 상담해요."

"알겠어요."

"그 녀석, 스무 살은 훌쩍 넘었을 텐데. 직장 다녀요?"

"네."

"어디죠? 뭐해요?"

"백화점 매장에서 근무해요."

"어디요?"

유진이 잠시 물러났다.

"그건 좀……."

"그럼 어느 지역입니까? 그것만 압시다. 지방인지 서울인지."

"강동구요."

"네 알겠수다, 갑니다. 위험한 상황에서 나 연락 안 되면 감건호한테 전화해요. 긴급수사 중이면 못 받을 때 있거든."

"네."

박경식은 두 번째로 시킨 병맥주를 천연덕스럽게 끝까지

비운 후 일어났다. 유진은 떨리는 손으로 컵을 잡고 일어날 줄을 몰랐다.

이 얘기를 누구에게 할 수 있을까. 재인에게 했다가는 그녀도 위험에 처할지 모른다. 엄마에게 걱정을 끼쳐서는 안 된다. 푸념을 듣고 싶지 않다. 뭣보다 도움이 안 될 것 같았다.

재인은 얼마 전에 긴 이메일을 보냈다. 그녀는 준기를 더 이상 만나지 말라고 종용했다. 유진은 그렇게 못했다. 오히려 재인이 준기의 폭력적 면만 보고 폄훼하는 게 서운했다. 준기는 그렇게 못되고 글러먹은 아이는 아닌데.

재인은 준기의 자라온 환경과 사정을 모르는 게 불안하다고 했다. 단숨에 친해졌다며 큰일 닥치기 전에 관계를 정리하라고 했다.

유진은 답장을 하지 않았다. 싫었다. 논리적으로 맞는 말이지만 마음으로 못 받아들였다. 재인이 자신을 질투하는 것 같았다. 나쁜 마음이 들었다. 사실 그런 게 아니지만.

준기를 만나고부터 커피 뜨거운 줄도 모르고 혀를 데였다. 교정 보는 일에 실수가 들어가 업무에 차질을 빚기도 했다. 내년도 기획안은 부랴부랴 올렸지만 조 부장은 여전히 냉담했다.

준기와의 관계가 일상을 조금씩 파먹었고, 유진은 갈피를 못 잡았다. 현실을 따라잡는 게 힘들었다.

준기의 사생활 통제와 폭력, 윽박지름이 힘겨웠다. 반면 그의 따뜻함과 좋은 말들과 다정함, 진심이 느껴질 때에는 마음이 더없이 충만했다.

하지만 언제까지 폭력과 친절함이 뒤섞인 그를 받아들여야 하는 걸까. 준기가 일상을 그르치니까 이별을 바라지만, 속내는 정작 그가 떠날까봐서 안절부절 못하고 그의 폭력적 언행에 길들여진다.

나보다 여덟 살이나 어린 사람이 왜 어려운 걸까.

메시지가 왔다. 대리 이상 직급들이 모여 있는 단체 채팅방이었다. 조 부장의 리드로 채팅방은 퇴근 이후나 주말에도 메시지가 올라왔다.

유진의 미간이 찌푸려졌다. 그녀의 기획안이 아이템도 적고 내용이 상세하지 않아 의도가 잘 전달되지 않는다고 했다. 한 번 더 써내라는 뜻이 담긴 메시지였다.

화가 났다. 퇴근 후의 업무 메시지에도 매번 짜증이 났지만 이런 것은 개인적으로 알렸으면 했다. 후우, 한숨을 내쉬고 준기를 만나러 갈까 생각을 해봤다. 일이고 뭐고 피곤했다.

그를 강렬하게 원하면서도 두려웠다. 위험하면서도 매혹되는 새빨간 독사과, 이것을 삼킬 수도 뱉을 수도 없다. 그는 이미 유진의 생활에 깊숙이 들어와 있다.

밤, 재인이 예고도 없이 집으로 찾아왔다. 집 앞에 있다는 문자를 받고 밖으로 나가 보니 재인의 남편이 보조석에 앉아 있었다. 같이 퇴근하는 모양이었다. 유진이 다가가 인사를 했다.

"안녕하세요, 민형 씨."

"안녕하세요, 오랜만이네요."

재인이 다가왔다.

"유진아, 얘기 좀 해."

"무슨 일이야."

"남편은 여기서 기다린다니까. 나 커피 한 잔 주라."

재인은 집으로 들어왔다. 유진은 커피를 내리려 했지만 재인이 만류했다.

"커피 마실 시간 없어. 중요한 얘기라 전화로 할 수 없어서 왔어."

재인은 유진의 두 손을 잡았다.

"너랑 나랑 몇 년 친구니. 그걸 걸고 말할게. 그 남자 더 이상 만나지 마."

유진은 저도 모르게 인상을 찡그렸다.

"그만 가. 피곤하다. 너도 마찬가지일 테고."

"내 말 들어!"

"고칠 수 있어. 손님 상대하는 일이 스트레스 줘서 그래. 그래서 그래. 내가 도울 수 있어. 그렇게 거칠고 질 나쁜 애

아냐. 네가 오해하는 것처럼."

재인은 심각한 얼굴로 봤다.

"너도 아파. 마음이 안정돼 있지 않잖아."

재인의 말은 정확했다. 하지만 유진은 손을 매섭게 뿌리쳤다.

"나 도와주신 상담사 선생님 너도 알잖아. 그분한테 같이 가보려구."

"힘들 거야. 충분히 네 문제로도 힘든데 왜 걔까지 끌고 가려는 거야? 게다가 너무 폭력적이야."

유진은 정색했다.

"그런 말 하지 마. 소중한 사람이야. 나한테 지금 그래. 걔도 내가 떠나면 힘들 거야."

"너 정말 이럴래!"

재인이 화를 냈다. 유진은 답답하다며 가슴을 주먹으로 쳤다.

"여기가 허락하지 않아서 그래. 여기가. 아직은 떠나보내지 못하겠다구. 재인아, 나 너 친구로 봤는데 혹시 너……, 내가 행복한 게…… 싫은 거니? 난 늘 불행해야 돼?"

"미쳤구나, 너 걔한테 미쳤어. 무슨 그런 소릴 하니."

"가. 난 너 연애하고 결혼하는데 친구로서 고민 들어주면서 단 한 번도 헤어지란 소리 안 했어. 서운하다. 너는 이런 일에 이렇게 발끈하니. 충고 안 받아들일게. 그만 돌아가 줘."

재인이 일어나 나갔다. 뒷모습이 무척 무겁고 스산했다. 아니, 그건 유진의 맘이 투영된 거였다. 유진은 창가에서 재인이 차를 돌리는 모습을 봤다.

미안했다. 하지만 준기와 끝내고 싶지 않았다.

밝은 보름달이 높게 떠있었다. 감건호는 불평을 하며 혼잣말을 했다.

"이렇게 외진 곳까지 왜 불러내는 거야? 전화로 해도 될 것을."

감건호가 피디와 작가들과 파일럿 프로그램 관련 회의를 하는데 박경식의 전화가 와서 약속을 급하게 잡았다. 강남역 근처 후미진 골목의 포장마차에 박경식이 먼저 와서 술을 마시고 있었다. 감건호가 그 앞에 슥 앉았다.

"뭐 시켜, 안주."

"됐어요. 밥 먹었어요."

상에는 간단한 먹태 안주와 소주와 맥주가 한 병씩 있었다.

"왜 불렀어요? 하필 찾기 힘든 데로 불러내요? 넘 외졌다."

"야, 씨! 너나 나나 이런 데가 편해. 방송하더니 파스타만 먹으러 다니냐? 그동안 싸우기만 했잖아. 풀자고."

박경식은 불콰해진 얼굴로 대뜸 맥주잔에 소주를 들이붓고 폭탄주를 벌컥벌컥 마셨다. 이번에는 소맥을 말아서 감건호에게 건넸다.

"감건호, 그거 현장 추적인가 사건 추적인가 프로 잘 나갔잖아. 왜 관두게 된 거야?"

감건호가 박경식이 내미는 술을 벌컥 들이켰다.

"선배, 여기 경찰보다 더 힘들어. 시청률 몇 주 꼴아박으면 그냥 폐지돼. 끝이라구. 바로 잘린다고."

"너, 임마."

박경식이 대뜸 삿대질을 했다.

"그때 회사 밀려난 거 내 탓이라고 생각하지?"

감건호는 속이 타올랐다.

7년 전에 퇴직하게 된 계기는 상사와 맞지 않아서였다. 프로파일러를 증거 없이 수사하는 무당이라고 사적인 장소에서 종종 말하던 상사였다. 게다가 형사과장은 감건호가 정치인이 얽힌 사건에서 불리한 진술을 해서 자신이 승진에서 밀려났다 생각했다. 그는 감건호를 프로파일링 일과 무관한 부서로 전출시켰다. 감건호는 자의반 타의반으로 사표를 냈다.

감건호는 그 형사과장과 친하게 지내던 옆 부서 강력계 계장인 박경식을 의식했다. 그가 혹시 형사과장에게 자신을 매도하며 얘기하지는 않았을까. 충분히 그럴 만했다. 박경식과 감건호는 사건을 해결하는 과정에서 종종 부딪혔다. 박경식이 수사하던 사건 중에 남편이 아내를 살인한 것으로 의심되는 사건이 있었다. 감건호는 용의자에 대해 심리분석을 진행했고, 용의자의 진실성을 지지했다.

박경식은 여러 정황 증거를 들어 살인 의혹을 제기하면서 용의자를 구속했지만, 무죄로 판명 나 곤욕을 치렀다. 감건호는 이와 관련해 시사 프로그램 인터뷰 중에 박경식에게 불리한 말을 했다. 박경식이 감건호를 찾아와 따졌다.

감건호는 밀려났을 때 박경식을 의식하지 않을 수 없었다. 그가 상사에게 조언했을 수도 있다. 감건호는 박경식을 노려보며 술잔에 폭탄주를 가득 채워 건넸다.

"왜요, 선배. 찔려?"

"얌마, 내가 왜 너를 전출시키는 데 한몫 해. 무슨 이득이 있다고. 난 너를 대단하게 봤어, 늘. 일반 형사들이 못하는 걸 하니까. 내가 못하는 걸 너는 했잖아. 심리학 공부도 했고, 그걸로 압박해서 진실을 캐내니 얼마나 대단해."

"훗, 웃기시네. 다들 감식이다 수사 경력이다 뭐다 외치면서 날 무시했잖아요. 짓밟고. 우리가 힘없는 소수니까."

"얌마. 니가 점쟁이 범인 찍듯이 찍어주면 그게 범인이 됐고 그래서 승승장구 승진하니까 괘씸한 거지. 행정학과나 경찰대 출신도 아닌 녀석이 그러니까. 그래서 밀려난 거야. 끌어줄 선배도 없고, 갑툭튀로 튀어나온 못이 정 맞는 거야.

굽은 나무가 산을 지킨다니까."

"그래서 이렇게 불러낸 이유가 뭐요? 혹시 나한테 프로그램 자리나 하나 소개해달라는 거면 그런 거는 못해. 내가 입지가 별로……."

"그거 아니고 얌마. 김유진 씨가 걸려서. 윤준기 뭐 의심가는 거 있냐? 니가 나를 다 소개해서 만나게 한 거 보면 말이지."

감건호는 박경식이 내미는 잔을 손사래 쳤다.

"위장약 달고 살아. 이만 됐어. 그거야 그분이 하두 답답했고 또 나도 윤준기가 궁금해서 일단 선배가 나서서 만나보라 했는데 왜 걸리는 거 있죠? 뭐예요? 공유합시다."

박경식은 감건호가 거절한 술을 입에 털었다. 그리고 입을 손등으로 쓱 닦았다.

"재개해 볼까? 수사."

감건호는 고개를 저었다.

"에에? 나야 프로그램 하나 찍으려는 건데. 수사 재개하는 건 사람 잡는 거요. 함부로 하지 말아요. 광역수사대도 아니고 미제팀도 아니면서."

"그거야 공조하면 되고. 너나 나나 피장파장이야. 남 조사해 어떻게든 해보는 거. 아니 넌 시청률로 이용해 먹고 땡이지만 난 정의를 위해 일한다구."

"후후, 박경식 계장님, 맘에 없는 소리 말아요. 공소시효 안 됐으니 뭔가 해보려는 거 아니요? 실종에서 살인으로, 미제에서 해결로 얼마나 근사해. 그러면 기자들 불나방처럼 달려들지."

"너처럼 남들도 그렇게 사는 줄 아냐? 난 주변인들 이용해 먹고 그러지 않아."

"뭐요? 그럼 내가 선배도 이용해 먹는단 말이요? 내가?"

"그래, 늘 그러지. 안 그럼 왜 오늘 나왔어."

"그럼 이용해 먹는다는 김에 하나만 부탁합시다. 본청 과학수사담당관실에 전화 좀 넣어줘."

"너 지오프로스 그거 땜에 그러지."

"그놈의 촉은, 맞아요. 새로 들어가는 프로에서 실종자들 대상으로 그거 구동해서 경찰청도 위상 드높이고, 나도 좀 떠보게. 작가들이 부탁해보래."

지오프로스는 경찰청 과학수사센터에서 개발한 한국형 지리 프로파일링 프로그램이다.

"그거 방송사 시사프로에서 요청 왔어도 보안 때문에 안 된다 했다던데? 너 아는 사람 많잖아. 왜 나한테 그래."

"선배, 내가 아는 애들이 어딨어요? 벌써 몇 년 전인데 다 지방 가고 선배들은 은퇴하고 끈 떨어졌어요."

"니가 그냥 홍보담당관에게 전화해서 공문 보내, 감건호라고 하고. 아님 작가들 시키거나."

"선배, 안 됐으니까 하는 소리지."

박경식이 술을 털어 넣으며 껄껄댔다.

"얌마, 이제 선배라 슬슬 부르네. 너도 안 되면 나도 안 돼."

"형은 현직이잖수?"

"형은? 시꺼, 그냥 계장이라고 불러. 그것까정 공개하면 범인들이 이제는 너무 막 나가게 돼. 연고성이 있는 지역을 계산해서 연쇄범죄자를 찾아내는 줄 알면 지방 내려가 저지른다니까. 관둬, 난 재미보다는 공공성을 추구한다."

"후우, 그러니 계장님이 TV에 적응을 못한다는 겁니다. 그나저나 준기 녀석 말이죠. 오해는 말아요, 선배. 아직도 가정환경이 어쩌구저쩌구 범인 성장배경이 다 그런 줄 알아요? 물론 그런 사람도 많죠. 그런데 저도 어릴 적에 아버지, 어머니 이혼하셔서 어머니가 두 분입니다."

"응? 뭐라고?"

"근데 이렇게 밥은 합법적으로 벌어먹고 범죄 저지르지 말자고 계몽하고 다니잖아요. 그러니까 너무 몰아붙이지 말아요. 선입견 갖지 말고. 윤준기 말도 믿어 봐요."

"후우, 알았다. 나도 뭐 어린 시절이 좋지는 않았다. 부모가 다정하게 해주기를 하나. 물자가 풍족하나. 학비도 알아서 해결했지. 고등학교 때는 선생님들이 또 얼마나 때려. 너 같은 샌님은 안 건드려, 나 같은 덩치만 줄창 빳다로 때리고 원산폭격이라구."

"에후, 감성팔이 하지 말자구요. 지겹습니다. 연예인도 재벌도 사는 거 쉽지 않아요. 저도 악플 아침 7시에 내 눈에 딱 들어오면 죽고 싶지만 힘들다 내색 안 해요."

"그럼 지금은 새어머니 모시고 사는 거야?"

"아뇨. 그분도 떠나시고 아버지, 저 이렇게 삽니다."

"밥은 해 먹어?"

"누가 먼저 아사하나 내기할 지경이고요. 제가 하고자 하는 말은 그러니 환경이다 유전자다 그런 놈들이 있다 이렇게 갖다 붙이는 거 자제하자구요."

"얌마! 네가 맨날 늘어놓던 개똥 이론이잖아. 나는 따라가는 형편이구."

"제가 현직에 있을 때 보고서에 응용했던 논리지만, 지금 방송에 나와 해보니 썩 좋지가 않아요. 살인자와 우리는 종이 한 장 차이입니다. 누구나 그럴 수 있고 여러 가지 복합적 요인에 이런 거 저런 거 다 섞여 어느 날 벌어지는 겁니다."

박경식이 뭔가 말하려다가 고개를 끄덕였다.

"끄응, 그래. 지는 다 써먹어 놓구."

"그래요. 미안하다구요. 위장이구 뭐고 일단 먹어요, 먹자구요."

“네가 밥 차려줄 사람 없어 날씬했구나?”

감건호가 박경식을 한 번 노려보고 스스로 폭탄주를 말아서 마셨다. 그리고 한 잔 더 말아서 박경식에게 건넸다.

“패널하려면 얼굴 마사지 좀 받아요. 그게 뭐야? 모공이. 관리해야 돼.”

“언제? 방송 출연 전날?”

박경식은 진지했다.

“아니, 형수님 보고 출연 3일 전에 예약해 두라 그래. 전날은 부어, 잘못 받으면. 그리고 여기 명함. 청담동 가서 컷이라도 해. 지금 그 머리는 완전 깍두기 형님 같아. 팔에 용 문신 있어봐라 딱이지. 얼굴도 그런데. 머리 길렀다가 잘 디자인 해봐요. 안경 써서 부드러운 이미지 연출하거나.”

“그래볼까?”

“그런다고 걸러질 얼굴은 아니지만 어쨌든요. 그럼 계장님, 계산하고 갑니다.”

“슷! 내가 계산한다니까. 스읏! 김영란법!”

“어구, 삼만 원 안 나왔어. 간다.”

감건호는 먼저 일어났다.

술자리가 파하고 박경식은 남은 소주를 자작하고 나서 일어섰다. 박경식은 딸이 좋아하는 아이스크림 케이크를 사서 집으로 들어갔다. 아내는 술 냄새에 인상을 찡그렸고, 박경식은 두 손을 들어 싹싹 비는 시늉을 해보였다.

"우리 애기는?"

"애기는 무슨, 중학생 딸을. 걔가 좀 전에 폰 좀 그만 보라고 하니까 얼마나 소리 지른지 알아?"

"어구, 중2인데 좀 참아. 걔네들 원래 무서워. 우리 연주야. 연주 자? 아빠가 사온 거 케키 먹고 자."

"아빠도 참, 나 이빨 닦았어. 문 닫아줘."

"아구, 알았습니다. 잘못했습니다. 옛설."

박경식이 오른손으로 경례하는 시늉을 했다.

"참, 아빠. 이거 봐봐. 페북에 뜬 유튜브 영상인데. 어떤 중학생 애가 어른이랑 잤다고 마구 자랑하고 애들이 악플 달고 그러는데 오늘 조회 수만 4만이 넘었어."

"뭐라고?"

박경식은 가끔 딸이 보여주는 청소년들의 일탈 행위를 담은 영상을 놓치지 않았다. 수사에 도움도 되고 청소년들의 생활도 들여다볼 수 있었다. 범죄가 의심되는 첩보는 관련 부서에 알려 수사에 들어갔다.

영상에는 화장을 짙게 한 앳된 소녀가 먹방을 하고 있었다. 발라드 음악이 흘렀고 소녀는 치킨을 소스에 찍어 먹었다.

"그러니까 그 오빠를 언제부터 알게 됐냐구요? 응, 몇 달 안 됐어요. 두 달 됐나? 만난 횟수는 많지 않구요. 처음 만나서 뭐 했냐구? 만나서 비누 이것저것 물어보고. 우유 비누 소개해주고 냄새 맡고. 학교 짼 날 백화점 가서 만났당."

소녀는 손을 물티슈로 닦았다.

"그리고 정확하게 언제 자게 됐냐 하면 두 번째 만났을 때, 잠깐만."

소녀는 치킨을 한입 씹이 넘겼다.

"백화점 건너 룸 24 모텔 502호. 거기서 잤어, 준기 오빠랑. 뭐? 돈 받았냐고?"

설아는 태연스레 답했다.

"당근, 좀 받았어."

박경식이 여기까지 보고 깜짝 놀랐다.

"연주야. 이거 뭐야?"

"유튜브."

"생방이야?"

"아니? 녹화된 거 페북에 떠도는데. 애들이 겁나 많이 공유했어."

"아는 애야?"

"아니, 모르는 애. 근데 소문이 있어. 일송여중이라던데? 본명이 설아던가? 여기서는 스노 화이트라고 자기 소개하긴 하는데."

"아빠 카톡으로 빨리 영상 보내, 알았지? 이거 미성년 성매

매라 아빠가 수사 들어가야겠다. 넌 이런 데 얽히면 안 돼."

박경식은 싸늘한 기분이 들었다. 준기 오빠. 윤준기일지도 모른다. 포털에 일송여중을 쳐보니 강동구에 있었다. 거기 백화점은 한 군데밖에 없다. 윤준기가 근무하는 곳일지 모른다.

좀더 알아보기로 했다. 냄새가 풍겼다. 파헤쳐보면 뭔가 나올지 모른다.

준기는 가끔 폭력적인 말들을 메시지로 보냈다. 자길 버리면 죽겠다는 둥, 맘에 안 드는 누군가를 대신 죽이겠다는 둥의 말도 했다. 그런 후 꼭 미안하다고 사과했다. 사랑한다고 했다.

유진은 점점 무서웠다. 깊게 사랑한다는 말과 폭력적인 말이 번갈아 다가왔다.

며칠간 불면으로 시달린 유진은 재인에게 전화하기로 결심했다. 그동안 서로 연락도 없었다. 유진은 반차를 냈고 용기를 내 전화를 했다.

"어, 유진아."

재인은 담담하게 받았다.

"그때 미안했어."

"아냐, 나도 미안해."

“나 경찰서 가서 상담해 보려구. 정식으로.”

“잘 생각했어. 나도 도와줄게.”

“재인아 그럼 이따 오후에 경찰서 같이 가 줄래? 민원실에 상담 한 번 해보게, 도와줘.”

“그래, 알았어. 그 시간에 그리로 갈게.”

유진은 경찰서를 방문하기 직전에 재인의 전화를 받았다.

“유진아, 정말 미안한데, 회사에 급한 일이 생겨서. 미안해. 일단 혼자 다녀와. 나중에 전화할게.”

하는 수 없이 유진은 홀로 경찰서에 갔다. 로비 오른쪽에 민원실이 붙어 있었다. 유진은 그리로 들어갔다. 상담을 하자, 민원실 직원이 유진에게 바로 형사를 불러주었다. 키가 크고 마른 체구의 40대 형사는 명함을 한 장 내밀었다. 명함에는 여성청소년과 여성보호계 형사라고 적혀 있었다.

“폭력 관련 상담하신다구요?”

유진은 떨리는 목소리로 말했다.

“네, 그렇습니다.”

“고소하시려구요?”

“네? 그게 저, 상담부터 하려구요.”

“말씀해보시죠.”

유진은 준기와 사귀게 되면서 겪은 폭력적인 일들을 말했다. 형사는 고개를 저었다.

“직접적 폭력에 의해 진단서를 끊어 오신 건 아니네요. 증거가 있어야 되거든요. 증거는 사진보다 진단서나 목격자 증언이 필요해요. 가져오실 수 있죠?”

“눈으로 보기에 큰 상처가 남지는 않았어요.”

“페북에 걸레 사진을 올린 것도 확실하게 명예훼손이라고 볼 수 없고요. 친구 분을 괴롭혔다고 하지만 그분이 직접 오셔야 돼요.”

“어떻게 하죠?”

“오늘 가접수 해드릴게요. 생각해보시다 나중에 고소 접수하시면 되고요. 사실조회신청하시면 상대방 주민등록번호는 저희가 알아볼게요.”

“아, 아뇨. 고소할 마음은 없어요.”

형사는 잠시 생각하다 말했다.

“위치추적할 수 있는 팔찌가 있어요. 고소 접수하시면 도와드릴게요.”

“나중에 다시 올게요.”

“제 명함 드릴 테니 전화 주세요. 휴일은 당직 서시는 분께 얘기하세요.”

“알겠습니다.”

형사와 면담을 마치고 나오는데 피로감이 들었다. 전화가 왔다. 재인이었다.

"미안해, 유진아. 일 간신히 해결하고 틈나서 전화하는 거야. 어떻게 됐어?"

"난 고소 같은 거 바라지도 않고 그냥 상담만, 어떻게 해야 되는지 알고 싶었어. 그런데 해결할 방법이 마땅치 않아."

재인이 소리 질렀다.

"야. 그 경찰은 무슨 사람이 폭력으로 죽어야 정신 차린다니?"

유진은 서운했다.

"그 정도 아냐, 재인아. 오해하지 마."

"아니, 나한테 한 행동 보면 그 정도야. 내가 지금 그리로 갈 테니 기다려."

"오지 마. 나 솔직하게 너 경찰서 같이 가길 바랐는데 이렇게 됐어. 그리고 만약에 내가 길거리에서 쓰러지면 준기가 먼저 달려와 응급실 입원시켜 줄까, 아니면 널까. 난 준기라고 봐. 계속 만날 거야. 더 이상 상관하지 마."

"유진아, 유진아!"

유진은 전화를 끊었다. 기분이 안 좋았다. 어려워서 도움을 청할 때, 외면한 친구였다.

그날 밤 휴대폰의 위치 설정을 꺼 놨다. 준기가 앱으로 자신이 어디에 있는지 아는 게 싫었다.

13

삼켜버린
빨간 독사과

—

박경식은 다음날 출근해 강동구에 위치한 백화점 비누 매장을 찾아 전화를 걸었다. 옆 매장에 근무하는 직원이 전화를 대신 받았다.

박경식은 신분을 밝히고 윤준기가 근무일인지 알아봤다. 그렇다는 대답이 들리자 바꿔달라고 했지만, 직원은 지금 자리를 비웠다고 했다.

박경식이 전화를 끊고 인터넷에서 강동구, 백화점, 비누, 그리고 윤준기 등의 이름을 검색하자 블로그가 떴다. 박경식은 준기의 블로그 글을 이것저것 봤다. 그는 희미한 미소를 띠고 다시 휴대폰을 들어 매장에 전화를 했다.

몇 번의 신호가 가고 상대방이 받았다.

"도슈 비누 천호점. 윤준기입니다."

"윤준기 씨. 저 기억납니까? 박경식이라고 하는데 예전에 인천 연수경찰서."

상대방이 침묵했다. 그리고 10여 초 후 답이 돌아왔다.

"잘못 거셨어요."

"기억 날 텐데. 잘 생각해 보슈."

"잘못 거셨습니다."

끊어지려는 찰나, 박경식이 목소리를 높였다.

"야 윤준기, 너가 날 기억 못한다고? 나 박경식 형사라니까. 니 아버지 실종사건 수사하던. 10년 전 일 기억 안 나? 너 키 요만한 중학생이었지? 그럼 임설아는 알아?"

준기가 움칫했다. 그게 느낌으로 박경식에게 전해졌다.

"누구요?"

"일송여중 이학년 임설아. 걔랑 무슨 일 있었어? 너 미성년 성매수로 조사 좀 받자."

준기의 목소리가 끊겼다. 박경식이 이어 말했다.

"내가 첩보 들어와 조사 좀 해봤는데. 너, 지난 달 10일 경 임설아 걔랑 모텔 왜 갔어. 돈 줬어? 안 줬어? 강제로 한 거야? 아니야? 당장 경찰서 좀 와야겠다. 나 근무하는데 서울지방경찰청이야. 만나자."

"안 갈 거예요. 내가 왜 가요."

"그럼 내가 가지. 너 백화점 오늘 나왔지? 안 만나주면 성매수 수사해 영장 가져간다."

"후우……, 잠깐은 돼요."

"알았어. 그럼 딱 기다려. 어디 가면 매장에서 기다린다. 계속."

준기는 전화를 끊고 초조했다. 막무가내로 나오기에 일단 응했지만 무척 당황했다.

박경식이 온다고 한 지 1시간이 흘렀다. 근무를 빼려고 했지만 대체할 사람이 없었다. 오늘따라 혼자 근무하는 날이었다.

준기가 손님 몇 명에게 제품에 대해 설명하고 있는데 이때 박경식이 예의 그 덩치로 성큼성큼 걸어 들어왔다. 그는 10년 전 소년 시절에 봤던 것과 달라진 것이 전혀 없었다. 10년 전에 조사한다고 불렀을 때도 저런 포즈, 저런 걸음걸이와 인상이었다. 왜 늙지도 않는 걸까.

그는 이것저것 비누 향도 맡고 제품도 둘러보고 로션도 바르며 준기가 손님 응대를 끝내는 걸 기다렸다. 준기는 옆 매장 직원에게 가게를 부탁하고 비상구로 나갔다. 준기는 계단참에 서서 따라온 박경식을 노려봤다.

"지금 뭐하시는 겁니까? 오란다고 와요? 근무해야 돼요, 나중에 다시 와요. 제가 만나러 가겠습니다. 어디로 가면 되죠?"

"야, 명함 받아. 여기 사직로에 있는데 이 사무실로 와. 좀 보자. 뭣 좀 조사하게. 임설아 알잖아?"

"그런 일 없어요. 이상한 일 없었다고요!"

"같이 모텔 가긴 갔구만."

준기는 화가 나서 박경식의 멱살을 잡았다. 그러나 박경식은 버티며 꿈쩍도 안 했다.

"아니라고요!"

"모텔 같이 갔어? 안 갔어? 백화점 건너편에 있는 룸 24 모텔 502호."

준기가 입을 다물었다. 박경식이 준기를 밀치자 손쉽게 멱살이 풀렸다. 준기는 뒤로 물러났다.

"무슨 일 있었어? 임설아랑 무슨 거래 있었냐구? 야 임마, 니 블로그 관리하는 거야, 안 하는 거야? 지금 들어가 보니까 악플러들이 몰려왔던데. 유튜브에서 영상 보고 와서 댓글들이 100개도 넘게 달렸다구."

"유튜브요?"

준기에게 박경식이 휴대폰을 내밀었다. 준기가 관리하는 블로그였다.

준기가 마지막으로 올린 포스팅에 댓글들이 달려 있었다. 준기가 매장 근무하느라 댓글 알림 기능을 꺼놔서 달렸는지도 몰랐다. 그동안 유진과 사귀고 실랑이 하느라 소홀했던 탓이 컸다.

비누냄새? 야, 미성년 성매수 하는 놈이 악취를 풍기지 무슨 비누냄새냐?

이게 우수사원으로 상 받는 놈이냐? 나 이놈 비누 안 사. 당장에 블로그 닫아버려!

감방에 들어가 10년은 살아야 정신 차리지. 감히 여중생을 약취하고 성매수를 해?

준기는 휘청거렸다. 더 이상 보고 있을 수 없었다. 앞이 아뜩했다. 어떻게 여기까지 올라왔고 뿌리를 내렸는데 이미지가 한순간에 엉망이 됐다.

준기는 울상이 됐지만 담담하게 말했다.

"억울하지만 할 말이 없네요. 저 경찰서에 데려가려거든 임의동행은 동의하지 않으니 체포영장 정도는 가져오세요. 그럼 들어가 볼게요. 매장 근무해야 돼요."

준기는 블로그를 없애야겠다고 생각하며 휘청거리는 걸음걸이를 간신히 단정하게 했다. 뒤에서 박경식이 크게 소리 질렀다.

"내가 부를 때 오는 게 좋을 거야. 요즘 어떤 세상인데. 10년 전처럼은 안 넘어가!"

준기는 거칠게 비상구 문을 열고 나갔다. 박경식은 들으라는 듯 크게 외쳤다.

"이번에는 그냥 안 넘어가! 경찰서로 나와 소명해!"

박경식의 목소리가 컸던지 근처 매장 직원들이 놀란 얼굴로 준기를 봤다.

준기는 기분이 매우 나빴다. 박경식이 엘리베이터를 타고 내려갔다. 준기는 매장으로 들어가 유튜브에서 임설아를 검색해 영상을 보고 쇼크를 받았다. 두 눈을 감고 잠시 우뚝 서 있다가 휴대폰을 들어 전화를 걸려다 메시지를 남겼다.

임설아. 은혜를 이렇게 갚냐? 당장 박경식 형사라는 사람 연락처 줄 테니까, 그 사람한테 가서 아니라고 정확하게 말해! 당장에! 그리고 이 유튜브 계정으로 이거 모두 구라고 뻥이라고 진실 밝히라고! 아니면 나 죽을 때까지 너 얼굴 안 봐. 아니 나 죽어버린다! 어서 박경식한테 당장 달려가! 어서!

준기는 과격한 내용의 메시지를 보내고 박경식의 명함을 찍어서 같이 보냈다. 피곤했다. 매장 구석에 쭈그리고 앉아서 두 손으로 얼굴을 비볐다. 짜증도 나고 힘들었다. 지금까지 일궈온 선한 이미지가 한 순간에 나락으로 떨어졌다.

왜 사람들은 나에게 가혹한 걸까.

왜 아무도 도와주지 않는 걸까.

왜 그녀는 나를 버리려 하는 걸까.

만나야 된다. 그녀를 만나서 내 입장을 밝혀야 한다.

내가 왜, 그녀를 그토록 필요로 하는지 내 입장을 밝혀야 한다.

유진은 엄마의 전화가 와서 망설였지만 받았다. 엄마는 대뜸 이렇게 말했다.

"유진아, 오랜만에 재인이한테 연락 왔어. 도대체 무슨 일 난거니? 준기라는 남잔 누구야?"

유진은 소름이 끼쳤다. 엄마가 아는 것은 원치 않았다. 재인이가 순간 너무도 미웠다.

"아무 일도 아니예요. 걱정 말아요."

"그러게 혼자서 사는 건 위험하다고 했잖아. 엄마가 지금 가볼까? 어디야? 회사니? 언제 퇴근해?"

"정말 아니라고요. 걱정 말아요."

잠시 침묵이 이어졌다. 전화기 저편에서 약간 침울한 목소리가 들려왔다.

"넌, 어릴 적부터 내가 머리 묶어주는 손길도 마다했잖아. 커서는 말도 안 하고 독립해서는 연락도 없고. 너한테 내가 엄마인 거니?"

"엄마, 사귀는 아저씨 아들딸하고 밥 먹었어?"

다시 침묵이었다. 전화기 건너편에서 짧은 한숨이 나왔다.

"그거 때문에 이러는 거야? 네가 일방적으로 안 나온 거잖아. 어쩔 수 없었어. 그 집 자식들은 날 만나려고 했으니까. 얼마나 잘 컸던지 부럽더라. 나보고 어머니래. 그거 때문에 이러는 거야?"

"그런 말이 어딨어. 엄마가 인생 잘 살았음 좋겠어. 난 정말 괜찮아. 그냥 사귀던 남자애랑 헤어지려고. 재인이가 넘 걱정이 많아 그래. 걔가 사서 걱정하잖아."

"정말 엄마 안 가봐도 돼?"

유진은 침이 꿀꺽 넘어가면서 약간 목이 메었다.

"응, 정말."

"알았다. 그럼 무슨 일 있음 연락해."

엄마는 뜸을 들인 후 말을 이었다.

"난 니가 정말 행복했으면 한다."

유진은 전화를 끊고 가슴이 미어졌다.

무슨 일 있음 연락해. 무슨 일 있음. 무슨 일 있음.

그 말이 맴돌았다. 꼭 무슨 일이 일어날 것만 같았다. 나의 비보가 엄마에게 전해지기를 원하는 걸까. 엄마를 어떻게든 고통을 주고 싶어 안달이 난 걸까.

왜 난 엄마가 불편한데 그 말을 전하지 못하는 걸까.

왜 아빠의 이야기를 정리하지 못하는 걸까.

왜, 왜.

유진은 가슴 깊숙이 두려움이 있었다. 엄마에게서마저 버림받을지 모른다는 무서움. 그 끈마저 끊어진다면 내가 운명으로 가도 부고를 전할 사람이 없다.

솔직히 요즘 정신을 빼고 다녔다. 카페에서 아메리카노 한 잔을 테이크아웃한 뒤 카드를 두고 온 걸 알고 다음날 달려갔다.

"이런 손님들 많으세요. 성함이 어떻게 되시죠?"

유진은 카드를 받으면서 자신만 이러는 건 아니라고 애써 위안을 했지만 일상이 이 정도로 엉망이니 회사 일은 더 했다. 지난 번 조 부장이 지적한 인쇄 사고는 전적으로 유진이 책임졌다. 인쇄회사에서는 분명히 그녀가 그렇게 감수를 했다는 것이다.

경위서까지는 아니었지만 월례 회의에서 일어나 인쇄 사고에 죄송하다고 했다. 조 부장은 회의에서 이렇게 말했다.

"인정하니까 할 수 없는데, 요즘 내가 잠도 제대로 못 자요. 이직해서 회사 실적 목표치 못 채우면 그 망신을 어떻게 해. 내가 20년 간 꽉 잡은 저자들 떠나가는 건 일도 아냐. 부탁해요. 김유진 대리뿐 아니라 모두들 나 좀 꼭 살려줘요. 요즘 게르마늄 팔찌도 안 차고 다녀. 왜냐고? 꿈에 스트레스로 가위에 눌리거든. 팔찌 찬다고 될 일이 아냐. 그리고 블라인드 앱 나도 가입했으니 작작 놀려들. 누가 올렸는지 의심은 되지만. 김유진 대리는 감봉 안 당한 걸 고맙게 생각해요."

유진은 수치스러웠다. 회의에서 일 못 하는 직원으로 찍혔다. 게다가 자신은 블라인드 앱과는 아무 상관도 없었다. 조 부장이 자신을 의심할까 걱정됐다. 쓸데없는 걱정이지만 그래도 불안하다.

회사 일도, 준기와도 모조리 엉망이 됐다.

지하철을 타고 오는 중에 만나자는 준기의 톡을 받았지만 응답하지 않았다. 지하철역을 나서서 집으로 가는 도중에 메시지가 또 왔다.

기다릴 거야.

유진은 겁이 덜컥 났다. 어디서 기다린다는 걸까. 집에 바로 들어가지 않고 카페에 들어가 커피 한 잔을 시켜서 망연하게 있었다. 휴대폰으로 검색도 하고 서평도 살폈다. 그런데 손이 덜덜 떨렸다. 식은땀이 등줄기를 타고 흘렀다.

커피를 들고 카페를 나섰다. 집까지 15분도 안 걸리는 거리였다. 유진은 골목에 들어서기 전에 주변을 살폈다. 낯익은 골목이 오늘따라 더욱 어둡고 외져 보였다. 짐짓 아무렇지도 않게 걸어 해성빌라트 2층으로 올라갔다. 도어록의 비밀번호를 손으로 눌렀다.

이때, 누군가 계단을 뛰어오르는 소리가 났다. 유진이 섬찟 놀랐다.

"누나, 내 말 좀 들어줘. 위치는 왜 꺼놨어? 어디에 있는지 서로 모르잖아."

준기였다. 눈이 움푹 들어가 퀭해 보였다. 준기와 유진은 그대로 멈춰 선 채 센서등이 꺼질 정도로 움직임이 없었다.

"왜 대답이 없어? 만나자고 했잖아."

목소리가 격앙돼 있었다. 유진이 뒤로 물러났다. 센서등이 켜졌다.

"미안해."

"뭐가 미안한데."

유진은 준기의 말이 맞는다고 생각했다. 자신이 미안하다고 생각할 필요는 전혀 없었다. 그러나 무서웠다. 좋게 돌려보내야 했다.

"오해가 있어, 주변에서. 나를 힘들게 해……. 후우, 누나는 그러지 마. 제발 집에서 물이라도 한 잔 줘."

유진은 하는 수 없이 준기를 안으로 들였다.

"고마워요, 후우."

준기는 조용히 들어왔다. 그는 진지했다.

"대체 난 누나에게 뭐였어? 그게 묻고 싶었어. 그것만 대답해줘."

유진은 잠시 생각했다.

"같이 있는 시간 동안 내가 가치 있다는 생각이 들었어. 처음에는."

준기는 웃었다.

"앞으로도 그렇게 되게 해줄게요."

유진은 고개를 저었다.

"아니, 지금은 조금 힘들어. 잠시 거리를 두고 싶어. 이렇게 계속 다가오면 앞으로 만나지 못할 수도 있어."

준기는 웃던 입을 풀고 멍한 표정을 지었다. 무척 놀란 듯 보였다. 세상을 다 잃은 듯 보이는 절망한 표정, 엄마를 잃어버린 아이의 눈빛.

그는 말이 없었다.

"잠깐 앉아 있어. 손 좀 씻고 뭣 좀 내올게."

유진은 화장실에 들어갔다. 세면대 물을 틀어 손을 씻으면서 망연자실했다. 어떻게 해야 하나 싶었다. 유진은 화장실을 나왔다.

"커피라도 줄까?"

준기의 얼굴이 하얗게 질려 있었다. 눈빛은 절박했다. 실망한 얼굴이었다. 하늘이 무너져 내린 걸 본 표정이었다.

준기의 손에 그녀의 휴대폰이 들려 있었다.

"이거 뭐야. 난 누나가 바람피우는지 확인하려고 했어.

아, 아니 위치 설정이라도 켜놓으려고 했어. 다른 남자 생겨서 헤어지자고 하는 줄 알았다고……. 그런데 이게 뭐야."

준기의 목소리가 가냘프게 떨렸다. 유진은 그제야 패턴을 바꾼다 하면서 까먹은 걸 깨달았다.

"뭐라니?"

"박경식……, 통화 목록에 이 사람 뭐야? 왜 나한테 말도 안 하고 이런 사람 만나고 다녀."

유진은 덜덜 떨었다. 무서웠다. 들켜서는 안 됐다. 심장이 쿵 하고 내려앉았다.

"그게……."

"왜 만났느냐니까!"

준기가 고함을 빽 질렀다.

"왜! 왜?"

"물, 물어보고 싶어서."

"물어보다니 뭘!"

"너에 관해."

잠시 고요했다. 준기는 휴대폰을 손으로 으스러뜨리기라도 할 것처럼 꽉 잡았다.

준기는 또박또박 말했다.

"내. 내가. 대체. 누나에게 뭐. 야. 무. 슨. 존. 재. 야?"

준기가 휴대폰을 던졌다. 성큼성큼 다가왔다. 유진이 애원했다.

"제발 안 돼……."

준기의 눈동자가 시커멓다. 눈꼬리가 위로 올라갔다. 성난 짐승의 눈빛이었다.

"준기야, 이러지 마. 진정해. 그게 아냐."

준기가 유진의 손목을 잡고 버럭 소릴 내질렀다.

"누나, 나 준기야. 나를 이렇게 몰아붙이고 싶어? 다시는 만나고 싶지 않아? 무서운 꼴, 험한 꼴 겪게 해줘? 내가 무슨 의미야. 누나에게, 응?"

준기는 유진을 손목을 잡아서 바닥에 패대기쳤다. 유진은 넘어지면서 어깨가 책상에 세게 부딪혔다. 발목도 다쳤다. 준기가 유진을 잡아채서 일으켜 세웠다. 손목 부분이 빨갰고 발목도 시큰했다. 어깨는 욱신거렸다.

"준, 준기야……, 이러지 마. 부탁이야."

"누굴 만나고 다니는 거야, 박. 경. 식? 뭐? 나를 살인자로 모는 그 개또라이랑 만나고 다녀? 나를 어떻게 보는 거야? 정말! 썅! 나를 미친 새끼로 보는 거야? 누나와 나 사이가 그간 교감하고 사랑했던 게 의미가 없어?"

"준기야, 준기야. 이러지 마! 제발, 이성을 되찾아. 이렇게 화내고 분노한다고 될 일이 아……."

유진의 말이 끝나기 전에 준기는 주먹을 날렸다. 유진은 뒤로 넘어가 서가에 뒤통수를 부딪고 쓰러졌다. 준기는 유진의 얼굴에 주먹을 몇 번 더 날리고 목을 졸랐다. 유진은 숨을 쉴 수 없었다. 말을 뱉을 수 없었다.

"사, 살려, 제, 제발 이러지……."

준기는 손을 풀어 유진의 머리채를 억세게 그러쥐고 화장실로 들어갔다. 샤워기를 틀고 물을 머리에 뿌렸다.

"더러워, 더러운 년. 누나가 순수해서 나의 첫 경험과 키스를 준 거야. 이제 모든 게 엉망이 됐어."

유진은 온몸이 흠뻑 젖었다.

"더러워. 씻어. 씻으란 말이야. 냄새가 나! 씻어내지 않으면 앞으로 키스는 못 해."

"준, 준기야. 왜, 왜 이래……."

준기는 유진을 끌고 나와 바닥에 밀쳤다. 발길질을 했다. 어깨를 붙들고 흔들었다. 유진은 필사적으로 손을 뻗어서 뭔가 잡으려 했다. 바닥에 놓아둔 두꺼운 책들이 잡혔다. 잘 읽히지 않아 정리하려고 쌓아둔 책들이 허물어졌다. 유진은 가장 두꺼운 책을 들어서 준기의 머리를 향해 날렸다.

탕! 소리와 함께 준기가 손을 풀었다. 유진은 캑캑 대며 기침을 했다. 준기가 갑자기 정신을 차렸다. 획 돌아갔던 눈이 정상으로 돌아왔다.

"누, 누나 괜찮아요? 이러려고 이런 게 아닌데……. 이것

봐봐."

준기는 지갑을 꺼내더니 명함만 한 사이즈로 코팅한 무언가를 건넸다.

이 분이 길에서 쓰러져서 발견되거나, 병원 응급실 입원할 상황에서는 저에게 연락을 주십시오. 윤준기 010-2738-XXXX

"내가 만들어왔어. 누나, 혼자라는 걱정은 마. 내가 응급 상황에서 달려갈게. 이걸 지갑에 넣고 다니면 되잖아. 우리 가족보다 더 소중한 사이잖아."

유진은 소름이 끼쳤다. 저번에 누가 병원에서 내 보호자를 해줄까 걱정하던 말을 듣고 만든 것 같았다. 이 상황에서 코팅된 종이가 무척 두려웠다.

유진은 그걸 받아서 던졌다. 준기는 어떤 감정인지 무덤덤했다.

"나, 나가! 내 집에서 당장 나가! 어서! 이딴 거 필요 없어. 난 네가 더 두려워."

유진은 대차게 몰아붙였다. 살려고, 자신보다 힘센 존재에게 반항을 거칠게 했다. 무조건 그를 밀어내야 내가 살았다. 유진은 일어나서 준기를 밀쳤다.

"뭐, 뭐라고?"

준기의 얼굴이 눈꼬리가 치켜 올라가면서 무섭게 표변했다. 유진은 책을 높이 치켜들었다.

"지금은 안 돼! 나중에 전화할 테니까 당장 내 집에서 나가! 부탁이야!"

준기는 살짝 미소 지으며 얼른 얼굴을 풀었다.

"누나, 흥분하지 마. 나 준기야. 우리 서로 사랑하는 사이잖아. 안 그래? 난 누나가 만든 책들을 다 봤어. 우리가 통. 한. 다. 고. 여. 겼. 어."

준기가 마지막 말들을 강하게 한 음절씩 발음했다. 유진은 이 순간이 참으로 문어법적인 순간이라고 생각했다. 폭력적인 야수성과 분노의 표출.

"아냐, 그건 통한 게 아냐. 너 혼자만의 집착이야! 준기고 뭐고 나가! 어서! 나중에 말해. 지금은 안 돼!"

유진은 책을 준기의 얼굴을 향해 힘껏 던지고 손에 잡히는 대로 서가에 놓인 유리 상패를 들었다. 대학교 졸업식에서 성적 우수상으로 받은 상패였다.

"나가 어서! 얼굴에 기스 나고 싶지 않으면!"

유진은 살기 위해 안간힘을 쓰며 윽박질렀다. 준기는 허허실실 웃었다.

"누나가 나한테 그럴 수 있겠어? 지금은 말하고 싶지 않으니 가는데, 좋은 말 할 때 박경식이나 감건호 같은 놈들 만나지 마. 다음부터는 무조건 내가 나오라는 데로 나오고 전화 함부로 중간에 끊지 마. 내가 죽는 거 진짜 보고 싶어? 나 간다. 고마워, 덕분에 얼굴에 상처 났네."

준기는 관자놀이께에 책 모서리에 긁힌 상처를 어루만지며 나갔다. 집안이 엉망진창이 되었다. 유진은 바닥에 주저앉았다. 힘이 모조리 빠져나갔고 온몸이 아팠다. 마음은 더 허물어졌고 완전히 붕괴됐다. 사람에 대한 신뢰와 믿음이 산산조각이 났다. 죽을 수도 있구나 싶은 폭력도 겪었다.

유진은 당장 감건호와 박경식에게 전화를 하려 했다. 하지만 엄두가 나지 않았다. 후환이 두려웠다.

누운 채로 가만히 있었다. 한숨도 자지 못했다.

한밤중에 톡이 왔다.

준기였다.

누나, 평화의 문 광장에 내일 밤 9시에 나와. 나오지 않으면 정확하게 15분 있다 집으로 갈 거야. 제발 마지막 말을 들어줘. 이렇게 헤어지면 난 죽어버릴 거야. 우리는 영혼이 통하잖아, 우리는. 내일 나와, 부탁해. 그리고 미안하고 사랑해.

소름이 돋았다. 답을 하지 않자 준기는 또 톡을 보냈다.

누군가의 도움이 필요해. 아버지는 엄청난 술주정뱅이였어. 심하게 주사를 부리는데도 병원에 입원시키지 않았어. 그래서 그렇게 된 거야. 비극적으로 그렇게.

그동안 아버지에 대한 말은 거의 거짓말이야. 나 좀 도와줘. 상담치료도 받고 보란 듯이 늠름하게 설게.

누나가 아플 때 병원도 데려갈 수 있어. 부디 부탁이야. 이렇게 끝나서는 안 돼. 우리 만나야 돼. 난 누나에게 무릎을 꿇고 목숨을 내놓고 잘못을 해명하고 싶어. 안 나온다면 난 죽음뿐. 목숨값을 치를게.

유진은 섬뜩했다. 등골이 서늘해졌다. 죽음과 목숨값. 톡이 다시 왔다.

지난번 상담 선생님도 소개해줘. 누나가 날 도와주면 고칠 수 있어. 혹시 어디 아파요? 내가 잘못한 거 땜에 그런 거야? 병원 가줄까? 혼자 가지마. 내가 같이 갈게. 다시 한 번 말하지만 죽도록 미안하고 용서하지 않는다면 목숨으로 사죄할게.

소름이 끼쳤다. 자신이 무슨 잘못을 저지르는지 유진이 무슨 감정을 가지는지 신경을 안 쓴다. 폭력과 폭언에 사람의 마음을 찢어놓고 같이 병원을 가자는 말을 한다.

그리고 빈말이 아닐 수 있다. 죽는다, 이 말은 진심일 수 있다. 그의 극단으로 치닫는 행동을 보면.

유진은 고민을 했다. 경찰에 찾아가 이 문자를 보여주고 같이 나가자고 할까. 하지만 죽는다는 말을 연인 간에 치정 어린 협박으로 넘기지 않을까.

멍든 손목을 봤다. 준기의 폭력의 흔적. 얼굴의 푸른 멍도 거울로 봤다. 병원에 가서 진단서를 뗐어야 했다. 하지만 집 밖으로 나가 용기 있게 행동하지 못했다. 무기력했다. 유일한 친구 재인은 이미 자신에게 실망해서 도움을 청하기 어렵다.

유진은 망설였다.

한편 준기는 무한한 번민의 시간을 보냈다.

자신도 아버지의 피를 이어받아 폭력적이고 비이성적이며 엉망진창인 것이 드러났다. 최악의 일들이 연달아 벌어졌다.

유진을 때렸다. 가장 소중하고 지켜야 한다고 다짐했던 사람을 때리고 폭력적 언사를 퍼부었다.

왜 그랬을까. 가장 두려워하던 게 현실이 되었다.

나는 더러운 유전자를 물려받아서 그런 삶을 살아가는가. 아버지처럼.

그는 사라졌지만 사라진 게 아니었다. 내 혈관 속을 흐르고 있었다.

준기는 손바닥을 펴서 푸른 정맥 혈관을 봤다. 이 핏줄 속에 들어있는 그.

준기는 고개를 세차게 저었다. 그럴 수 없었다. 나는 그런 사람이 아니라는 걸 그녀에게 알려야 했다. 만나서 무조건 용서를 빌고 새롭게 거듭나고 그녀를 더욱 친절히 대하면 된다. 용서받자. 만나서 나의 입장을 말하자.

준기는 정성들여 메시지를 여러 개 보냈다.

날밤을 새고 다음날 근무했지만 집중이 안 됐다. 밤 9시 약속만 기다렸다. 유진에게 어떻게 사죄를 해야 하나 걱정했다.

준기는 점심 즈음 메시지를 하나 더 보냈다.

다시 한 번 더 말하지만 오늘 약속에 안 나오면 나 죽을 수 있어.

유진은 메시지를 받고 소름이 끼쳤다. 결근계를 내고 회사를 쉬었다. 얼굴에 멍이 들어 도저히 나갈 수 없었다. 감건호에게 문자를 보냈지만 연락이 없었다. 한숨도 못 잤다.

감건호는 파일럿 프로그램 스튜디오 씬 녹화를 마치고 휴대폰을 확인했다. 유진에게서 메시지가 와 있었다. 준기 일인데 도와달라는 내용이었다. 감건호는 즉시 전화를 걸었다.

"유진 씨, 미안해요. 녹화하느라 지금 봤어요. 무슨 일이죠?"

"저, 저 좀 도와주세요. 준기가 약속을 일방적으로 정해놓고 안 나오면 죽는다는 말을 반복했어요."

"혹시 경찰에 도움 요청했어요?"

"그게 저번에도 찾아가 봤지만 증거 가져와 고소해야 돼요. 사실은 어제 맞았지만 진단서도 안 떼놨어요. 너무 무서워 밖을 못나갔어요. 회사도 쉬고요."

"준기를 피하는 건 어떨까요."

유진은 망설이다 말했다.

"죽는다는 말, 진심일까요?"

감건호는 고개를 슬쩍 저으며 통화했다.

"아뇨. 중2병처럼 누군가 나를 쳐다보고 신경을 쓴다고 여기는 사람들이 있어요. 성인인데도 중2병을 못 벗어난 거죠. 경계성 인격 장애입니다. 그들이 모든 사람이 자신을 버린다고 여길 때 특단으로 쓰는 수가 그거죠. 자살 시도를 해서 관심을 끌어요. 죽으려는 의도는 없을 수 있어요."

유진은 다급했다.

"소중한 사람을 외면하다가 저세상으로 보낸 적 있어요. 그건 안 돼요. 제가 나가볼게요. 심려 끼쳐드려 죄송합니다……. 신경 쓰지 마세요……. 안 나가면 극단적 일을 저지를 것 같아요. 돌이킬 수 없는 무서운 짓을요."

"그럼 경찰에 신고해요."

"당신이 경찰이잖아요."

"난 경찰 아니예요. 박경식 계장님한테 말해볼게요."

“아뇨. 준기가 무서워요. 그분을 경기하듯이 싫어해요. 절대 안 돼요.”

“스토킹 처벌하는 법이 있어요. 도와줄 수 있어요.”

감건호는 그렇게 말했지만 속으로 끙 했다.

그 잘난 법. 10만 원 미만 벌금으로 면책 받는 법. 김유진은 전치 몇 주라 적힌 진단서를 떼서 고소하기 전에, 단지 만나자는 그리고 자살하겠다는 협박만으로 공권력의 도움을 받을 수 없다. 언제까지 24시간 경찰이 지켜줄 수도 없다.

결국 경찰은 김유진이 큰일을 당하고서야 올 것이다. 지켜줄 수가 없다.

감건호는 망설였다. 분명히 지난번에 유진에게 위험하면 혼자서 끙끙대지 말고 주변에 도움을 청하고 대책을 강구하라고 했다. 모른 척 할 수 없었다. 김유진은 큰 용기를 내서 전화했다.

“후우, 알았어요. 내가 관여해봅시다. 도울게요. 약속 시간이 어떻게 되죠? 일단 제가 나가볼게요. 유진 씨는 1시간 후에 나랑 만나요. 내가 그동안 녀석 구슬려 볼 테니까. 1시간 후에 그 장소 근처에서 기다리고 있어요. 내가 어떻게든 중재를 할게요. 잘 헤어지는 걸. 둘이서만 만나는 건 위험해요.”

감건호는 전화를 끊고 찬물을 한 잔 마시고 내레이션을 녹음했다. 저녁을 먹고 나니 시간이 가까웠다.

감건호는 차를 주차장에 두고 택시를 잡았다. 한시가 급했다. 어차피 밤에는 프로그램에 더빙을 뜨러 다시 나와야 했다. 감건호는 택시 안에서 목적지를 말하고 망설였다.

지금 이게 옳은 짓인가. 위기에 처한 누군가를 돕는다는 게 경찰직을 내려놓고 얼마 만에 실행에 옮기는 것인가. 그동안은 프로그램 때문에 사람들을 만나면서 위험한 일에 직접 엮인 적은 거의 없었다.

하지만. 만약 준기에게서 과거의 비밀을 캘 기회가 있고 그걸 프로그램에 내보낸다면 충분히 가치가 있다.

감건호는 출연중인 시사프로에서 데이트폭력이나 분노조절장애 범죄 케이스를 패널로서 말해보는 건 어떨까 궁리했다. 괜찮을 것 같았다. 그렇다면 준기를 만나는 게 사례 연구로 나쁘지 않았다. 위기에 처한 여성도 구하고. 이중으로 의미 있는 일이다. 어떻게든 이 일에 여러 뜻을 부여하자 마음이 한결 편했다.

감건호는 질주하는 차창 밖으로 올림픽대로를 내다보면서 마음을 가라앉혔다. 그리고 휴대폰을 들어 누군가에게 전화를 걸었다.

유진은 화장을 해서 멍 자국을 어느 정도 감추고 집에서 나왔다. 집도 직장도 그가 알았다. 잠실역 인근 카페에서 망연하게 앉아 있었다. 감건호가 먼저 준기를 만나본다고 했고 그 후 1시간 지나 유진과 만나기로 했다. 그때까지 준기가 있을지는 몰랐다. 감건호가 해보겠다는 중재가 잘 됐으면 했다.

저녁 8시가 훨씬 넘어서 전화가 왔다. 준기였다.

"누나, 오늘 9시 공원 정문에 나오죠?"

유진은 머뭇거렸다.

"그게 저."

차마 감건호가 나온다는 말은 못했다.

"내가 못 나갈 수 있어……. 준기야."

유진은 말을 흐렸다.

"그래요? 왜요? 내가 사과한다는데도 치료를 받는다는데도 안 돼요?"

"지금은 아닌 것 같아."

준기는 말이 없었다. 유진은 그 몇 초가 초조했다.

"신은 우리에게 여기까지 허락했나봐. 그동안 못 겪어본 진정한 연애 경험 고마웠어요, 경험해봐야 아는 거라면서요. 그래야 여행을 느끼는 거라면서요. 누나가 만든 책에 그런 구절 나와 있던데요? 《시즈오카 녹차, 본연의 맛을 찾아서》, 이 책 누나가 만들었잖아."

유진은 놀랐다.

"그 책에 악평 올린 사람 정말 미웠어. 내가 악플 달아줬지. 난 줄 모르게 다른 아이디로 달았어."

"어?"

유진은 잠시 서평을 훑었던 기억을 떠올렸다.

"난 이렇게 누나한테 집중적으로 관심을 쏟고 좋아하고 도우려고 해. 그런데 어떻게 나를 이렇게 대해?"

유진은 숨을 내쉬었다.

"미안해……."

"왜 미안한데?"

"……. 그냥 할 말이 없어. 그렇지만 이렇게 만나는 건 아냐. 안 돼."

"미안할 거 없어. 난 이렇게 헤어질 수 없어. 오늘 회사 안 나왔지? 전화 걸어 봤어. 결근계 냈다면서."

유진은 모골이 송연했다.

"걱정 마. 거래처라고 둘러댔으니까. 더 이상 피하지 말고 나와, 당장. 난 화해를 원해. 관계를 되돌려보고 싶어. 행동 고쳐볼게. 그 상담 선생님 어서 같이 만나러 가자."

"준기야. 사실……."

"누나, 내가 무서워요?"

유진은 입을 다물었다.

"무서워하지 마요. 그런 거 싫어요. 만나, 기다릴게. 믿어요."

전화는 거기서 끊겼다. 유진은 감건호가 나온다는 말을 하지 못했다. 상황이 어떻게 될지 두려웠다. 전문가의 도움을 받아야 했다. 감건호가 그 역할을 해주길 바랐다.

올림픽공원 평화의 문, 저녁 9시. 가로등 불빛 아래 준기가 팔짱을 끼고 화단에 앉아 고개를 위로 치켜들고 눈을 감고 있었다. 감건호가 살짝 망설이다 다가갔다.

"윤준기."

준기가 눈을 번쩍 뜨고 팔짱을 풀었다. 놀란 눈으로 그를 봤다.

"유진 씨가 널 만나달라고 부탁해서 왔어."

준기는 휴대폰을 주머니에서 빼서 어디론가 걸려다가 그대로 집어던졌다. 그리고 화를 터뜨렸다.

"이 씨!"

감건호는 화들짝 반 걸음 물러났다.

"다가오지 마!"

준기가 거세게 말했다.

"얘기 좀 해봐. 니 마음 알아."

"다가오지 말라니까!"

준기는 뒤돌아섰다. 감건호가 슬며시 접근하는데 준기가 돌아서서 눈물을 쓱 훔치더니 휴대폰을 주웠다. 그리고 뻘쭘하게 선 감건호에게 다가와 멱살을 거세게 잡았다.

"이거 봐. 이 옷 협찬 받은 거야."

"후후, 뻔뻔하시네요. 방송에서 보이는 모습 그대로. 저를 억울하게 모는 것도 모자라 왜 사생활에 참견하는데요. 유진 누나 어디에 있어요? 왜 안 나왔고 당신이 대신 나왔죠?"

준기는 감건호의 양복 자락을 왼손으로 강하게 잡아당겨 끌면서 오른손을 높이 쳐들었다.

"야, 야. 이럴 필요 있어? 그냥 앉아서 대화나 나누자고. 나 상담심리사 자격증 있다구!"

감건호는 속으로 운동을 얼마나 쉬었는지 가늠해봤다. 경찰에서 나오고 신체단련을 거의 하지 않고 방송만 쫓아다녔다. 몸을 호리호리하게 만들려고 굶기도 일쑤였다. 보약은 먹었지만 그런다고 벌크업 운동에 시간을 투자하지 않았다.

결과적으로 이 어린 친구에게 한방에 당할 수도 있다. 하지만 그에게는 관록과 과거 공무를 수행하면서 붙은 경험들이 있다. 무엇보다 말발이 세다. 그걸로 이기면 된다.

"저기, 준기야. 윤준기 님! 제 말씀 좀 들어봐……."

이 때 준기의 발길질이 감건호의 가슴팍에 날아들었다.

"씨발, 좆도! 아가리 닥쳐라! 새끼야. 내가 니 발치에 노는 호구인 줄 아나본데 주댕아리 닥쳐!"

준기는 무차별적으로 주먹과 발길질을 감건호에게 날렸다. 감건호는 바닥에 나뒹굴면서 두 손으로 머리를 감쌌다.

머리만 다치지 않으면 된다. 머리만 보호하자. 그게 최선이다.

준기는 분노를 퍼부으면서 무차별로 폭행했다. 발길질을 연달아 퍼부었다.

"야, 넌 팩트나 좀 똑바로 챙겨. 맨날 팩트보다 멘트로 프로그램 하나 날로 먹는 주제에 어디서 나대, 응?"

감건호는 입가와 코에서 흘러내리는 피를 닦을 여유도 없었다. 고통보다도 준기가 퍼붓는 말투 하나하나가 가슴팍에 사무쳤다. 폭력이 이어졌다. 감건호는 나뒹구는 것에서 이제는 무방비로 늘어졌다.

준기는 소릴 버럭 질렀다.

"일어나, 이 새끼야. 왜 내가 일방적으로 때려? 나만 나쁜 놈 만들지 말란 말야!"

준기는 멈출 수 없었다. 속에서 화가 분출했다. 브레이크가 나가버린 자동차는 어떻게 멈추는지 몰랐다.

"내가 알려줄까? 이 세상에서 가장 무서운 놈이 니덜 같은 권력 있고 명예 있는 놈인 줄 알아? 아니, 나같이 밑바닥까지 가보고 밟힌 놈이야. 잃을 게 없는 나 같은 놈이 가장 무서운 놈인 줄 알아 몰라! 왜 사람 잘 사는데 깝죽대며 건드려. 너네가 던진 돌에 나는 맞아죽는다고! 이 새꺄!"

"살, 살려줘……, 윤준기 선생……."

준기는 발길질을 멈추고 픽 웃었다.

"잘도 갖다 붙이시네, TV 나올 걸 고려해서 얼굴은 덜 건드렸어. 대신에 신고하면 얼굴도 짓이긴다. 니 같은 경찰 출신이 나한테 맞아터지는 찌질이인 거 시청자들이 알면 창피하겠지? 너나 나나 신고해봤자 귀찮다. 여기서 끝내."

감건호는 기절해버렸다. 준기는 발끝으로 감건호를 툭 쳐보고 그대로 옷매무새를 단정하게 했다. 터진 소매를 걷고 머리카락을 잘 넘겨서 손질한 후 자리를 떴다.

가랑비가 한두 방울 떨어졌다. 감건호가 미동도 없이 누워있는데 박경식이 택시에서 내려 달려왔다.

"야, 감건호! 이게 다 무슨 일이야. 이봐, 정신 차려봐."

"어구구, 어구야……. 형, 나 좀 도와줘……."

이때 유진도 달려왔다.

"어, 어떻게 된 일이죠?"

"유진 씨. 내가 묻고 싶은 말인데."

"준기를 달래서 중재한다고 해서. 저보고는 1시간 후에 나오라고 했어요. 걱정이 돼서 일찍 왔어요. 이렇게 될 줄은……."

"병원으로 옮깁시다. 이 녀석이 경찰 망신 다 시킨다니까. 어이구! 왜 혼자 나와. 나 좀 기다리지."

박경식은 감건호를 응급실로 옮기러 택시를 잡았다. 그리고 타기 전에 유진에게 빨리 경찰에 도움을 요청하고 준기에게서 피하라고 했다.

박경식과 감건호가 택시를 타고 가자 유진은 무서워 어찌해야 할 줄을 몰랐다. 휴대폰을 껐다. 집으로 가려다 방향을 틀었다. 모텔이나 찜질방 같은 데 가려고 했지만 집 근처는 안전이 확실하지 않았다. 문득 동서울터미널 근처에 찜질방이 있다는 걸 기억했다. 지방에 다녀오다 본 적이 있었다. 택시를 잡아 탔다.

다음날 아침, 준기는 유진에게 전화를 걸었지만 휴대폰이 꺼져있다는 안내 음성이 흘러나왔다.

"준기야, 출근 안 해? 밥 먹고 가."

준기는 서정심이 방에 들어오자 휴대폰을 던졌다.

"알아서 할 테니 내버려 둬! 말 걸지 마!"

잡히는 대로 옷가지를 걸쳐 입는 준기의 손이 자꾸 떨리고 더뎠다.

"어, 어디 가……."

준기는 싸늘한 표정으로 웃었다.

"함백산 중턱."

서정심의 표정이 새파랗게 질렸다.

"거, 거긴 왜 가는데?"

"확인해볼 게 있어서."

"안 돼! 안 돼!"

서정심이 일어나서 거칠게 잡았다.

"왜 안 되는데? 잘 있나 인사드리려고 하는데? 차라리 같이 가자, 같이 죽자고! 죽잔 말이야!"

그녀는 엉엉 울었다. 절규가 이어지다가 두 손을 들어 준기의 가슴팍을 쳤다. 준기는 짜증난다는 듯이 서정심의 손목을 잡아 밀쳤다.

"그만 좀! 쫌! 제발! 그만 좀!"

서정심은 힘없이 나동그라졌다.

"이젠 그만 좀! 그때 바로잡지 못한 거 지금 들춰내려니까 그러는 거야? 왜 그때, 그때 안 말했어!"

준기가 버럭 화를 냈다.

그녀는 뒤로 돌아서 훌쩍였다.

"잡지 마. 같이 갈 거 아니면."

배낭을 메고 집을 뛰쳐나가는 준기의 뒤로 애타게 부르는 소리가 연거푸 났다.

준기야! 준기야!

이름 부르지 마. 그 이름은 누나만을 위한 거야.

준기는 씩 웃으며 렌트해 놓은 차 위에 올랐다. 지난 번 차와 같은 차였다. 오늘 유진과 어디론가 같이 떠나려고 오전 일찍 빌렸다. 왜인지 지금 이 상황과 클래식한 차의 외양이 어울렸다. 영화처럼, 드라마처럼 그리고 슬픈 음악처럼 폼이 나고 멋졌다.

주인공처럼 가는 것이다. 일을 버르집기 위해. 아니 바로잡기 위해. 그리고 누나와 같은 꿈을 늘 꾸는 것이다. 낮이고 밤이고.

준기는 유진에게 문자 한 통을 보냈다.

박경식은 응급실에서 감건호를 간호하면서 밤을 새웠다. 새벽녘에야 입원실이 났고 간병인도 구하자 박경식은 응급실에서 나갈 준비를 했다.

"야, 너 때문에 내가 경찰 잘리겠다. 이게 다 뭐야! 출근해야 하는데. 와이프는 말없이 외박했다고 난리 났어."

"캑캑, 감, 감사합니다, 계장님. 아버님은 연로하셔서 괜하게 연락드리면 번거로워요. 미, 미안해요."

"고마우면 너가 메인으로 하는 프로에 고정 패널로 꽂아 줘, 임마."

"후우, 아예 전직하시게요?"

"언젠간. 이 꼬락서니도 더 보면 힘겨워."

유진은 찜질방에서 불안에 겨운 채 잠을 잤다. 간신히 한 사람이 들어가게 만든 수면실에서 잤지만 눈을 붙였어도 정신은 각성 상태였다. 이를 닦고 세수를 하고 나서 나갈 준비를 하다 전화를 켜보았다. 문자가 와 있었다. 준기였다.

나 이제 너무 힘들어서, 정확하게 3시간 후에 이리로 전화 좀 해서 아버지 계신 곳으로 간다고 말 좀 해줘. 010-3838-XXXX.

안 좋은 예감이 들었다. 감건호에게 전화를 했지만 받지 않았다. 메시지에 있는 번호로 전화를 걸었다.

"여보세요."

중년 여성의 목소리가 흘러나왔다. 힘없고 작은 목소리였다. 유진은 잠시 망설였다. 정적이 흐른 후 입을 뗐다.

"저, 윤준기 씨……."

이때 여인의 목소리가 다급해졌다.

"우리 준기가 왜요?"

"어머니 되시나요? 준기가 아버지 계신 곳에 간다는데 그게 어디예요? 저한테 연락했어요. 이 번호로 알려달라고."

전화기 건너편에서 여인의 절규가 흘러나왔다.

"안 돼! 거긴 안 돼!"

"어머니, 아버님 실종되셨잖아요. 어디 다른 곳에 계세요? 거기가 어디예요. 기분이 이상해요. 제가 가볼게요. 어서요."

“흐흑흐흑.”

여인이 울음을 터뜨린 후 나지막하게 말했다.

“함백산……. 주목나무들 많은 곳 근처 약수터 거기요……. 거기요……. 제발, 우리 준기 도와줘요. 소나무와 개암나무 있는데 거기예요. 찾을 수 있어요. 잘 보이는 데예요. 부탁해요……. 내 자식, 잃을 거 같아. 안 돼, 안 돼요! 흐……흑.”

“어머니, 걱정 마세요. 제가 가볼게요.”

유진은 전화를 끊고 얼른 구글맵으로 함백산 주목나무군락지를 찾았다. 동서울터미널에서 시외버스를 타는 게 가장 빨랐다. 소지품을 챙겨들고 택시로 터미널로 향했다.

몇 분 안에 터미널에 도착하니 다행히 10분 후에 떠나는 차가 있었다. 유진은 고한으로 떠나는 버스에 탔다. 버스에 타자마자 눈을 감았다. 3시간은 가야 했다. 불안과 초조함 속에 잠에 빠져들었다.

꿈을 꿨다. 아버지와 손을 잡고 여행을 갔다. 도쿄를 돌아다니며 시부야도 가고, 쇼핑몰도 가고 멋진 녹차밭도 갔다. 아이스크림도 먹고 길거리 음식도 사먹었다. 유진은 꿈이라는 걸 알았다. 왜냐하면 아버지와 일본 여행을 가본 적은 없었으니까.

꿈에서 유진은 행복해 눈물을 흘렸다. 아빠…….

두 손으로 눈물을 닦으며 깨려는 찰나 손잡은 아빠의 얼굴이 준기의 얼굴로 바뀌었다. 한없이 서글픈 눈. 불안한 눈.

눈을 뜬 유진은 두 손으로 휴대폰을 땀이 나도록 쥐고 있는 자신을 발견했다.

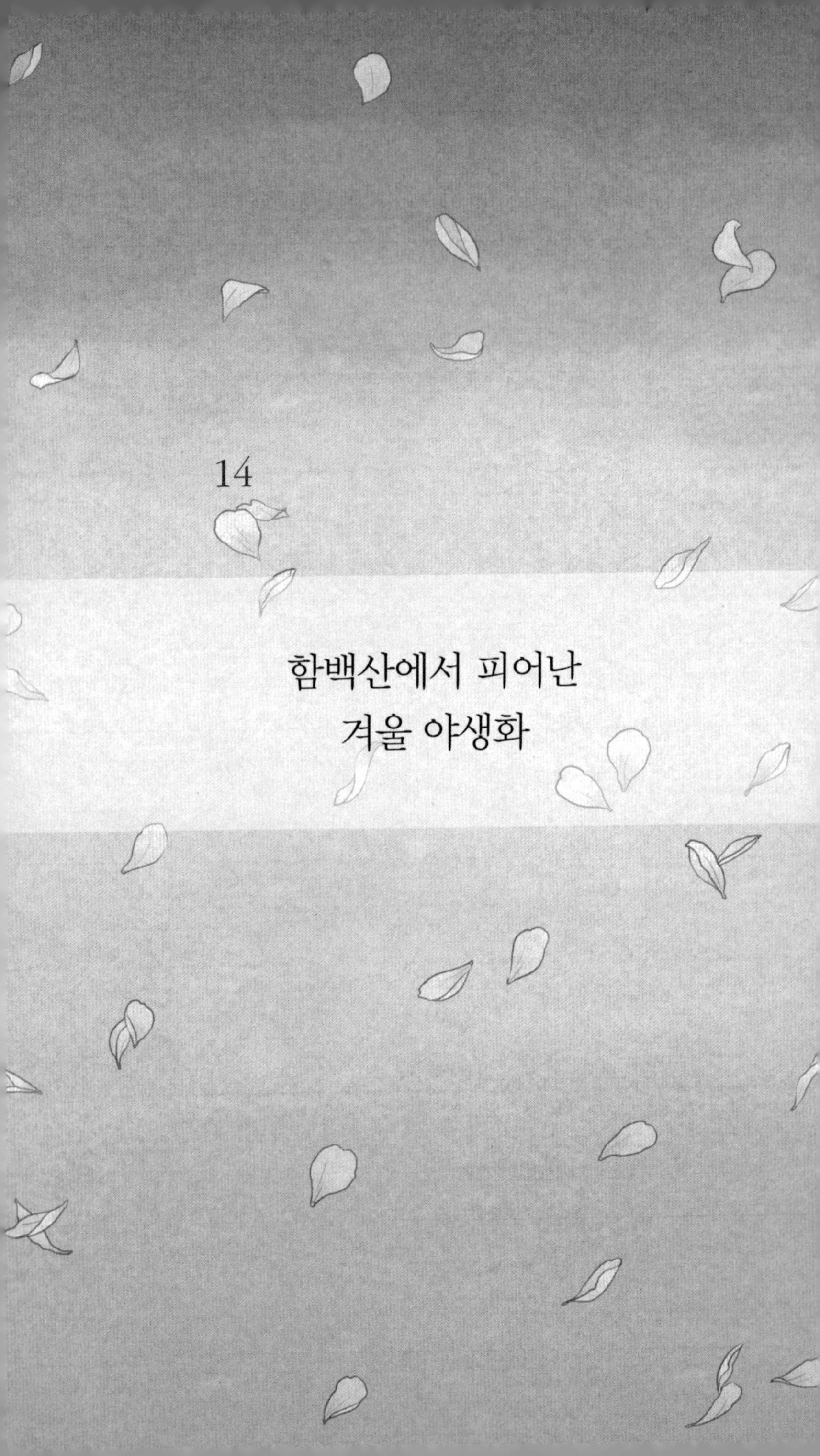

14

함백산에서 피어난 겨울 야생화

—

준기는 만항재 주차장에 차를 댔다. 날이 흐리고 해가 질 시간이 가까워 차가 더 이상 오르는 것을 통제했다. 준기는 등산로로 함백산 중턱까지 올라갔다. 이른 서리로 눈꽃들이 나무들마다 피어있었다. 야생화 자생지로 조성된 이곳은 예전에는 이름 모를 풀들이 가득했다. 지금은 노랑제비꽃, 숲개별꽃 등의 이름이 표지판에 적혀 있었다. 가을이라 꽃은 안 보였고 이파리에 서리가 내려앉았다. 준기는 한참이고 묵묵히 올라갔다. 1시간여를 가자 주목나무군락지로 향하는 표지판이 나왔다.

이 부근인데, 분명히 그런데.

찾을 수나 있을까.

준기는 10년 전을 더듬어 봤다. 엄마와 어떻게 올라왔을까. 그때만 하더라도 함백산 정상까지 차로가 나 있었다. 지금은 차량 진입이 통제되고 있다.

차가운 바람이 뺨을 매섭게 할퀴었다. 눈보라가 조금씩 날렸다. 서울보다 체감온도가 낮았지만 점차 몸에서 열이 나고 땀이 났다. 준기는 겉옷을 벗어서 아무데나 던졌다. 거추장스러웠다.

등산로에는 평일이라 사람들이 거의 없었다. 준기는 주변을 훑어 보았다. 분명히 기억나는 장소가 있었다. 약수터를 가리키는 표지판이 서있던 곳. 그곳과 멀지 않았다.

나무들을 이리저리 훑었다. 가지 끝마다 눈꽃이 작게 피었다. 주목은 붉은색 나뭇가지들이 굽이져 고목이 되었다. 살아서 천년 죽어서 천년 사는 나무라는데. 인간의 수백 배 수명을 살면서 버틴다니 신기했다.

준기는 가끔 그런 생각을 했다. 춥고 더운 기후에서도 굳세게 버티는 나무처럼 사람도 강인하다면 얼마나 좋을까 싶었다.

준기는 고개를 저었다. 지금은 정신을 집중하고 그곳을 찾아야 했다.

분명 이 부근 같았는데, 저기 야생화 군집지와 연결된 산자락 그리고 근처에 약수터가 있는 곳. 약수터에서 잠시 머문 기억이 났다. 어머니는 그곳에서 물을 한 모금 마시고 준기에게 건넸지만 그는 마시지 않았다. 긴장과 불안으로 마실 수 없었다. 어머니가 억지로 바가지를 입에 대었지만 비릿한 맛에 뱉었다.

준기는 기억에서 나와 등산로를 뱅글뱅글 돌다 이탈했다. 주목나무 숲과 나무들을 뚫고 다녔다. 얼굴에 나뭇가지가 스쳤다. 아프지 않았다. 얼얼할 뿐이었다.

그렇게 헤맨 지 꽤 돼서 준기는 드디어 약수터를 찾았다. 출입금지 팻말이 붙고 약수터는 폐쇄됐다. 준기는 10년 전 기억을 억지로 떠올렸다. 뇌리에 강제로 봉인한 기억 그리고……, 이제는 유진에게 오픈하고 싶은 기억. 고통. 아니 아픔조차 못 느끼는 통각의 상실.

준기는 약수터에서 산 정상으로 향하는 길을 올랐다. 서리가 나뭇잎에 살짝 맺혀 있었다. 청쾌한 내음이 코를 근질였다. 허리가 굽은 소나무와 개암나무가 있던 곳, 그리고 잣나무.

잣나무 가지가 옷을 스치며 바스락댔다. 발에는 잡풀들이 밟혔고 낙엽들이 사각대는 소리가 났다. 준기는 홀린 듯이 산길로 올라갔다. 가다가 우뚝 멈춰 섰다. 이곳이 맞는 것 같았다. 우거진 소나무 숲 사이에 약간 높은 둔덕이 있고 그 위로 파릇한 잡풀들이 돋아나 있었다.

준기는 앉았다. 무릎을 세워 두 팔로 감싸고 그대로 바닥에 모로 누웠다. 마치 태아가 엄마 뱃속에서 떠있듯이 편하게 누웠다. 오늘로 다섯 번째 와본 거였다.

가슴이 아렸다. 오랜만에 만나는 감정이었다. 더불어 후련함과 묘한 쾌감을 느꼈다.

난 내 인생의 물꼬를 바꾸어 버렸다. 물길을 틀어서 다른 사람이 됐다. 성범죄자의 아들이 아니라 새로운 사람이 됐고 직장에서 친구들 사이에서 인정받는 잘생기고 착한 스물넷의 남성이었다. 나를 지지해주는 사랑하는 여자친구도 있다.

난, 엇박자로 비뚜로 나가지 않았다. 올바르게 살았다. 최선을 다하여 지금의 나를 만들어냈다. 나는 그런 사람이다.

윤준기 너의 비밀은? 응, 바로 이 아래에 있다. 이 아래에.

이곳에 오면 그래서 편안해진다. 비밀이 묻혀있다는 것을 실감할 수 있으니까.

준기는 기억 속으로 빠져들었다. 머지않은, 지금처럼 허공에 뜬 공간의 기억.

"손님, 손님, 문 열어 주세요."

준기는 인천 공항으로 돌아오는 비행기 화장실에서 거울을 보고 있다. 벌써 여러 번 노크 소리가 났다. 준기는 눈을 감았다. 목에 감긴 넥타이는 조르다 만 상태로 가슴팍에 흘러내려 있었다. 대신 목에 시뻘건 자국이 있었다.

준기는 노크 소리를 신경 쓰지 않고 콘택트렌즈를 빼서 변기에 버렸다. 불안한 눈빛이 보였다.

스물두 살이 돼서 렌즈를 꼈다. 눈동자가 또렷하고 검게 보이는 렌즈는 준기의 불안한 눈빛과 거친 시선을 다듬어 주었다. 사람들의 반응이 친절했고 웃는 얼굴을 많이 봤다.

성년이 되어 군대를 다녀오고, 비누 회사에 취직해 연수를 받고 백화점에서 일했다. 하루 종일 12시간 이상 서서 일해 받는 돈 155만 원. 집에다 내놓는 돈 50만 원을 제하고 100여 만 원이 남았지만 통신비, 교통비, 문화비, 의류비 등 생활비를 빼면 20만 원도 저축하기 힘들었다. 빠듯한 생활, 스펙 없는 현재, 대책 없는 미래는 준기의 일상이었다.

준기는 휴가를 받아 일본을 다녀왔다. 다이칸야마, 시부야, 긴자 등의 도심에서 관광을 했다. 희망을 가지고 다른 삶을 살아보려고 갔다. 홀로 활기찬 여행을 했다.

모든 게 만족스러웠다. 하지만 돌아오는 비행기에서 준기는 여전한 집안 꼬락서니. 어머니의 우울한 모습. 발목을 콱콱 잡는 과거의 악몽. 현재의 뭣 같은 가난. 나아진 게 하나도 없다는 걸 절실히 깨닫고 무작정 화장실로 들어갔다. 한없이 가라앉았고 죽고 싶었다.

앞으로도 죽으러 가는 길밖에 없다고 그처럼 절실히 느끼긴 처음이었다. 목에 면세점에서 산 넥타이를 맸다. 시간을 지체하면서 조르고 풀고를 반복하는데 이상한 낌새를 눈치챈 스튜어디스가 세게 노크를 했다.

“죄송합니다. 렌즈가 안 빠져서요.”

준기는 문을 확 열고 나왔다. 얼굴에 미소를 띤 스튜어디스는 알았다는 듯 목례를 하고 제자리로 돌아갔다. 비행기는 포항을 지나면서 난기류를 만나 위아래로 거세게 흔들렸다.

준기는 눈을 질끈 감았다. 아무 것도 달라진 것은 없다. 셔츠 깃으로 가린 붉은 흔적을 손으로 쓰다듬었다. 달라진 건 이 생채기밖에 없었다.

또 다른 기억을 더듬었다. 누군가 귓가에 대고 ‘죽어’, ‘사라져’ 하고 말했다.

몬스터일까. 비밀을 묻는 괴물의 소리. 아닌 것 같았다. 아이의 목소리 같았다. 아이는 준기의 귀에 사라져, 라고 외쳤다. 어떤 때는 곱게 죽으라고 말했다.

외로웠던 준기는 죽을 때마저 외롭기 싫었다.

눈앞에 몬스터가 다가왔다.

괴물이 물어본다. 너의 비밀은 무엇이냐고.

나는 열네 살에 이불에 소변을 쌌다고 말해준다. 괴물은 고개를 젓는다.

다른 비밀이 있다고 한다.

나는 말한다. 열네 살에 집 근처 공터에서 불을 질러본 적이 있다고.

괴물은 아니라고 한다. 고개를 젓는다.

너의 비밀은 무어냐고 또 묻는다.

나이가 들기 싫다고 했다. 그게 비밀이라고 했다.

나이가 들면 처벌을 받으니까, 누군가 쫓아오니까.

준기는 기억하고 있다. 아주 또렷하게.

아버지는 집 근처 공터에서 술을 드시고 주무셨다. 공터에는 인부들이 지어놓은 헛간이 있었고, 아버지는 거기에서 술에 취해 주무셨다. 공사는 중단됐고, 공터는 황량했다. 아버지는 술이 어느 정도 깨면 집으로 돌아와 행패를 부렸다. 아버지가 집으로 오면 준기는 반대로 헛간에 가서 숨었다. 그리고 조용히 오줌을 누었다. 그러면 불안한 마음이 안정이 됐다.

아버지는 주사 부리며 준기에게 너도 나 같은 놈이 될 거라고 악담을 퍼부었다. 그 말에는 무슨 뜻이 숨겨진 걸까? 성폭행범? 알코올 중독자? 아니면 인간 말종, 실패자?

준기는 아버지의 행패가 일어나기 전에 헛간에 괴물이 자고 있는지 감시하러 가봤다.

아버지도 준기가 어릴 때는 가끔 공원에 데려갔다. 하지만 그는 다른 아버지들과 달랐다. 주변 가족들은 카메라로 열심히 사진을 찍고 도시락을 싸와서 먹었지만 준기는 기억이 없었다. 다만 행복한 사람들 속에서 얼굴을 찌푸리고 불편해하는 아버지의 얼굴만이 떠올랐다. 쓸쓸한 어린 시절을 보냈다.

어느 날 아버지가 헛간에서 주무실 때 준기는 그 옆에 앉아서 버려진 페인트 통에 나뭇가지와 종이를 넣고 불을 피웠다. 성냥을 주워 불을 댕기니 처음에는 연기만 나다가 갑자기 불이 확 타올랐다. 준기는 너울거리는 불을 하염없이 보며 멍하니 있었다. 냄새가 좋았다. 낙엽도 넣어봤다. 환상적인 향이 났다. 불은 그를 어디론가 데려갔다.

준기는 아버지가 자는 것을 지켜보다 불을 끄고 오줌을 누고 집으로 갔다. 이런 행동을 번갈아 하다 번득 깨달았다. 자신의 힘이 그보다 세지만 정신적으로 속박돼 꼼짝 못한다는 것을.

어머니는 이미 집을 나갔다. 준기는 상황을 바꿔보고 싶었다. 그렇지만 누구도 도와주지 않았다.

준기는 아버지가 술에 취해 잠든 가을 밤, 공터로 가서 버려진 시너 통에 남은 시너를 페인트 통에 부었다. 그리고 성냥에 불을 댕겨 그 헛간 안에 들여놓았다.

몇 시간이 지나 준기는 공터에 가서 아버지가 움직이지 않는 걸 확인하고 어머니에게 전화했다. 어머니는 집으로 돌아오셨다. 그리고 이민자 가방이라 불리던 커다란 검정 캐리어를 가지고 준기와 같이 공터로 갔다.

어머니는 아버지를 가방에 넣었다.

간호사로 일하시던 어머니는 작은 차를 몰고 다녔다. 어머니는 차 트렁크에 준기와 함께 힘을 모아 가방을 넣었다. 그러고 나서 어머니 고향인 정선 고한읍 함백산에 가자고 하셨다. 고한은 어머니 고향이었다. 제사나 성묘를 하러 자주 다녀오시는 곳이었다.

어머니가 차를 몰고 보조석에 준기가 탔다. 밤사이 달려 고한읍에 도착했다. 허름한 여관서 잠을 자고 아침에 인근 농기구상에서 삽을 두 자루 샀다. 어머니는 함백산 정상으로 차를 몰았다. 그 당시만 해도 등산객이 드물었다. 만항재를 지나서 주목나무 숲 부근까지 와 차를 세웠다.

어머니는 준기와 함께 낑낑대며 가방을 끌었다. 20분여를 가자 주목나무 숲에서 머지않은 소나무와 개암나무가 있는 곳이 나왔다. 산 정상 송신탑 끝자락이 설핏 보이는 곳이었다. 약수터와 가까웠다.

어머니와 준기는 땅을 파느라 고생했다. 오전에 비가 와서 땅은 물러 있었지만 힘들었다. 준기는 몸도 고되고, 정신상태도 혼곤했지만 죽을힘을 다해 흙을 파냈다. 땅을 깊게 파고 가방째 묻었다. 흙을 뿌리며 이것으로 끝도 없는 불행이 사라질 것이라 믿었다. 지긋지긋한 불행과 함께 흙을 완전히 덮었다.

그날 이후 준기는 종종 아팠다. 아버지가 꿈에 나타났다. 검게 그을린 얼굴로 손을 떨면서 내밀었다. 그는 준기의 목을 붙잡고 숨을 못 쉬겠다며 괴로워했다.

준기는 학교를 제대로 다니기 힘들었다. 간신히 출석일수를 맞춰서 졸업을 했다. 만성적 우울증으로 약도 꾸준히 복용했고 고등학교 무렵 한 번 입원을 했다. 어머니가 병치레를 도와주었지만 사는 게 쉽지 않았다. 품었던 꿈들은 모두 무산되었다. 연예인, 대학교, 유학 모두 이뤄보지 못했다. 준기는 간신히 군대를 다녀와 백화점에 취직했다. 그때부터 어머니는 건강이 나빠져 동네 마트의 캐셔로 일했다.

준기는 유진을 만나면서 인생이 달라졌다. 자신도 선한 사람들이 속한 곳으로 한발자국 발을 디뎠다고 여겼다. 더러운 유전자를 하얗게 세탁해서 평범한 사람들에 속하게 될 줄 알았다. 그녀와 미래를 약속하고 싶었다. 그러나 현실은 달랐다. 불쑥 치솟는 감정들. 분노의 찌꺼기들을 정화하기 힘들었다.

왜 그랬을까? 왜 폭력적으로 굴었을까?

그녀를 도무지 믿을 수 없었다. 유진이 자신을 버린다면 준기는 다시 어둠 속으로 들어가야 했다. 처음 품은 밝은 미래에 대한 환상이 무참히 깨진다면 죽음보다 큰 고통이 기다린다.

관계가 깨지고 버림받을 것 같다는 두려움에 유진에게 폭력을 가했다. 잘못했다는 것을 깨달았지만 고칠 수 없었다. 힘들었다. 관계가 헝클어졌다.

준기는 모든 불행의 원인을 파헤치겠다고 결심했다.

편두통이 왔다. 두 손으로 머리를 감쌌다. 옆으로 돌아누웠다.

방법은 하나였다. 시작된 곳에서 끝내는 것. 그게 평온한 결말을 가져온다.

유진은 고한사북터미널에 도착하자마자 택시를 타고 함백산 등산로 입구로 갔다. 넓은 산이지만 높은 산등성이지만 찾을 수 있을 것 같았다. 아빠처럼 보낼 수는 없었다.

택시는 20여 분 걸려 구불거리는 길을 지나 함백산 만항재 입구에 도착했다. 비록 20여 분이었지만 유진의 마음은 천년을 달렸다.

준기가 무슨 일을 저지르기 전에 말려야 했다. 자신을 아프게 했지만 외면할 수 없었다. 절박한 상황에서 절벽으로 떠밀리는 그 아이의 손을 잡아 온기를 전해야 했다.

유진은 다급하게 등산로 입구에 위치한 안내소로 달려가 상황을 이야기했다. 조난자를 구조하는 헬리콥터를 불러달라고 사정했다. 그리고 주목나무군락지 근처의 소나무 숲이

나 약수터를 말했다.

직원은 어디론가 전화를 했다.

"기다려요, 구조대가 올 겁니다."

"기다릴 수 없어요. 먼저 가볼게요."

유진은 자신의 연락처를 남기고 주차장으로 달렸다.

고동색 비틀이 보였다. 그것을 보자 유진은 아찔했다. 흔한 차가 아니다. 다가가 보니 예전에 언뜻 봤던 번호와 비슷했다. 끝이 29로 끝나는 비틀. 클래식한 디자인이라 좋다는 준기의 말이 떠올랐다.

유진은 등산로 이정표에서 주목나무군락지를 찾았다. 이정표에 따르면 등산로 입구에서 1시간여가 걸린다. 유진은 부지런히 등산로로 접어들었다. 마음이 복잡했다. 하지만 다리는 부리나케 올라갔다. 땀이 비 오듯 흘러내렸고 속은 타들어갔다.

유진은 문득 준기가 깔아준 위치추적서비스 앱을 기억했다. 유진은 얼른 휴대폰을 빼서 앱을 열었다. 준기를 클릭했다.

준기는 시큼한 냄새를 맡았다. 어디에서 나는 냄새일까. 이렇게 공기가 쾌청한데. 힘없이 손을 뻗어 낙엽을 만졌다. 바삭거리는 낙엽은 서리에 묻혀 있었다.

"냄, 냄새가 나……."

어머니는 어딘가에서 썩은 내가 난다는 말을 종종 했다. 서울로 이사해도 그런 말을 했다. 경찰 조사를 받고 난 다음에도 그런 말을 했다.

실종신고한 지 5년이 지나 보험금을 타고 나서도 그랬다. 준기한테도 시큼하고 꼬리꼬리한 냄새가 난다고 그랬다.

그때 준기의 나이는 만 14세가 채 되지 않았다. 준기는 자신에게 말했다. '넌 책임이 없어. 어린 나이니까. 돌아가시게 한 거는 누구에게도 책임을 물 수 없어.'

준기는 자신은 범죄자가 되지 않는다고 확신했다. 쓴 뿌리를 작은 손으로 직접 뽑아냈으니까.

준기는 생생한 꿈을 꾸었다. 사위가 컴컴한 공터의 헛간. 그는 두려웠지만 뭔가에 끌리듯이 다가갔다. 문을 열어 확인을 하고 싶었다. 삐걱대는 소리와 함께 문이 열렸다. 준기는 안으로 들어갔다. 아무것도 없었다.

그 순간 갑자기 불이 난 것처럼 헛간이 훤히 밝아지고 공기가 뜨거웠다. 앞에 체구가 작고 연약한 소년이 있었다. 슬픈 눈의 소년은 외롭고 힘겨워 보였다.

소년은 자신이었다. 준기는 뒤돌아 도망쳤다. 손을 뻗으며 다가오는 소년으로부터 벗어나 문을 열었지만 안 열렸다. 등 뒤가 뜨거웠다. 진짜 불이었다. 준기는 뒤돌아서서 불을 향해 오줌을 누었다. 불길 속에서 누군가가 허우적거렸다.

자세히 보니 아버지였다.

"미안하다. 살려줘."

아버지는 입모양으로 그렇게 말했다. 준기는 미안했지만 도울 수 없었다.

준기는 잠에서 깼다. 이불이 축축했다. 지린내가 시큼하게 났다.

14세 생일이 지난 날, 이불에 소변을 봤다. 그리고 아버지의 일을 영원히 가슴에 묻었다. 그때부터 준기는 어머니를 차갑게 외면했다. 칼날 같은 말을 앙갚음하듯 내뱉으면서 10년을 보냈다.

가끔 오른쪽 어깨가 쓰렸다. 마음이 복잡하고 불안할 때면 통증을 느꼈다.

쾅! 쾅! 헛간 문을 열어달라고 주먹으로 때리는 소리. 연기에 질식하기 전에 열어달라고 했다. 준기는 공터에 버려진 의자를 들고 가서 문 앞에 두고 오른쪽 어깨로 등받이를 거센 힘으로 눌렀다.

내 안의 괴물, 저 안의 괴물 둘 다 풀려나선 안 됐다.

쾅! 쾅! 쾅! 쾅!

마음에 대못을 박는 소리. 사람과 사람이 단절되어 지낸 거리를 나타내는 소리.

쾅! 쾅!

한참을 그렇게 문을 막고 있었다. 소리는 더는 나지 않았다.

나중에 집으로 돌아가 기진맥진해 쓰러져 잤다. 깨어나서 공터로 다시 가봤고, 어머니와 둘이서 아버지를 묻었다.

준기는 어머니가 쓰러진 아버지를 보고 일을 바로잡기를 바랐지만 어머니는 의자를 멀리 치워버리고 아버지를 묻으러 갈 준비를 했다.

스멀스멀 올라오는 끈적끈적한 진실. 가장 끔찍한 악몽은 아버지가 숨 막혀 죽는 모습을 두 눈으로 보는 것이었다. 간헐적으로 6개월에 한 번 정도 찾아오는 악몽이었다. 준기는 그 꿈을 꾸면 15분간은 숨을 제대로 쉴 수가 없었고 목을 잡고 괴로워했다.

준기는 똑바로 드러누웠다. 바스락 소리가 들렸다. 바람이 우듬지에 걸렸을까, 나무초리에 걸렸나, 혹은 발자국 소리?

준기는 손을 떨면서 허리춤으로 가져갔다. 허리띠를 풀어 빼는데 손이 떨리고 목이 메었다. 외롭고 서글펐다. 띠를 목에 올가미 식으로 걸고 당겼다. 귀에 속삭이는 목소리.

사라져.

살인의 원죄가 주는 압박감에, 어머니와 소통하지 못해 숨 막힐 때 들리던 소리. 사람 사이에서 존재감이 없어 자신이 먼지보다 하찮은 존재로 여겨질 때 들리는 소리. 사라져.

내가 떠나면 다들 편안할까? 어머니도.

왜 우리는 서로 헤어나오지 못하지? 가족 간에 그렇게 상처를 주면서.

유진 누나는……. 내가 떠나면 편하지 않을까?

준기는 울컥해 눈시울이 붉었다. 손으로 허리띠를 졸라 맸다. 이제 돌아갈 곳은 없다. 함백산의 서리를 보며 숨이 멎기를 바랐다. 아름답고 고즈넉한 광경 속으로 사라지자. 예쁘게 죽으면 천벌이 아닐 테니까.

준기는 주머니에서 종이를 꺼내 움켜쥐었다.

눈꽃이 환상 같았다. 바람이 불었다. 매서운 바람, 차가운 눈, 그리고 손에 느껴지는 가죽과 종이의 감촉.

준기의 눈이 충혈되었다. 숨이 막혔다. 눈을 감았다. 의식이 멀어지고 하얀색 빛이 선연했고 누군가 손짓을 했다.

목울대가 허리띠에 졸려 숨을 쉴 수 없었다. 두 손을 바닥에 두었다. 등에 자갈과 나뭇가지의 거친 촉감을 느꼈다. 몸이 둥실 떠올라 공중에 올랐다. 산자락을 내려다봤다. 머리가 하얘지면서 준기는 저 멀리 하늘로 솟구쳤다.

함백산의 나뭇가지에 핀 눈꽃 수천 송이 수만 송이가 보였다. 손에 잡히는 구름의 바다와 눈송이들, 안개와 찬 공기. 어디선가 강풍이 불어와 준기의 몸을 날렸다. 하늘 높이 풍선처럼 올랐다. 몸이 휘청거렸다.

TV에서 본 대만의 풍등처럼 하늘로 올랐다. 어지럽고 포근했다.

끝이면서 영원한 순간. 저지른 죄가 뇌리를 스쳤다.

연극을 보고 좌석에 떨어져 있던 누나의 지갑을 숨겼다가 나중에 찾아주는 시늉을 했다. 그녀를 기쁘게 하고 싶었다. 유진을 웃게 하고 불안과 우울에서 들어 올리고 싶었다. 밤의 공원에서 닫힌 펜스에서 나오게 해준 것처럼.

그 죄가 이런 결과를 가져온 것일까? 그녀를 속인 죄 말이다.

준기는 뼈저린 죄책감에 빠져 빛이 있는 곳으로 갔다. 빛은 은빛 터널에서 나왔다. 저게 뭐지, 싶어 가는데 몸이 빛으로 흡수돼 소멸됐다. 그리고 암전.

누나와 같은 꿈을 꾸고 싶었는데 어쩌다 이렇게 됐을까.

준기는 위치추적서비스 앱 상에서 주목나무군락지 안에 있는 것으로 표시됐다. 유진과 멀지 않았다. 걸어갈수록 두 위치가 점점 가까웠다. 이 이상은 무리였다. 감으로 찾아야 한다.

유진은 서정심의 말을 입으로 되뇌며 기억했다.

"주목나무군락지……. 소나무 숲……. 개암나무……. 그리고 약수터……."

두 손으로 주목나무를 더듬으며 걸었다. 이제 멀지 않은 곳이다. 생각보다 주목나무들이 많았다. 어디까지 가야 소나무가 있는 걸까. 유진은 약수터라고 적힌 이정표를 발견했다. 가깝다. 그가 가까이 있다.

유진은 나무 등치에 발이 걸려 넘어졌다. 손바닥이 까졌다. 피가 나왔다. 솔방울이 잡혔다. 재빨리 일어나 미친 듯이 달렸다. 솔향이 났다. 소나무들이 가득한 숲을 들어와 헤매는 유진의 발에 뭔가가 툭 채였다.

준기였다. 유진은 몸을 구부려 준기를 살폈다. 그는 눈을 반만 감은 채 몸을 뒤틀고 있었다.

"흑! 준기야! 일어나!"

유진은 준기의 목에 꽉 묶인 허리띠를 풀려고 애썼다. 손톱이 부러지면서 간신히 벨트를 풀었다. 준기의 목에 붉은 상흔이 뚜렷했다. 준기의 코에 손을 대 봤지만 숨을 쉬는지 불분명했다. 준기의 입에 입을 갖다 대 인공호흡을 시도했다. 준기는 미동도 없었다. 유진은 인공호흡을 계속 하면서 준기의 가슴을 압박하려고 손을 얹었다.

이 때 요란한 경광등 소리와 함께 구급차량이 도착하는 소리가 저쪽에서 났다.

"어디입니까?"

마이크 소리가 크게 들렸다.

"여기요!"

유진이 소리를 지르면서 일어났다. 주황색 옷을 입은 남자들이 구급상자를 들고 숲을 헤치며 달려왔다.

"어떻게 된 겁니까?"

"자살 시도를 했어요. 제가 목에 묶인 허리띠를 풀고 인공 호흡을 했지만 잘 모, 모르겠어요. 흐흑, 제발 살려주세요."

"일단 응급처치를 해야 합니다."

구급대원들은 준기의 기도를 확보하고 호흡이 있는지 살폈다. 그리고 맥박과 목의 동맥을 잡아보고 크게 외쳤다.

"호흡 있습니다! 맥박 잡힙니다! 호흡 약해서 아이겔 기관 지용 튜브 삽입합니다!"

대원 중 한 명이 어디론가 전화를 걸었다. 응급조치를 하는 동안 20여분이 지나고 하늘에서 헬기 소리가 크게 났다.

구급대원들은 튜브에 수동인공호흡기(앰부백)를 연결해 지속적으로 인공호흡을 시켰다.

"헬기로 신속히 원주기독병원으로 가야 해요."

헬리콥터가 공중에 멈추더니 줄사다리가 내려오고 구급대원 두 명이 줄사다리를 타고 내려왔다. 준기의 호흡이 고른 상태로 돌아오자, 혈압과 맥박을 체크하고 담요로 준기의 몸을 감쌌다.

"저체온이어서 신속히 이송해야 합니다. 보호자신가요?"

구급대원의 말에 유진은 숨을 들이쉬고 답했다.

"네, 맞아요."

"헬리콥터에 자리가 없으니 구급차량 타고 병원으로 가시죠."

준기는 들것에 묶여 헬리콥터로 올렸고, 유진은 다른 구급대원, 구조대원들과 함께 차량에 올랐다.

유진은 불안했다. 신에게 기도를 했다. 준기가 살아있기만을 바랐다.

"이게 유서인가? 환자가 쥐고 있던 겁니다."

구급대원이 유진에게 종이를 건넸다.

유진이 종이를 받아들었다.

제가 가면 누워있던 땅을 파서 아버지를 꺼내주세요. 장례를 치러주세요. 그리고 어머니에게도 유진 누나에게도 미안하다고 말 전해주세요. 죄송합니다. 다음번에는 유진 누나와 따뜻한 세상에서 다시 시작하고 싶어요. 서글픈 세상뿐이라면 다시는 태어나지 않으렵니다.

유진은 종이를 쥐고 눈물을 흘렸다. 그리고 차분히 말했다.

"전화 좀 할게요."

유진은 박경식에게 전화를 한 통 했다.

"계장님, 말씀 드릴 게 있어요. 준기가 자살시도를 했는데 유서를 남겼어요."

유진은 자세한 내용을 말해주고 준기를 만났던 주목나무숲 근처의 장소를 상세하게 일러주었다. 박경식은 곧바로 수

색하겠다고 말했다.

그날 오후, 감건호는 병원에서 퇴원하는 중이었다. 퇴원 수속을 밟고 약을 타는 중에 전화 한 통을 받았다.

"뭐해? 감건호 프로파일러."

"퇴원 중입니다."

"홀로 퇴원하는 거야?"

"네."

"보호자 사인은 필요 없었어?"

"계장님이 하고 가셨잖아요. 제가 병원비 떼먹으면 계장님한테 연락 갈 겁니다."

"어이구, 외로운 게 자랑이다. 범죄자와 선만 보러 다니지 말고 결혼 좀 해. 자식!"

"참견 마십쇼. 병원 데려다 줘서 거듭 고맙습니다."

"감건호, 몸은 어때?"

"괜찮습니다. 정말 감사했습니다. 계장님."

"이상하게 네가 계장이라고 부르면 꼭 간장 게장 부르듯이 들려. 그냥 선배라고 하는 게 어때? 형이라 하든가."

"생각해보죠."

"여기 어딘 줄 알아?"

"알게 뭐예요, 몸이 쑤신데."

"너 들으면 아연실색할 거다. 여기 함백산 정상에서 조금 못 간 주목군락지 근처인데 지금 JTBC 틀어봐. 뉴스에서 우리 나올 텐데."

"네에?"

"준기가 자살시도하면서 유서를 남겼는데 거기에 아버지 윤성인 씨 묻은 곳 밝혔다."

"뭐라고요? 그럼 실종이 아니란 말씀입니까?"

"너나 그렇게 믿었지. 난 아니었어. 지난 10년간 살인 의혹을 품었는데 이렇게 해결될 줄은 꿈에도 몰랐지. 준기 녀석이 마음의 동요를 일으켜서 이렇게 됐다."

"윤준기는 어디에 있어요?"

"병원. 형사들이 지켜. 그리고 어머니는 지금 경찰서에 모셔다 놨고. 거의 발굴 끝나가니까 바빠. 나중에 통화하자. 궁금하면 TV 틀어. 그리고 얌마, 너 경찰 관두기 직전에 김해준 형사과장하고 안 좋을 때 김해준이 나 찾아와 의논했는데 나는 니 편 들었어. 네가 홀로 우두커니 앉아서, 내가 뭐 너한테 서운하게 한 게 있나 꼬투리 잡고 망상할까봐 하는 말이야."

"내가 선배처럼 노인 됐습니까?"

"얌마, 내가 왜 노인이야. TV나 틀어봐."

감건호는 전화를 끊자마자 로비에 있는 TV 리모컨을 찾아서 채널을 바꿨다. 드라마를 보던 중년 여성이 인상을 찡그리면서 자리를 떴다. 뉴스가 나왔다. 자막에는 '함백산 정상에서 10년 전 실종된 40대 남성의 시신 찾아'라고 나와 있었다.

기자가 상황을 중계했다.

"네, 저는 함백산 정상 부근에 나와 있습니다. 주목나무군락지에서 머지않은 곳입니다. 저기 KBS 송신탑 머리도 보이는데요. 10년 전 인천 지역에서 실종신고됐지만 미제로 남은 사건의 당사자 윤 모 씨로 추정되는 시신을 발굴하는 중입니다. 실종자의 가족에 의해 장소가 밝혀졌고 과학수사요원들이 증거를 채집하는 중입니다."

기자 뒤로 박경식을 비롯한 형사들과 푸른색 크린 가드를 착용한 여러 명의 과학수사관들이 분주하게 오가는 모습이 카메라에 잡혔다.

감건호의 머리가 무언가로 맞은 듯 띵했다. 박경식의 감이 맞았다. 그리고 준기를 믿은 본인이 틀렸다. 그런데 배신감보다도 슬픔을 느꼈다.

준기 녀석 얼마나 힘들었을까. 저 비밀을 감싸 쥐고서.

감건호는 온몸이 욱신댔지만 준기가 이 고통을 자신에게 준 걸로 마음의 응어리를 털어내기를 바랐다. 사건이 해결돼 죗값을 치르고 밝은 햇살 아래 나왔으면 했다.

유진은 원주기독병원에서 준기를 지켜보다 서울로 돌아왔다. 회사에 출근을 했고, 간간이 서울지방경찰청에 나가 박경식에게 조사를 받았다. 유진이 준기에 대해 물으면, 박경식은 병원에 있다고만 했다.

일주일이 바쁘게 흘러가고 그러다 보름이 흘렀다.

유진은 그동안 준기에 관해 연락을 받지 못했다. 감건호에게 듣기로는 어딘가에 갇혀있다고 들었다. 유진은 그날 오후 시간을 내서 감건호가 있는 프로덕션으로 찾아갔다.

경비실에 방문 목적을 말하고 2층으로 올라갔다. 2층에는 스튜디오와 녹음실이 있었다. 유진은 녹음실로 들어갔다. 유리벽 안에서 감건호가 더빙 작업을 하고 있었다. 그가 유진에게 손을 들어 보였다.

30여 분 후 감건호가 녹음실을 나와서 유진을 휴게실로 안내했다. 그는 자판기에서 음료수를 뽑아 건넸다.

"이거 들어요. 그동안 마음고생 심했죠?"

"……."

"어떻게 지내요?"

"회사에 나가고 있어요. 잘 지내요."

"일상으로 돌아갔다니 잘 됐네요. 유진 씨가 그 녀석 목숨 구했어요. 잘한 일입니다."

"지금 어디에 있죠? 어머니도 전화를 안 받으세요."

"구치소요."

잠시 후에 감건호가 입을 열었다.

"준기 녀석, 살아났지만, 뇌에 혈액을 공급하는 추골동맥이 차단돼 뇌빈혈이 왔고 저산소증으로 여러 가지 부작용을 겪고 있어요. 퇴원해서는 구치소로 갔죠. 검찰이 기소했고요. 나도 경찰 쪽 아는 사람한테 들은 겁니다. 날 그렇게 때렸지만 아이가 짠합디다. 유진 씨도 더 이상 연루되지 말아요. 준기 경찰 조사 받고 풀려나온다고 다시 다가가지도 말고요. 나나 유진 씨가 그렇게 겪으면서 깨달았잖아요."

유진은 조심스럽게 말했다.

"준기만 생각하면 마음이 아파요……."

감건호가 한숨을 작게 쉬었다.

"심리학자 에리히 프롬 그 양반이 피학, 가학이 사랑의 한 방법이라고 망언을 해서 오해하는 사람들이 많은데 절대 아니예요. 물론 그분도 사랑은 상대방의 삶 자체를 인정해야 완전하다고 했지만. 하여튼 난 여러 케이스를 봤는데 계속 만나다가는 생명이 위험할 수도 있고, 준기가 정상적 사고방식을 갖게 하기까지 힘이 많이 들 거예요."

"저를 그렇게 생각해준 사람은 준기가 처음이에요."

"그게 함정이죠. 전 용감하게 말할 수 없는 게 있어요. 난 아기, 개, 고양이를 싫어합니다. 이런 말을 하면 사람들이 나를 괴물로 보겠죠. 그런데 왜 안 되는 거죠? 통제가 안 되는 상황이 싫은 건데요. 저는 결혼을 하더라도 이 세 가지는 안 돼요. 그걸 전제로 결혼할 겁니다. 그래서 아직도 요 모양으로 쓸쓸한 독신에 개저씨가 된 건지 모르겠으나. 그러니 유진 씨도 유진 씨 자체를 인정하고, 통제하지 않는 사람 찾아요."

"고마워요, 많이 안정이 됐어요. 아직 마음 정리가 안 돼서 헤매고 있지만."

"사귄 시간의 두 배만큼 기간 동안 힘들 겁니다. 그 후는 시간이 해결하죠. 나 들어가요, 아직 안 끝나서. 마시고 가요."

유진은 감건호가 일어나자 허탈했다. 자초지종이 궁금했다. 준기의 속사정을 알고 싶었다. 비록 피해자이지만 이렇게 끝나면 유진이 아빠가 돌아가신 연유를 모르고 10년을 엄마에게 마음의 문을 닫고 산 것과 다르지 않았다. 큰 돌덩이가 짓누를 것 같았다. 어쩌면 더 큰 상처로 자리 잡을지 몰랐다.

서울지방경찰청 강력계 사무실, 박경식을 30대 중반의 남자와 소녀가 찾아왔다. 여경이 안내해 사무실에 들어왔는데, 박경식에게 할 말이 있다고 했다. 박경식이 한눈에 설아를 알아봤다. 페북과 연동된 유튜브 영상에서 본 그 아이였다.

"아니 너! 임설아! 일단 앉으세요들."

"형사님. 저는 아이 아빠입니다. 임현철이라고 합니다."

남자와 설아는 박경식의 책상 앞에 앉았다. 교복 치마 아래로 설아의 다리가 덜덜 떨렸다. 불안한 기색이 역력했다.

"따님 일은 틈틈이 알아보고 있습니다. 지금 윤준기가 과거 저지른 다른 사건으로 구속됐는데 정식 수사 중입니다."

설아가 온몸을 파르르 떨면서 입을 열었다.

"형, 형사님 드, 드릴 말씀이 있어요……. 준기 오빠, 잘못 없어요."

"임설아 학생, 감싸줄 필요 없어요. 돈도 받았다면서."

"네에. 근데 같이 안 잤어요. 필요하면 산부인과에서 검사받을게요. 오빠 무고한 거 풀어줄 거예요."

임현철이 답답하다는 듯 가슴을 움켜쥐었다.

"애가 이러면서 여기 오자고 난리를 부렸어요. 학교도 안 가고요. 유튜브에 올린 게 거짓말이라면서요. 그 청년한테 용돈을 받고 모텔방에 들어간 것은 맞지만 아무 일도 없었다고 하고, 저도 어떻게 할지 몰라서 급히 형사님 찾아왔습니다."

박경식의 얼굴이 우그러졌다.

"이거 다 사실입니까? 학생, 사실이에요?"

설아가 눈물을 흘렸다.

"저, 준기 오빠가 다른 언니 만나서 속상해서 무고했어요. 그러면 나랑 친하게 놀 것 같아서요. 방안에서 카드놀이 한

게 다예요. 그게 죄가 되나요?"

"학생! 말이 되는 소리를 해. 모텔에 들어가서 카드 갖고 논다고? 그걸 나보고 믿으라고?"

"그래요! 산부인과 가요. 검사하면 되잖아요."

박경식이 한숨을 쉬었다.

"요즘 애들은 너무 똑똑하고 다 알아서 탈이다."

설아는 울면서 소리쳤다.

"형사 아저씨, 그때 그 방에 없었잖아요. 근데 뭘 알아요? 준기 오빠 그런 거 아니예요. 우리 입관식 놀이했다고요!"

"입관식 놀이가 뭐야?"

"할머니. 나 어릴 적부터 길러준 할머니 작년 여름에 돌아가셨어요. 할머니 예쁘게 화장하고 눕혀서 친척들하고 아빠가 유리방으로 들어가 할머니 얼굴 만졌어요. 그게 기억나서 오빠 침대에 누워 죽은 척 하고 내가 얼굴 만졌어요. 할머니 돌아가셨을 때 얼굴 못 만졌으니까……, 무서워서. 근데 할머니 너무 보고 싶어서 그랬어요! 오빠 얼굴 만지기만 했다고요! 할머니처럼 나 생각해주는 사람 없단 말이야! 으앙……."

임현철이 고개를 돌려 눈물을 감췄다.

"뭐라고? 그럼 잤다는 건 뭐야? 지금 인터넷에 난리 나고 경찰 수사 들어갈 거란 말이야."

"아저씨. 아니라니까! 아뇨, 아뇨. 준기 오빠 여친 생긴 거 같아서 그랬어요! 그래서 그랬다구요! 엉엉……. 안 했다고요!"

"미치겠네!"

임현철이 크게 소리를 냈고 설아는 울었다. 박경식은 난처해서 어쩔 줄 모르다가 진정시켰다.

"아버님, 학생 목소리 낮추시고요. 그러면 아직 수사 접수된 거는 없지만 거짓말로 윤준기의 명예가 훼손됐잖아요. 그거 사과하는 방송 올려요. 그게 최선책이겠다."

"알아요, 그렇게 할게요. 다들 그렇게 해요. 오빠가 하라고 했는데 아직 못 했어요……, 엉엉."

설아는 울음을 멈추지 못했고, 임현철이 달랬다.

"오빠는 언제 나와요? 흐흑……."

설아가 눈물을 주먹으로 훔쳤다.

"더 있어야 돼. 걱정 말고 돌아가. 그런 거는 내가 알아서 할 테니까."

박경식은 암담했다.

"오해 살 짓을 하긴 했구만. 학생, 그리고 아버님 알아두세요. 앞으로도 함부로 남자 따라 모텔 들어가지 마세요."

"알아요, 알아. 외로워서 좋아하는 사람과 같이 있구 싶었어요. 저도 오빠도 죄지은 것 아니잖아요. 형사님, 인터넷 악플 바로잡아 주세요. 그 사람들 싹 다 고소할 거예요. 그 사람들은 저도 준기 오빠도 1도 모르고 욕하잖아, 엉엉…….”

설아는 세살 아이처럼 울었다. 박경식은 티슈를 건넸다. 임현철도 우는 표정으로 담배를 빼물었다.

“금연인데 피우시고 싶으면 잠깐 피우세요, 아버님.”

“아, 아닙니다. 참겠습니다. 이제 어떻게 해야 되죠?”

“일단 돌아가 정정 영상 올리세요. 연락드릴게요. 혹시 악플 관련해서 신고 생각 들면 연락주세요. 제가 관련부서 연계해드릴게요.”

“후우, 알겠습니다. 자, 가자.”

설아가 돌아가려다 다시 당부했다.

“오빠, 아프게 하지 말아주세요. 제발요.”

“알았다니까.”

박경식은 부녀가 돌아가자 윤준기에 대한 수사경과보고서에서 임설아 건을 삭제했다.

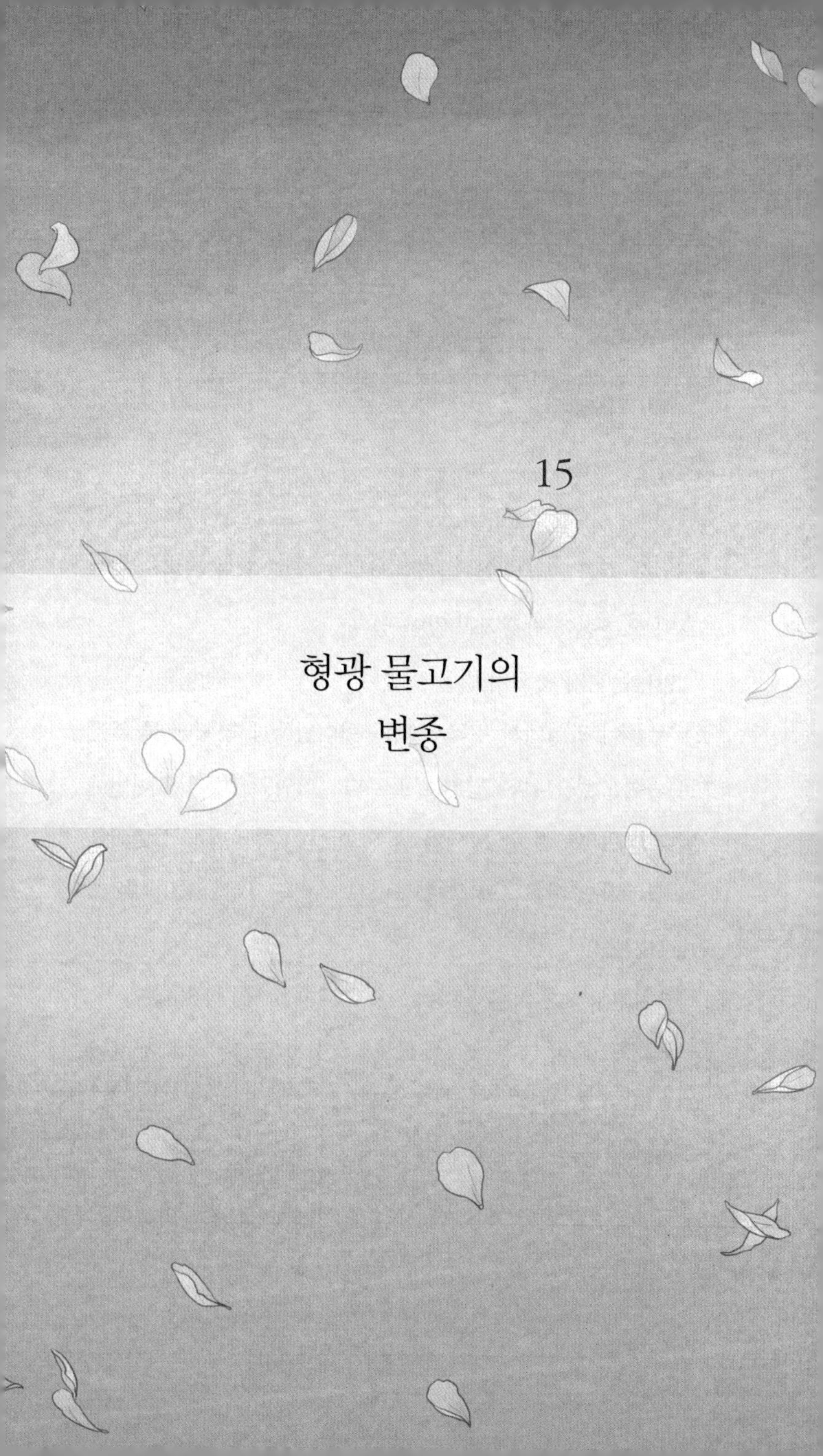

15

형광 물고기의 변종

—

녹화 중인 스튜디오, 아나운서를 가운데 두고 왼편에 감건호가 오른편에 박경식이 앉아 있다.

아나운서가 웃으며 말을 이었다.

"토론이 과열돼서 조금 주제와 벗어났는데 다시 토론 주제로 돌아오겠습니다. 감건호 프로파일러님. 그렇다면 이번에 밝혀진, 10년 전 만 14세가 안 된 아들이 아버지를 의도적으로 살해하고 어머니와 함께 함백산 중턱에 묻은 사건은 어떻게 보시죠?"

감건호가 목소리를 높였다.

"아직 수사가 끝난 게 아니니까 고의적인 살인이라고 단정 지으면 안 됩니다."

"죄송합니다. 정정하겠습니다. 말씀해주시죠."

"전 불우한 환경이 이번 사건에 결정적 영향을 미쳤다고 생각합니다. 아버지가 주사가 심했고 폭력을 행사했다고 그 당시 수사보고서에 나와 있었습니다. 그런 환경적 요인과 무관하지 않아요. 사건은 더 조사해야겠지만."

박경식이 중간에 끼어들었다.

"우리 어릴 때, 집집마다 형제들 드글드글하지 어디 먹을 거나 있었습니까? 술 자시는 아버지들도 많았어요. 그래도 저는 경찰이 됐습니다. 딱 까놓고, 범죄자 심리가 그래요. 잡혀 놓고 보니 감형 받으려고 온갖 어릴 적 겪은 일 뻥튀기 하는 경향이 있습니다."

감건호가 되받아쳤다.

"계장님, 글로피시 아세요? 유전자 변형 형광 물고기인데요."

"그거, TV에서 본 적은 있어요."

"그래요, 그 형광 물고기가 1999년 싱가포르의 국립대학 연구실에서 환경 감시하는 물고기로 개발했죠. 지금은 애완용이죠. 형광 녹색, 파란색, 붉은색 등등 다양하게 개량해 세계 곳곳에서 길러요.

물고기는 형광색으로 태어나고자 한 게 아니잖아요. 유전자가 조작됐죠. 사람들이 이 물고기를 기르다가 싫증나서 강에 풀어버리면 생태계는 교란이 되죠. 자연 환경에 따라 변종이 나와요. 유전자는 인간이 조작했는데, 환경에 따라 달라지는 물고기의 습성은 뭡니까? 그래도 왜 환경 탓을 하냐고 말할 수 있을까요?"

박경식이 껄껄 웃었다.

"거, 어려운 얘기를 어렵게 돌아서 하시네. 이봐, 감건호 프로파일러, 어찌 물고기와 사람을 비교합니까? 그거야 물고기 아닙니까? 단순하게."

감건호는 손가락을 들어 아니라는 사인을 보냈다.

"아뇨, 인간이니까 더 큰 영향을 받죠. 계장님은 조직에 오래 계시다 보니 흉악한 범죄의 범인을 잡아들여 인간에 대한 선입견이 고정됐어요."

"현장 경험이 중요해요. 책상머리에서는 폭넓게 못 봐요! 사람은 환경보다 타고난 성정이 중요해요!"

박경식이 거세게 말했지만 감건호도 물러서지 않았다.

"박경식 계장님, 논어 말씀에 물자가 없는 게 문제가 아니라 불공평한 게 문제고, 가난한 게 문제가 아니라 불안한 게 문제라 합니다. 요즘 인스타니 페북이니 봐요, 모두 여행에 맛집에 나만 못하는데 왜 안 불행해요? 환경이 중요하죠."

박경식이 버럭 화를 냈다.

"요즘 젊은 애들 맨날 취업 안 되네 어쩌네 그러는데, 무슨 돈으로 맛집에 여행인지 모르겠네요."

"계장님, 그러니까 저처럼 깬 사람 말고는 나이 든 사람들이 꼰대 소리 들어요. 집 살 돈을 못 모으고 계약직으로 도니까, 소확행이라고 작은 행복을 추구하는 겁니다. 고립됐고 관계 맺기에 허기진 사람들이 SNS로 과시하다보니 서로 비교하고 박탈감이 드는 거죠. 부를 나눌 시스템이 필요하단 겁니다."

박경식이 화를 버럭 냈다.

"니들이 그러니까 조직에서 도태되는 거야. 현장 나가 범인 잡을 생각해야 되는데 통계내고 연구하고 궁리나 하니 그 모양이지!"

"뭐라구요? 이 양반아! 이젠 그 조직에 몸담지 않았으니 그리 부를게요. 너나 잘하세요. 은퇴할 때 되니 밥그릇 뺏으려는 모양인데, 여긴 확연히 달라요! 그리고 명절에 단체로 다사다난했던 행복하고 건강하시기 어쩌구 하는 스팸문자 그만 보내요. 누가 꼰대 아니랄까봐. 그로우 업, 크라고요!"

"야! 감건호, 여기서 뭘 더 키워!"

"덩치 말고 내로우 마인드 좀 넓혀요! 청년들이 얼마나 힘들어하는 줄 아세요? 나는 해주고 싶은 말 있어요. 죽지 말고 내 나이만큼 살라고요. 그것도 기적입니다. 그만큼 힘들어해요."

아나운서가 화들짝 놀라 양측의 얼굴을 번갈아 보았다. 피디가 소리를 냈다.

"벌써 광고 나가는 중입니다. 자막 '2분 후 시작' 내보내세요.”

피디가 달려왔다.

“아니 선생님들, 어쩌려고 이러세요. 멘트가 과격하고 길어요. 사적 멘트 자제하세요. 두 분 8회분 모신다고 홍보를 해서 빼도 박도 못해요. 저번도 그러시고 넘 힘듭니다. 국장님께 몇 번 갔다 왔어요.”

박경식이 씩씩 댔고, 감건호는 속이 후련한 표정으로 퍼프를 빼서 얼굴의 기름기를 닦았다.

“야, 감건호 많이 컸다. 이 바닥에서 나한테 텃세 부리고.”

“어디든 나중에 들어오면 후배인 거죠. 정 아나운서 놀랐죠? 워낙 저 양반한테 당한 게 많아서. 민 박사가 병원 오래요. 연예인 디씨 해준대요.”

아나운서는 어이없는 얼굴로 감건호를 봤다.

“박 선배, 살 빼요. TV에 두 배로 나와요. 모니터링 안 해요? 일일일식이라도 해보든가. 범인 도망가면 달려가 잡을 수나 있어요? 그게 안 되면 범인들 심리를 이해해봐요. 훨씬 잘 잡을 거예요. 계장님 살이 오늘 쪄서 항아리 셰이프가 잡힌 게 아니듯, 걔네들도 사연과 성장과정이 있다고요. 왜 귀를 닫고 결과와 승진에만 집착합니까? 경찰 조직에 오래 있으면 계장님처럼 냉혈인간 되나요?”

“야! 감건호! 이 인간아! 넌 범죄자보다 더 나쁜 놈이야! 너

같이 썩은 놈은 더 삭을 데도 없어! 걔네들 니 인기에 이용해 먹는 거 아냐. 그리고 나 꼰대라고 무시하지? 나이차 얼마나 난다고."

"솔직히 선배 존경해요. 저도 이 나이까지 죽고 싶을 때 많습디다. 방송 일도 형사 일 못잖게 힘들다니까. 하여간 선배는 제가 염을 내고 나온 조직에 아직 붙어 있고 나이도 훨 많으니 참 존경합니다."

"입은 살아서, 하여간. 넌 내 은혜 잊지 마! 응. 급. 실!"

피디가 다시 다급하게 외쳤다.

"정말 왜들 그러세요. 광고 더 내보내는 데도 지쳤어요. 어서 준비하세요. 촬영 들어갑니다. 스탠바이."

감건호가 재빨리 물어봤다.

"참참! 작가분에게 제가 윤준기 사건 제보에 결정적 역할을 했고 폭행당한 거 넣어달라고 했는데요."

아나운서가 웃었다.

"아, 대본에 나와 있어요. 다음 다음번 질문이에요."

"알겠습니다."

"넌 정말 공익을 위해 일하는 건지, 너를 위해 그러는 건지 감이 안 온다. 내가 형사 짬밥 20년 훌쩍 넘었는데도."

"나를 위한 게 공익을 위한 겁니다. 저, 직업이 프로파일러라구요."

"감건호 선생님, 계장님. 10초 후 시작입니다. 사인 드릴게요."

피디가 손가락으로 시작 5초 전부터 카운트 사인을 보냈다.

박경식이 화가 나서 코를 벌름거리다 카메라에 불이 들어오자 억지로 온화한 미소를 지었다.

피디가 손가락 3개를 들었다. 박경식과 감건호는 입가에 웃음을 띠고 마주 봤다. 모니터 화면이 광고에서 스튜디오 화면으로 넘어갔다. 아나운서가 멘트를 시작했다. 감건호는 박경식의 웃음이 불편했다.

'불독 같으니라구! 응급실은 개뿔.'

감건호는 속으로 내뱉었다.

촬영이 시작되자 아나운서는 감건호에게 질문을 던졌다. 그의 답변이 끝나자마자, 다음 질문을 또 던졌다.

"이번 사건이 사실은 데이트폭력에 시달리는 한 여성의 부탁에 응해서 밝혀졌다고 했잖습니까? 그 과정에서 프로파일러님이 다치시기도 했고요."

감건호는 실감나게 설명했다. 죽을 뻔했다는 것을 재차 강조하며 멍이 든 얼굴을 클로즈업해달라고 했다. 박경식은 어이가 없었으나 표정을 관리하며 걱정하는 척했다. 그리고 자신이 감건호를 병원에 데려갔다고 재차 말했다.

아나운서가 사건을 정리해달라고 부탁하자 감건호는 온화

하면서도 자신만만한 미소를 보였다.

"이번 사건의 발단은 남성의 여성에 대한 데이트폭력 사건으로만 보아서는 안 됩니다. 범인이 왜 그렇게 한 여성에게 집착을 했는지, 적개심이 어떻게 표출됐는지 혹은 어떤 인터넷 게시판의 영향을 받았는지도 심도 있게 들여다봐야 합니다. 게시판에 여자에게 분노하는 글들과 동조하는 댓글이 수두룩이 올라옵니다. 처음에는 넘기죠. 그러다 하루 이틀, 계속 보다 보면 무감각하게 되고 결국에 나 같은 다방면의 책을 읽고 심리학을 오래 공부한 사람도 세뇌되는 순간이 옵니다. 그만큼 무서운 겁니다. 악플도 위험합니다. 사람이 악플 때문에 죽을 수 있다, 충분히 가능한 명제입니다."

감건호가 말을 마치자 아나운서가 이어 말했다.

"네, 두 분 모시고 사건에 대해 핵심적인 발언 잘 들었습니다. 다른 사건으로 넘어가볼까요? 일주일 전에 영화와 똑같은 사건이 벌어졌잖습니까? 노숙인들을 납치감금하고 폭력을 행사하고, 불법대출에 연루시키는 내용의 영화가 여름에 개봉했죠. 그런데 비슷한 사건이 일어났습니다. 직접 수사하셨죠? 박경식 계장님."

유진은 TV를 껐다. 이불 속으로 몸을 말아서 들어갔다.

여러 생각들이 머리를 어지럽혔다. 준기는 왜 그렇게 변했을까? 내가 올림픽공원에서 송도신도시에서, 광명동굴에서 본 다정한 모습은 무엇일까?

유진은 어제 마지막이다 생각하고 감건호를 만나러 프로덕션으로 갔다. 사건에 대해 물어볼 사람은 그밖에 없었다. 박경식은 사건의 진실을 숨기고 있는 듯했다. 감건호와 나눴던 말들이 떠올랐다.

"사실 경찰로 일할 때는 힘도 없고 윗선에 찍혀서 밀려났지만 그것보다 다른 이유도 있어요. 범죄 피의자들에 감정 동화가 됩디다. 사실 경찰들은 동료들을 질시하죠. 직급이 애초에 출신 학교와 시험 종류에 따라 갈리니까. 차라리 피의자들이 낫다 싶을 때 있죠.

그들이 어릴 적 학대당한 얘기 들으면 미워할 수도 없고, 언제까지 끌려 다닐 수도 없고. 어느 순간 편치 않습디다."

유진은 묵묵히 들었다.

"준기도 어린 시절이 좋지 않았어요. 한 집에서 범죄자도 나오고 아닌 사람도 나오는 건데 그걸 비교하면 안 되지만 그래도 준기는 더 안 좋았어요. 아버지 사건 이후로 어머니와 소통이 안 돼서 암울한 시절이 계속됐을 겁니다. 무시무시한 악몽을 둘이서 어디다 꺼내지도 못하고 천형처럼 지고 사는데 어떻게 사이가 좋겠어요."

"믿을 수가 없어요. 제가 알고 있는 준기가 그런 일을 10년 전에 저질렀다는 것을요."

"유진 씨는 나보다 어리죠. 내 나이 정도 되면 육아 스트레스 우울증에 아이를 죽이는 부모도 이해된다오. 죄는 용서할 수 없지만. 살인자와 평범한 사람 사이에는 종이 한 장만 끼어있죠. 누구나 몰리고 목이 졸리고 뒤로 콱콱 밀리면, 쥐도 고양이를 물듯이 한순간 살을 맞아 누굴 죽이기도 하고 자살도 하죠. 그런 상황에 처하기 전에 어딘가에 알려야 해요. 도와달라고. 그런데 그게 그렇게 힘들죠."

눈물이 흘렀다.

"그러니 미워할 수만도 없어요. 참, 구치소로 접견 가지는 마요. 안 가는 게 좋을 겁니다."

유진이 놀라 되물었다.

"왜죠?"

"경찰 동료한테 흘러나온 얘기 들었어요. 더 이상 준기 같은 위험한 남자에게 끌리지 말아요. 재차 말하지만."

유진의 표정이 심각했다.

"그런 남자들 있어요. 사귀는 여자에게 돌봄과 인정을 원하고 어릴 적 부모에게 못 받은 아가페적인 사랑을 원하는 남자들. 여성들이 지쳐서 그걸 거부하거나 무시한다는 생각이 들면 분노해서 데이트폭력이나 가정폭력으로 변질되죠. 그걸 사랑의 표현이라고 생각해요.

부모에게 떼쓰듯이 한 번 거칠게 그러고 나면 엄청 잘해주고 애정을 갈구하죠. 그런 남자들 홀로 서지 못하는데, 한 여성에게 병적으로 집착하면 누구 하나 죽어야 끝납니다. 그런 케이스 많이 봤어요. 조심해요, 다시는 걸려들지 말란 말입니다."

유진은 어둔 얼굴로 말없이 꾸벅 인사를 하고 돌아섰다.

"준기 만나러 가지 말아요. 안 가는 게 좋을 겁니다. 리즈 시절은 그대로 둬요. 돌아보지 말아요."

감건호의 마지막 말이 걸렸다. 유진은 그렇게 그와 헤어졌다.

유진은 그날 밤, VOD로 영화 〈꿈의 제인〉을 봤다. 준기가 언젠가 말했던 영화였다. 밤새 눈물이 흘렀다. 여주인공 소녀가 버림받지 않으려고 노력하는 행동들에 감정이입했다. 슬펐다.

유진은 눈물을 손바닥으로 닦았다. 눈물이 펑펑 흘렀다. 준기가 버림받는 게 가장 두렵다고 했는데, 사실 유진도 두려웠다.

세상에 혼자 남겨지는 느낌. 그로 인한 불행.

영화 속 등장인물이 인생은 불행 속에 아주 조금의 행복이 뿌려지기 때문에 불행해도 살아남으라고 말했다. 정말 그랬다.

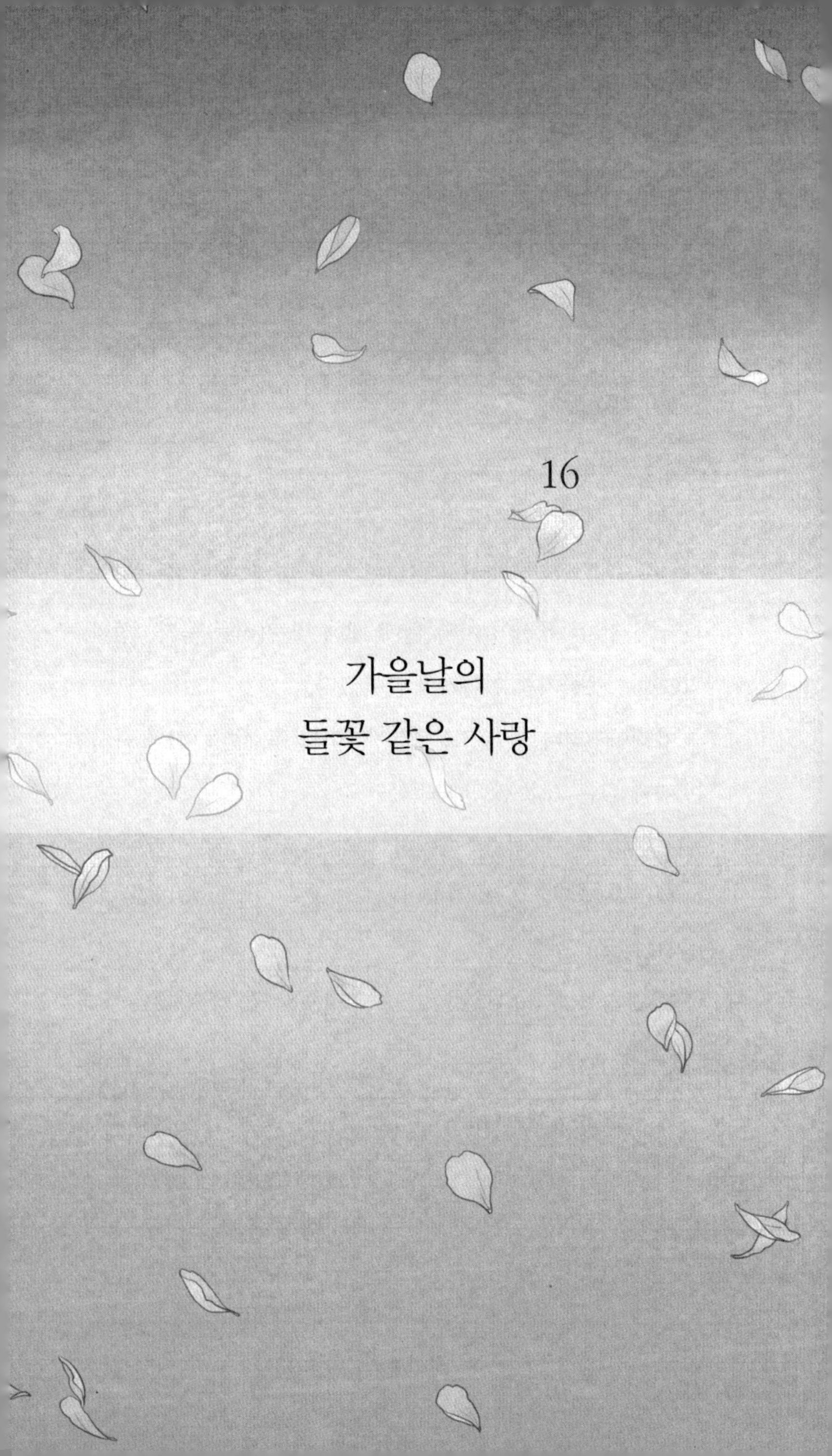

16

가을날의 들꽃 같은 사랑

—

엄마는 유진에게 전화기 너머로 30분 넘게 하소연했다. 전화를 먼저 건 유진이 아빠 일에 대해 몇 가지를 묻자, 엄마 입에서는 봇물처럼 이야기가 쏟아졌다.

"유진아, 엄마 너 두고는 안 가, 아니 못 가. 그러니 다시는 자해 같은 거 하면 안 돼."

유진은 마음이 아렸다. 엄마 몰래 손목을 칼로 살짝 긋고 피가 나면 반창고를 붙이던 버릇. 엄마는 알고 있었구나.

"무슨 그런 말을 해."

"아빠 일……. 왜 오늘 다시 꺼낸 거야?"

엄마는 말끝을 흐렸다.

"엄마 탓이라 생각하는 거야?"

유진은 답을 못했다.

"유진아, 아냐. 묻지 마. 지금 와서 왜 그래."

유진이 그제야 대답했다.

"엄마, 그 일이 해결이 안 돼서 이래. 난 행복하지 않고 불완전해. 안정돼 있지 않아."

"제발 여기서 그쳐."

"엄마가 그러니까, 아빠 방에 그 약을 놔둔 건 맞아?"

유진은 제발 자신이 여기서 말을 그쳤으면 했다. 휴대폰을 던져버리고 싶었다. 무서운 정적이 흘렀다.

20여 초 가량 말 끊김이 도리어 많은 것을 말했다. 멈출 수 없었다.

"그래, 내가 그랬어. 그 사람 고통을 더는 데 도움이 되려고. 결코 그렇게 가게 하려던 건 아냐. 엄마도 스트레스 받을 때 그 약 먹고 나아서 그래."

"왜 아빠를 그 사람이라고 해?"

다시 침묵이 흘렀다. 유진이 이어나갔다.

"엄마, 내가 몇 살이야? 나도 알 건 다 알아. 당분간 전화하지 마. 나 정말 괜찮으니까."

"유진아, 엄마는 너 두고 못 가. 너도 나 두고 가지마. 제발."

"아저씨……. 만나는 그 아저씨한테나 그렇게 해."

"너가 싫다면 그분 안 만날게. 미안해, 엄마만 행복하려고 했던 거 미안해."

유진은 화를 버럭 냈다. 얼마 만에 엄마에게 감정을 폭발

하는 것일까.

“대체 나한테 왜 그래. 나도 힘들어, 힘들단 말이야, 당분간 전화 차단할 거야!”

유진은 전화를 끊었다. 엄마로부터 전화가 걸려왔지만 얼른 스팸 차단을 했다. 무표정한 얼굴로 휴대폰을 손에 진땀이 나도록 꼭 붙들고 속으로 아우성을 쳤다.

제발 이러지 마. 아빠가 기억 속에서 실종으로 되어있으면 좋겠어. 그랬으면 좋겠어.

유진은 왼팔의 소매를 걷었다. 손목에 여러 번 그어진 갈색의 선들. 자해 흔적들. 모를 줄 알았는데 엄마는 알고 있었다. 하지만 유진의 깊은 속마음은 모른다. 여전히 모른다. 아빠의 속마음을 나도 몰랐듯 엄마도 내 속마음을 모른다.

이제 유진은 좀더 당당하게 자신의 생각을 남에게 말했다. 그래서 엄마와 10년간 묵은 일을 들춰낸 것이다.

유진은 며칠 전 일을 기억했다.

휴가를 내기 위해 사인을 받으려 조 부장을 찾았다. 조 부장은 입꼬리는 올리고 눈은 전혀 웃지 않으며 사인을 했다.

“김유진 대리. 내년 연봉 인상 협상은 아예 포기하지 그래. 저번 표지 인쇄 사고 건, 잦은 휴가와 결근, 형편없는 내년도 출간 기획안. 모두 잘 알잖아요?”

조 부장은 본인 사무실에서 부하 직원과 단 둘이 있을 때는 유독 차갑고 냉정했다. 어떤 직원은 그와 독대하다가 울면서 뛰쳐나왔다.

"휴가 결재는 해줬지만 사유도 개인적 사정이라 명확하지가 않아. 이참에 아예 길게 쉬는 건 어때?"

유진은 예전 같으면 대답 없이 우물쭈물하다 넘겼겠지만 이번에는 당당하고 싶었다.

"굉장히 중요한 일입니다. 예전 사귀던 애인이 구치소에 있어 찾아가 봐야 돼요. 그리고 회사는 계속 다닐 겁니다."

조 부장이 잠시 움찔했다.

"그, 그래?"

"인쇄 사고 건 다시 조사해서 정확하게 사실 밝혀낼게요. 저는 검수를 제대로 했지만 회사에서 발뺌했을 수 있습니다. 내년도 기획안은 가능하면 1월 중에 다시 제출하겠습니다. 시장 조사를 할 시간적 여유와 경비를 승인해 주지 않은 회사에도 어느 정도 일정 책임이 있다고 봅. 니. 다. 그건 결국 책의 판매에도 영향이 있습니다. 부장님의 책임이죠."

유진은 감정이 격앙하며 목소리가 떨렸지만 끝까지 힘줘 말했다.

"알았어, 내 책임도 있겠지. 내가 업무 인수인계가 완벽히 안 됐나 봐요. 나가 봐요."

언제나 유들유들한 조 부장이 당황하는 모습은 처음 봤다.

유진은 준기와의 일 이후로 내부적으로 강해졌다. 조그만 어려움에는 굴복하지 않기로 했다. 어려운 일이 생기면 자신의 의견을 말하고 도움을 외부에 요청하기로 마음먹었다.

다음날 블라인드 앱에는 부하 직원이 조 부장에게 기어올라 한 방 먹이자, 부장이 스트레스로 술 엄청 퍼먹고 떡 됐다는 정보가 올라왔다. 댓글들은 누가 조 부장을 들이받았는지를 궁금해 했다.

'나는 똘끼 있는 직원이 됐다. 조 부장을 한 방 먹였다.'

유진은 그렇게 생각하고 블라인드 앱을 닫았다.

유진은 잠에서 깨어 벌떡 일어났다. 오늘은 휴가 날이다. 그를 만나러 가는 길이다.

간밤 꿈에서 유진은 장례식에 참석했다. 누구의 죽음일까 궁금해 영정을 보려 했지만 사진이 희미했다. 유진의 곁에 돌아간 아빠가 다가왔다. 유진은 순간 아빠의 장례식이라는 걸 깨달았다. 따뜻한 기분이 들었다.

"아빠."

유진은 중얼거리며 꿈에서 깼다. 포털에서 '가족이 죽는 꿈'을 키워드로 검색했다. 검색된 글을 읽다가 준비하러 화장실로 향했다. 접견을 예약할 때 늦어서는 안 된다고 들었다.

유진은 의왕역에서 내려서 버스를 갈아타고 서울구치소 정류장에서 내렸다. 조금 걸어가자 하얀 페인트로 칠한 검문소와 높다란 철문이 보였다. 검문소에 신분증을 보여준 후 들어갔다. 접견 시간에 맞춰 온 가족들이 여럿 검문소를 통과해 구치소 담장 안쪽으로 들어갔다. 다들 접견실을 향해 조용히 걸어갔다. 유진도 그 행렬을 따라 갔다.

서울구치소 담장 밖에는 1인 시위 하는 사람, 정치 사범들을 석방하라고 시위하는 사람들이 있었다. 대형 철문, 길게 두른 담벼락과 창문에 쇠창살 자체로도 위압감이 전해졌다.

접견실 들어가기 전에 휴대폰과 신분증을 맡기고 예약 확인 후 간단한 검사를 받았다. 접견실에 들어간 유진은 자리에 앉아 있었다. 쇠창 반대편으로 준기가 들어와 앉았다. 짧은 머리, 마른 체구, 그리고 헐렁한 하늘색 수감복. 평소와는 좀 달라 보였지만 준기였다. 무엇보다 눈빛이 달랐다. 부드러우면서도 담담한 시선. 준기는 찬찬히 유진을 보다 입을 열었다.

"누……, 누구세요?"

유진은 당황했다. 감건호가 던진 말이 떠올랐다.

'안 가는 게 좋을 겁니다.'

그의 말은 위험하다는 게 아니라 크게 실망할 거란 뜻이었다.

"기, 기자세요? 심심해서 접견실로 오기는 했는데……, 저를 왜 찾아왔어요?"

준기가 멍한 눈빛으로 유진을 봤다. 아무런 감정이 들어있지 않았다. 환한 미소를 짓던, 따뜻한 눈빛을 보여주던, 화를 내던, 폭언을 퍼붓던, 이내 용서를 구하던 그가 아니었다. 불안한 그의 모습은 달아나 사라지고 없었다. 유진은 대답하지 않았다.

"좋은 냄새 난다. 종이 향 같아요."

유진은 가슴이 저몄지만 모른 척했다. 눈시울이 붉었다.

"두통은 어때요?"

"어? 저 아픈 거 아세요? 아니, 저 안 아파요. 그리고 기자님, 나 참회한다고 알려주세요. 여기서 나가고 싶어요. 아버지 모신 곳도 가보고 싶고, 어머니 다시 예전처럼 집에서 만나고 싶어요……. 어머니는 불구속 상태지만 안 좋으세요. 건강도 안 좋으시고, 연세도 많으세요. 기자님, 우리 좀 도와주세요. 10년 전 일은 불가항력적으로 폭력에 대항하다 그렇게 된 거예요."

유진의 두 눈에서 굵은 눈물이 또르르 굴러 나왔다.

"왜, 왜 우세요? 엄마 말고 제 앞에서 우는 사람 첨 봐요……. 이따 엄마 온다는데 언제 만나러 가보실래요……?"

"아뇨."

"제 얘기 들어주세요."

유진은 눈물을 닦고 억지로 참았다. 준기가 희미한 미소를 지었다.

"이상해요. 몇 개월 간 기억. 심지어 내가 죽으려 했던 기억도 안 나요. 그런데 어릴 적 기억은 또렷해요……. 마음이 계속 아팠어요……, 무서웠어요. 감당할 수 없는 일 때문에……. 한번은 학교 교실에서 자습을 하는데 아주 조용한데도, 모두 나한테 욕하는 것 같았어요.

이 새끼야. 네가 니 아버지 죽인 범인이야. 너도 니 아버지처럼 그렇게 범죄를 저질렀잖아. 니가 저지른 범죄 들통났어. 모두들 이렇게 말하는 것 같은……."

준기가 잠깐 시선을 아래로 내렸다. 준기의 긴 속눈썹이 파르르 떨렸다. 유진은 기다렸다.

"그래서, 도저히 학교를 못 나갔어요. 약 먹고 나아지고 괜찮을 거라 생각했는데, 사람들이 두렵고 누군가에게 의존하고 싶고……. 환청이 들릴까 무섭고. 폐쇄병동 입원했을 때 한 의사 샘한테 내가 저지른 죄 얘기했는데 그분이 어머니한테 말했어요. 어머니는 그게 망상이라고 해서 입원기간이 늘어났어요. 난 그 때 사건이 밝혀지길 바랐는데……."

준기가 말을 멈추고 조용히 고개를 들었다.

"재미없죠?"

유진은 흑흑 흐느꼈다. 준기는 의아한 얼굴로 난생처음 겪는 곤혹스런 일이라는 듯 물러섰다.

“내가 잘, 잘못했나요? 그래서 우는 거라면 미안해요.”

“아플까봐서요. 그래서 슬퍼요, 흐흑.”

“아뇨, 머리 더 이상 아프지 않아요. 근데, 여기가 아파요……. 가슴이. 뭐라도 잃어버린 것처럼 가슴 속이 휑하고 싸늘해요. 진짜로 아파요. 돌덩이가 누르는 것처럼. 저기, 부탁 좀 들어줄래요?”

“뭔데요?”

“내 블로그 글들 모두 지워줘요. 아이디 비번 알려줄게요. 근데, 근데……. 한번에 다 지우면 안 돼요, 추억이라서. 하나하나씩 천천히 지워줄래요? 아주 좋은 시절이 담겨 있을지도 몰라요…….”

“그, 그럴게요.”

준기는 잠시 머뭇거렸다.

“그 사진들, 나에겐 지워야 되지만 필요 없지만……. 누군가에겐 필요할지도 모르잖아요……. 그러니 천천히 지워줘요. 아……. 여기 진짜 아프네요.”

준기는 가슴을 가리켰다. 유진은 속이 미어졌다. 한동안 흐느끼다 눈물을 훔치고 접견실을 나왔다. 정문으로 걸어가는 길은 햇살이 쨍하니 비추었다. 추운 날씨였지만 바람은 불지 않았고 햇빛이 강해 뺨에 온기를 느꼈다. 코가 시큰거렸지만 태양의 온기는 손과 목덜미 그리고 이마를 덮었다.

유진은 철문을 나와서 버스 정류장으로 향했다. 접견을 끝마치고 돌아가는 사람들이 몇몇 앞에 보였다. 그들과 같이 걸어가고 있다는 게 위로가 되었다. 나만이 아니다. 누구나 사랑하는 이를 이 안에 두고 간다. 각자의 사연은 또 얼마나 아플까.

마음이 후련했다. 보고 오기를 잘했다 싶었다. 그동안 불면의 밤을 지새운 불안과 황망함이 싹 씻겨 나갔다.

꿈 해몽이 맞았나 보다. 가족이 죽는 꿈은 문제가 해결되는 길몽이라고 나와 있었다. 유진은 입가에 웃음을 띠었다. 숨을 크게 내쉬고 씩씩하게 걸었다. 준기는 특유의 쾌활함과 조급함 대신 몽연해 보였지만, 평온함과 자연스러움이 엿보였다. 유진은 부디 준기가 역경을 잘 이겨내기를 바랐다.

유진은 버스와 지하철을 번갈아 타고 몽촌토성역에 도착했다. 집으로 들어가기 전에 올림픽공원으로 느릿하게 걸었다. 혼자서 호숫가를 산책했다. 예전에 준기와 야경을 감상하러 왔던 길이었다.

잔잔한 호수의 물소리, 토성 등성이에 서 있는 대나무들이 바람에 나부끼는 솨솨 소리, 오리가 꽥꽥대는 소리, 여러 종류 새들이 지저귀는 소리, 산책객들이 수런대는 소리 들이 들려왔다. 바람이 조금 쌀쌀했지만 나무들은 아직도 바삭한 잎사귀들을 몸에 달고 있었다. 낙엽길이 생기려면 겨울은 되어야 하나 보다.

유진은 청량한 바람을 맞으며 공원길을 걸었다. 화살나무라고 적힌 팻말로 가봤다. 정말 화살처럼 가지에 날개가 달린 나무였다. 잎사귀를 헐벗고 길가에 쓸쓸히 서있었다. 학창시절, 벚꽃 핀 계절에 친구들과 누가 더 많이 공원에 벚꽃을 보러 오나 내기를 했었다. 지금은 그중 단 한 명도 같이 꽃 보러 올 수 없을 것 같다는 생각이 들었다.

크리스마스가 다가오고 있었다. 유진은 광화문역에서 내려 5번 출구로 향했다. 광장 근처 커피숍에서 그를 만나기로 했다. 역사 안 사람들의 얼굴에는 연말에 대한 기대감이 가득했다. 딸랑거리는 구세군의 종소리가 들렸다. 약속시간까지는 여유가 있었다. 출구 근처에 두터운 패딩점퍼를 입고 침낭 속에 들어가 잠을 청하는 노숙인들 몇몇이 보였다. 길거리에 다니는 사람과 다를 바 없었다. 깨끗하고 단정한 행색과 얼굴이었다. 그런데도 유진의 마음 한구석이 무거웠다. 역을 빠져나오자 캐럴이 크게 들리며 성탄절에 대한 기대감으로 북적이는 사람들이 보였다.

연말을 코앞에 둔 청계천 일대와 광화문광장은 인파로 북적였다. 그는 청계천 도로를 따라 걷다 보면 왼편에 나오는 카페에서 기다리고 있겠다고 했다. 유진은 신문기사에서 본

청계천변 크리스마스트리 축제를 보고 싶었다. 언제 다시 이곳에 오게 될지 몰랐다. 트리 장식은 연말이면 철거되므로 지금이 기회였다.

유진은 계단으로 내려가 인파 속에 섞여 조형물들을 봤다. 번쩍이는 황금별의 향연, 각종 동물 모양의 트리 장식과 알전구를 촘촘하게 엮어 산타클로스와 루돌프를 만든 조형물도 있었다. 아름다웠다. 올림픽공원의 조용하고 쓸쓸한 야경이 떠올랐다. 그때의 그 분위기도 무척 아름답게 가슴 속에 남아있었다.

가을날의 들꽃 같은 사랑. 누군가를 위해 피지는 않았지만 존재 자체가 힘이 되는 그런 들꽃 같은 사랑. 불과 몇 개월 전 가을에 겪었던 일들. 그 아픔과 사랑, 그리고 기대감과 불안, 두려움.

준기야, 잘 지내고 있니? 춥지는 않니?

유진은 청계천 모전교를 지나 계단으로 올라와 약속 장소로 갔다. 전화가 울렸고 손을 드는 사람이 있었다. 재인이 소개한 남자였다.

유진은 그의 앞에 앉았다. 따뜻한 음료를 마시면서 대화를 나누었다.

소통할 수 있을까? 언젠가 마음을 터놓고 모든 것을 말할 수 있을까?

남자의 친근하고 수더분한 미소가 마음에 들었다. 다음 만남을 기약하고 명함을 주고받고 헤어졌다.

유진은 다시 청계천변으로 내려갔다. 광장에서 울려 퍼지는 어린이들의 캐럴을 들으면서 물소리가 자글자글 들리는, 사람들의 수다와 웃음소리가 끊이지 않는 천변을 걸었다.

반짝거리는 불빛이 눈앞을 어지럽혔다. 유진은 찰나 누군가를 간절히 갈구함을 느꼈다. 나의 진실을 알고 나를 이해하며 말을 터놓을 수 있는 사람, 나를 보호하면서 한편으로 자유를 인정하는 사람. 그런 사람이 있기는 한 걸까. 어딘가에서 만날 수 있을까.

축제길을 걸어가면서 휴대폰으로 사진을 찍었다. 하지만 알고 있었다. 머릿속에 찍어 둔 사진이 더 오래 간다는 것을. 휴대폰을 주머니에 넣었다.

이제 확연하게 안다. 준기와 갔던 올림픽공원, 광명동굴, 송도신도시에 당분간 가지 못하리라는 것을. 그와 들었던 서정적인 음악도 오래도록 듣기 싫어질 거라는 것도 안다. 우연히 어딘가에서 흘러나오기만 해도 가슴이 저미도록 아프고 불안하고 슬프니까.

그 모든 추억들을 잊어야 한다는 것도 안다. 그러나 추억은 가슴에 오래도록 시리게 맺혀 있을 것이다.

다음 주면 준기가 같이 보자던 롯데타워 불꽃축제가 있다.

그건 같이 공유한 추억은 아니지만, 유진에게 흡사 본 것처럼 생생하게 다가온다.

어젯밤 유진은 준기가 구치소에서 알려준 아이디와 비밀번호로 블로그에 접속했다. 준기의 블로그에 악성 댓글은 아직 지워지지 않았다. 유진은 댓글을 하나하나 지웠다. 그리고 포스팅도 지워나갔다. 유진과 손을 잡고서 손 부분만 클로즈업해 찍었던 사진, 두 사람이 신발을 붙이고 찍은 사진도 있었다. 유진과 갔던 공원 사진도, 비누를 종류별로 찍은 사진도, 우수사원 표창 사진도 모두 지워나갔다. 블로그 보관함에는 미처 올리지 못한 글이 있었다.

누나의 왼쪽 손목에 난 상처는 내 손가락을 통해 항상 아픔을 고스란히 전달했다. 난 한 번도 내색하지 않았다. 그녀가 과거를 떠올리고 슬퍼질까봐. 내가 상처를 지우고 지켜주고 싶었는데도 모든 게 엉망이 돼버렸다.

그녀에게 한참 못 미치는 나라는 놈 때문에.

단지 곁에 있어주길 바란다면 너무 미안한 걸까. 곁에 있어주기만을 바란다면. 아직 안 늦었다면 다시 시작할 수 있다면. 그렇다면 그렇다면……. 미안해, 라고 말해주고 싶은데.

준기가 함백산 가던 날 새벽에 올린 글이었다. 유진은 그

글만은 남겨두었다. 마음 한 구석이 뚫린 것처럼 서늘하고 시렸다. 새해는 어김없이 오지만 유진의 가슴에서는 무언가가 새어나갔다.

하늘을 올려다보았다. 오른쪽 끝이 약간 이지러진 보름달이 환하게 세상을 비추었다. 물 흐르는 소리가 귓가를 헤집었다.

거래처 회사 직원에게서 문자가 왔다.

> 어느덧 1년이 지났습니다. 지나온 길을 되돌아보는 여유로 앞날을 지혜롭게 걸어가시기 바라며 아울러 새해에 열어보지 않은 선물이 가득하기를 바랍니다.
>
> 안 좋았던 일은 저무는 해와 날려 보내고 새로운 기분으로 크리스마스와 연말연시를 맞이하시기를 바랍니다.
>
> ㅇㅇ아트디자인 강현주 과장 올림

유진은 문자를 지우고 청계천에서 계단을 올라 화려하고 찬란한 불빛들의 향연이 펼쳐지는 거리를 지나쳤다.

* 심리학 용어 일부는 《꼭 알고 싶은 심리학의 모든 것》(강현식 지음, 소울메이트 2016년 발간)을 참조했습니다.

사랑과 폭력의 애잔한 서사

양수련
- 추리소설가, 《계간 미스터리》 편집위원

《표정없는 남자》는 김재희 작가의, 제주를 배경으로 펼쳐진 서정스릴러 《봄날의 바다》에 이은 감건호 프로파일러 시리즈 두 번째 작품이다.

감건호는 경찰에서 밀려나 방송으로 먹고 사는 생계형 민간인 프로파일러로 거듭되는 프로그램의 조기종영에 스트레스 만발이다. 그는 10년 전 실종된 아버지로 인해 힘겨운 삶을 꾸려가고 있는 준기의 일거수일투족을 뒤쫓으며 준기의 사생활을 상품화하는 일에 사생결단한다.

이 작품은 요즘 한창 사회적 문제로 대두되고 있는 남녀 간의 데이트폭력을 소재로 다뤘다. 준기와 유진, 그들 사이에서 벌어지는 사랑으로 포장된 폭력이라 껄끄러운 이야기가 될 수 있겠다. SNS로 소통하는 청춘들의 고립의 과정과 데이트폭력의 민낯이 그대로 드러나 있기 때문이다.

《표정없는 남자》에서 폭력의 주체는 남성이다. 그것도 사랑이 넘쳐야 할 연인관계에 폭력이 난무한다. 연인 사이를 굳이 사회적, 체력적 강자와 약자로 나눠본다면, 대략적으로 약자인 여성은 남성의 폭력에 무방비로 노출되기도 한다.

《표정없는 남자》의 주인공 준기는 클럽에서 출판사에 근무하는 여덟 살 연상의 유진과 만나 연인이 된다. 준기의 적극적인 대시로 시작된 그들의 관계는 비슷한 상처를 공유하며 끈끈해진다. 가족 간의 치유되지 않는 아픔으로 마음을 닫고 살았던 유진은 친밀한 관계 속에 자신의 과거를 드러내고 치유받기 원한다.

비슷한 상처. 다시는 상처받고 싶지 않다는 불안감.

사랑의 열정과 집착은 인간의 미성숙함만큼 비례하지 않을까. 폭력이 사랑을 대신하고 폭력의 강도는 점점 높아진다. 사랑을 지키기 위해 시작된 폭력은 끝내 범죄가 되어 그 끝을 맺기도 한다.

폭력은 친밀한 관계일수록 함정에 쉽게 빠져들고 연인 간 가족 간에 씻을 수 없는 상처를 남긴다. 사랑을 갈구하는 준기의 자학과 집착은 폭력으로 드러난다. 유진의 고통으로 그 사랑을 보상받을 수 없다는 것을 이미 알 것이다. 그럼에도 한번 시작된 폭력은 멈출 줄 모른다.

사람과 사람이 만나 소통하는 일은 SNS로 소통하는 것과는 천지차이다. 마주보고 하는 대화에는 눈빛과 표정 그리고 미세한 동작까지 많은 것들이 어우러져 개인의 감정까지 전달한다. 같은 말이라도 얼굴 보고 하는 것과 간접적으로 하는 것에는 많은 차이가 있다.

SNS에서의 활발한 소통은 사람간의 직접적인 대화를 어렵게 만들기도 한다. 직접적인 소통이 어색하고 불편하다는 이들이 있는 것을 보면 안타깝다. 그만큼 지독한 외로움에 시달리고 그 외로움을 SNS를 부여잡고 토해 놓기도 한다. 외로움만큼이나 피하고 싶은 사람들과의 관계, 그 안에서 핀 사랑은 어쩌면 처음부터 굴절된 모양을 하고 있는지도 모른다.

누가 알아주지 않아도 저 홀로 피는 꽃은 아름답다. 사랑은 모름지기 집착이 아니라 연인에게 주는 자유가 되어야 한다. 폭력은 어떤 경우에도 소통의 언어가 될 수 없다. 사랑의 방식이 될 수 없다. 힘센 남자와 약한 여자, 남녀 관계에 국한된 것도 아니다.

그동안 김재희 작가는 발품을 팔며 범죄심리학 관련자료를 연구하고 프로파일러 강연 등을 좇아다니는 부지런함을 보였다. 범죄 관련 자료조사와 사건 관계자와의 만남을 이어오는 동안 연인 간에 벌어지는 데이트폭력에 천착했다. 남녀간 관점의 차이를 이해하고자 연구한 내용을 《표정없는 남자》에 담았다.

《표정없는 남자》는 어느 한쪽의 성을 편들거나 깎아내리고자 함이 아니다. 인간과 인간의 기본적인 소통 그리고 남녀간의 사랑에 관해 진지하게 묻고 답한 소설이다.

집필후기

해마다 여름추리소설학교에서는 범죄심리학자를 모셔서 흥미로운 강의를 듣습니다. 언젠가 데이트폭력을 저지르는 남자에 관해 말씀하셨습니다.

남자는 여자친구가 출근할 때 직장에 데려다 주고, 퇴근할 때는 집까지 바래다줍니다. 연락도 자주 하고 세심하게 신경을 씁니다. 자상하고 친절한 남자가 어느 날 여자친구의 휴대폰을 검사하기 시작합니다. 그리고 귀가시간이나 생활 전반을 통제하다 마음에 들지 않을 때는 분노하고 폭력을 행사합니다. 이런 식의 상반되는 행동을 보여준다는 것입니다.

궁금했습니다. 마음씀씀이가 섬세하고 다정한 남자가 왜 폭력을 휘두르는 걸까? 악한 마음을 감추고 있다가 본성을 드러낸 것일까?

한 프로파일러는 데이트폭력 가해자들 중 어릴 적에 부모와의 애착관계가 잘 형성되지 못한 사례가 꽤 있으며, 범죄자가 여자친구에게 사랑과 애착을 갈구하고 혹시 버림받지 않을까 걱정하다 불안과 공포 속에서 분노를 폭력으로 발전시킨 경우를 종종 봤다고 했습니다. 사람 사는 게 어떻게 하나의 잣대로 재단되겠느냐마는 그렇게 될 수도 있지 않을까 싶었습니다.

하지만, 단호하게 말하건대 어떤 경우에도 사람이 사람을 때리고 해치는 행위는 용납될 수 없습니다. 이 소설에서 바로 그걸 말하고자 했습니다. 덧붙여 소설 속 인물이나 사건은 모두 허구임을 밝힙니다.

소설 속 주인공들은 오래전 겪은 가족 간의 아픔으로 피해자와 가해자가 됩니다. 또 가족 이야기냐, 과거에 얽매여 범죄를 저지르는 이야기로 소설 속이지만 가해자에게 면죄부를 주는 것이냐 하는 의견도 나올 수 있습니다. 전적으로 공감합니다. 과거의 가족사와 주인공의 범죄는 아무런 연관이 없을 수도 있습니다. 하지만 가족이라는 작은 테두리에서 시작된 아픔이 사회의 고통으로 확대될 수 있다는 걸 현실에서 많이 접합니다.

이 작품에서 주인공을 통해 말하려는 절실한 메시지는 소통입니다. 만약 10년 전 사건에서 등장인물들의 가족 사이에 소통이 있었다면 소설의 결말은 달라졌을 겁니다. 문제를 직시하고 해결책을 함께 찾아나갔을 겁니다. 사회에서 고립되지 않고 다른 사람과 소통하는 태도는 주효한 범죄 예방책이 아닐까 싶습니다. 사건을 덮고 거짓으로 가릴 때, 진실은 몇백 배 더 무겁게 사람을 짓누르니까요.

준기와 유진에게 이입해 작품을 썼습니다. 준기는 많은 비밀과 상처와 두려움을 억누른 채 소외된 아이, 그리고 유진은 상처받을까봐 사람을 밀쳐내면서도 고립될까봐 불안한 아이를 연상케 합니다. 소외되는 것은 참으로 두렵습니다. 소외는 현상의 본질을 감추려고 할 때 시작됩니다. 어려움에 처했을 때 솔직하게 도움을 청하고, 힘든 사람의 손을 잡아주는 소통이 시작되면 소외가 사라질 겁니다. 인간은 사회적 동물이고, 서로간의 교감을 통해서 성숙하니까요.

결말에 관해 동료 작가들에게 물어보았고 여러 의견이 있었지만 처음 의도한 대로 갔습니다. 소설은 역시 판타지이고 울림을 주기 위해 필수적인 결말이었습니다.

감건호 프로파일러는 앞으로도 다른 작품에서 꾸준히 선뵐 예정이며 그가 성장하는 과정을 즐겁게 지켜보시는 것도 좋을 것 같습니다.

집필을 마치기까지 많은 도움을 준 가족들, 추리작가협회 선후배님들께 감사드리며 아이디어를 주신 김영자 선생님, 행복바구니 서점 캘리그라피 반, 일요 독서모임 친구들도 감사드립니다. 소설의 제목을 지어주신 김지유 님, 응급구조 관해 자문을 해주신 김영은 님, 주인공 준기를 표지에 구현해 주신 갱끼 작가님께 감사드립니다.

그리고 책과나무 출판사 양옥매 대표님과 임수연, 허우주 편집자님께 진심으로 감사드립니다. 언제고 다시 추리소설로 찾아뵐 것을 약속드립니다.

2018년 7월

김재희 씀